Hiroya&Takatori
「予言者は眠らない」

（え？　え？）
　もう、浩也の想像の範囲などとっくに振り切っていた。
高取は自分のものと浩也のものを合わせると、
一緒に握りこみ、激しく扱いてきたのだ。
「や、あっ」
　ついでに腰も動かされ、刺激は倍になった。
（本文P.121 より）

Chara

予言者は眠らない

樋口美沙緒

キャラ文庫

この作品はフィクションです。
実在の人物・団体・事件などにはいっさい関係ありません。

目次

予言者は眠らない

口絵・本文イラスト／夏乃あゆみ

予言者は眠らない

子どもの時、浩也《ひろや》は神様に願ったことがある。

『大好きな人たちと一緒にいられる、魔法をください』

その夜から、浩也は未来で、本当に起こることを夢に見るようになった。けれど初めの頃、浩也は夢を見ることを、怖いとは思っていなかった。予知夢は、神様がくれた魔法なのだと思っていた。

それはある時、いつも忙しい母と、明日は一緒にいたいなと思ったあとで、母が仕事を休んで、一日遊んでくれる夢を見たからかもしれない。眼が覚めたら、夢のとおりになった。

『お母さん、お休みいっぱいたまってるから、今日は浩くんといるね』

小さな浩也は嬉《うれ》しかったし、やっぱり夢は魔法なのだと思った。

急な仕事が入って、約束していた遊園地に行けなくなった、と父が謝ってきた時も、浩也は眠る前に思ったのだ。

(そうだ、お父さんのお仕事がなくなる夢を見たらいいんだ)

そうすれば、その夢は本当のことになるはず。

父は自分といてくれる。もっと一緒にいたい。父と母と、手をつないで楽しい一日を送りたい。

浩也はそう願い、そのとおりの夢を見た。父の仕事がなくなり、遊園地に行ける夢だ。それはやっぱり現実になり、浩也は喜んだ。

ところが遊園地に行く前日、浩也が見たのは恐ろしい事故の夢だった。

三台の自動車が、玉突きになっている夢。

遊園地の帰り、浩也の父は、その事故に巻き込まれて死んでしまった。

夢はやっぱり、現実になった。

病院で横たわっていた父の遺体と、半狂乱になって泣いていた母、その時母に言われた言葉が、浩也の脳裏には、ずっとこびりついている。

——あんたが夢を見たせいなのね！

母はそう言ったのだ。予知夢は神様がくれた魔法などではないと、初めて浩也は知った。七歳だった。

どうしてそんな夢を、大事な人が傷ついてしまうような夢を、自分は見てしまったのだろう？

浮かんだ疑問はいつまで経っても消えなかった。

けれど浩也は時々、思うのだ。
もしかしたらそれは、自分がそう、望んだからではないか？
自分が見た夢のせいで、父は死んだのではないかと。

一

「いらっしゃいませ」

入り口に常連客の一人であるお年寄りが立ったので、相原《あいはら》浩也は足早に駆け寄り、扉を開けてあげた。意識して顔をあげ、精一杯の笑顔を作ったが、口の端に余計な力が入り、やはり上手く笑えなかった。

それでも、杖をついていたおばあちゃんは浩也に微笑《ほほえ》んでくれた。笑顔が足りない分の誠意は態度で示そうと、足取りの危ないおばあちゃんの背をそっと支えて、浩也は席まで連れて行く。

「今日もね、いつもの」

席に着くと、常連のおばあちゃんはそう言った。彼女は毎日この時間にやって来て、あんみつを食べていくのだ。なのでどの店員にも言葉少なく注文するが、浩也ももちろんそれは覚えていた。

「かしこまりました」

「あんたが案内してくれると、いっつもぽかぽかした席だねえ。ありがとう」

頭を下げた浩也に、おばあちゃんがニコニコとつけ足してくれた。

ありがとう。

その言葉に、浩也はほんのわずかに、口元が緩むのを感じた。

浩也はたしかに、窓際の暖かい席へおばあちゃんを通すように気をつけていた。気づけてもらえたのだ、喜んでもらえたのだと思うと、もう一度頭を下げてカウンターのほうへ戻る途中、嬉しさで、だんだん頰《ほお》が上気するのが分かった。けれどすぐに、

(ダメだろ。いくらお客さんでも、親しくなったらいけない)

と、言い聞かせる。あんみつのおばあちゃんを好きになってはいけない。自分は誰のことも、好きになってはいけないのだ。

浩也が幹線道路沿いに位置するファミリーレストラン、『オーリオ』でアルバイトを始めて、二ヶ月が経過していた。

アルバイト自体は高校生の頃から色々とこなしてきたけれど、これまでは工場の中で黙々とやる軽作業や、人と会うことも滅多にない新聞配達などだったので、接客業に就くのは初めてのことだった。

二ヶ月やってみて、つくづく向いていない、と思い知らされている。だからといって『オーリオ』での仕事が嫌いかというと、そうではない。もし事情が許すなら、もっと勤めていたい

と思うくらいには、浩也はここでの仕事が気に入っている。

（でもまあそろそろ、辞めなきゃいけないけど）

それもこれも、自分の要領が悪いせいだ。ここで働き始める時、自分で自分に決めたルールの一つを、浩也は破ってしまったのだった。


「相原くん、伊藤《いとう》さんの送別会、本当に来ないの？」

客の入りも多くなり、夜シフトの店員も一気に入ってきた午後五時、浩也は困っていた。眼の前では一緒に働いている二人の女子大生が、腹を立てている。

客には意識して出すようにしている笑みも、彼女たちには向けられない。顔を見て話すのにも怖《お》じ気《け》づき、眼を逸《そ》らしうつむいている浩也の姿は、周りから見れば萎縮《いしゅく》しているようにも、相手を拒絶しているようにも見えるだろう。実際、浩也は萎縮していたし、拒絶してもいた。

「すいません。……どうしても用事があって」

いつも言う言い訳をもぞもぞと繰り返すと、女子大生の一人、中川《なかがわ》が、

「だから二週間も前に言っておいたじゃない。ていうか、なんでいっつも眼見て話さないの？」

と、眉《まゆ》を寄せた。

そこは『オーリオ』の従業員控え室だ。店の奥にあるこの部屋は、資材などの保管場所であり、従業員の休憩場所でもあり、さらに奥へ入ると更衣室にもなっている。

「あたしだって、レポートの提出あるのに、人足りないからシフト入ってるんだよ。忙しいのはみんな一緒でしょ？」

「相原くん、自分の歓迎会にも来なかったよね。伊藤さん、相原くんに仕事教えてくれた人でしょ。お世話になったじゃない」

もう一人の木島《きじま》にも責められ、浩也はなんと返せばいいのか、言葉に詰まっていた。

二人の言いたいことはよく分かる。四年生で、就職活動に本腰を入れたいから、という理由で今日辞める伊藤という男には、浩也も『オーリオ』での仕事をずいぶん教わっていた。それなのにその送別会に出ないと言い張っているので、二人は腹を立てているのだろう。それはきっと、これまでも一度として浩也が集まりに参加してこなかった経緯も積み重なってのことだ。けれど浩也は初めから、従業員の集まりには一切出ない、と決めていた。

「あの、すみません。とにかく行けないので」

小さな声で続けると、中川と木島は呆《あき》れて出て行った。一人残された浩也は、小さくため息をついた。なぜもうちょっと上手くやれないのかと、自分でも思う。

店の中には、従業員の集まりにほとんど出なくても、一切怒りを買わない人間もいる。そういう人と自分と、どんな違いがあるのか、なんとなくは分かっていても、同じようにはできないでいる。

（小説の中にもいるのになあ。人と関わらないのに、いつも笑顔で誰からも嫌われず、でも、秘密はちゃんと守ってる。そういう人には、どうやってなるんだろう）

人からすればなにを素《す》っ頓狂《とんきょう》なことを、と思われそうなことだが、この十二年、浩也はずっとこんなことばかり考えていた。

顔をあげると、控え室の壁にかかる小さな鏡に、浩也の姿が映っている。

百七十を少し越えた身長は、大学一年生男子としては標準。ただ身幅は狭く、細いほうだ。長めの前髪の下、笑いを消して無表情になると、鼻梁《びりょう》が通った細面な分、暗く見える。

そのうえ、要領も悪く、無口で愛想もなく、自分ではすべてにおいて、地味なほうだと浩也は思う。それなのに目立たないかというとそうでもないらしく、よく「接客は笑顔で」と注意されるし、「なにか不満あるの?」と嫌な顔をされることも多い。どうせなら空気のように、誰の眼にもつかなければいいのに、と考えてしまう。

浩也は誰も見ていないのをいいことに、鏡に向かってにっこりと笑顔を作ってみる。けれどどうしても、眉間《みけん》のあたりに薄く寄った皺《しわ》や、虹彩の明るい茶色の瞳の中の、おどおどした色は消せない。接客業なのだから、せめて笑顔だけでもとか、表面上だけでも愛想良くと考えて、この二ヶ月努力してきたが、人と接することへの苦手意識は身に染みついていて、簡単にはとれなかった。

自分は世に言う「嫌われ者」だろうと、浩也は思っている。もっとも、それ自体はべつに構わない。周りを不快にさせるのは申し訳ないけれど、浩也は人と距離をとり、誰とも親しくならず生きていけるならそのほうがいいのだ。ただ問題は、嫌われるたび、傷つく自分がいることだった。

「相原。お前、これ片付けといてくれるか。終わったらあがっていいから」

その時控え室に、社員の杉並《すぎなみ》が入ってきた。カートいっぱいに、備蓄品を入れた段ボールを乗せている。

「あの……杉並さん、俺、ちょっと多めにシフト入れてもらえませんか？　臨時でもいいので」

そう言うと、杉並が「ちょうどよかった」と嬉しそうな顔になる。

「中川がレポートで休みほしいって言ってたんだ。お前、夜までぶっ続けになっても平気なら、替わってやってくれるか？」

初めからそのつもりで切り出したので、浩也はすぐに了承した。怒らせた中川への、せめてもの罪滅ぼしだった。もっとも謝罪すべきは伊藤かもしれないが、「今日行けなくてすみません」と声をかけるのは、浩也にはハードルが高すぎる。

段ボールを片付け始めると、出て行く間際に振り返った杉並が、

「相原はそういう作業だけは、手際いいよなあ」

と、笑った。

「物相手なら得意なのにな」

杉並にしてみれば、悪気のない言葉だろう。明るく言って部屋を出ていった杉並に、浩也は知らず知らず、薄い肩が落ちていた。

ファミリーレストラン。従業員も多く、店内はいつも人で溢《あふ》れている。

浩也が面接を受けた日も、店には子どもの誕生日を祝っている家族がいて、幼い子どもが「お母さん、お父さん、ありがとう」と、声を張り上げているのが聞こえた。振り返ると子どもの明るい笑顔と、一緒に笑っている両親の、優しい笑みが見えた。

もうずっと前に失われてしまった笑顔の記憶が、ふっと浩也の脳裏によぎり、胸が締め付けられるような懐かしさを感じた。

大学入学から地元を離れ、県をまたいで引っ越してきて、人恋しくなっていたのかもしれない。自分では平気なつもりで、家族と別れてきたことに、痛みを感じていたのかもしれない。

一生に一度くらい、こういうところで働いても許されるんじゃないか、と、そう思ってしまった。店員としてなら、誰かに笑いかけられても、ありがとうと言われても、そして誰かに笑いかけ、親切にしても、許されるんじゃないか。お客さんとしてなら、接する間だけ、その人のことを好きでいても、許されるんじゃないか。

浩也はただ、『オーリオ』の中に溢れている笑顔に、少しだけ自分も入れてほしかったのだと思う。今になってみれば、途方もなく図々しい願いだった。

けれど衝動的にアルバイトを決めたその日、かわりに、浩也は決めた。

もしここで働くなら、従業員とは仲良くしないこと。それからもし、客であれ従業員であれ、誰かを本気で好きになってしまったら。

（仕事を辞めよう）

それだけは心に固く誓い、浩也は働き始めた。その自分のルールに従って働いてきたから、客にはその場だけの親切を、慣れないながらに精一杯しても、同じ職場の仲間には距離をとってきた。そして今はもう、ここを辞めなければと思っている。

――ありがとう。

ついさっき、あんみつのおばあちゃんに言われた言葉が耳の奥に蘇《よみがえ》ってくる。

『オーリオ』で働きだすまで、自分がいかに、その言葉に慣れていないか気づかなかった。

ありがとうと言われれば、純粋に嬉しかった。

もし自分が単に性格が暗いだけの人間なら、嫌われていてもここで働き続けるだろうけれど。

きれいに段ボールを片付け終わり、あがる前にもう一度ホールを確認しておこうと従業員控え室の扉を開けると、ついさっき怒らせた中川と木島の声が聞こえてきた。

「えーっ、高取《たかとり》くんも今日の送別会出られないの？」

木島の呼んだ名前に、浩也はつい、動きを止めてしまう。扉の向こうからは、続いて低く通りのいい声が聞こえた。

「だから最初に言ったじゃないですか、行けるか分からないって」

「でも二週間も前に伝えたじゃない」

「うちのチビが熱出したんですよ。あとで伊藤さんには挨拶《あいさつ》しますから、今日は中川さんたちで盛り上げといてください」

淡々とした声に、中川と木島は「仕方ないなあ」「まあ、高取くんちは大変だもんね」と柔らかな対応だった。浩也が断った時とは雲泥の差だ。

「でもさ、高取くんが来られないのは仕方ないけど、相原くんの態度はないよね」

不意に中川がそう続け、浩也はギクリとして、扉の陰に縮こまる。

「あの子ってナゾ。人と眼も合わせないし、顔はきれいなのに何考えてるか分かんない」

「ファミレスの仕事が嫌なら辞めればいいのにね。人と話すの嫌いなんです、ってオーラ丸出し。こっちがいじめてるみたいじゃない」

——周りにはそう見えているのか。

と、思うと、分かってはいてもやはりショックだった。こんなことを聞かされて、高取はどう思っているのだろう。ふと考え、浩也は慌ててその気持ちを、心から閉め出した。

自分から人と距離をとっているくせに、いちいち傷ついている自分が滑稽《こっけい》で、恥ずかしい。

これ以上聞かないように後退し、もう一度控え室の奥に引っ込みかけた時、高取と呼ばれた男が、

「相原さんは、ここの仕事嫌いじゃないと思いますけど」

と言った。庇《かば》ってくれたような言葉に、浩也は息を呑《の》む。

「えー、そう?」と不平気味に反論する中川に、高取は「集まりに来られないのも、なんかワケがあるんでしょ」と、返している。

「なんでも正直に言えってのは、野暮じゃないですか。人それぞれ事情があるんだし」

きっぱりとした口調。言っていることは正論過ぎて、人によっては耳に痛いはずだが、言われた中川や木島は、特別気を悪くしていないらしい。むしろ「そうだけどさー」と、軽い調子だった。

聞いていた浩也は、つい感心して、ため息をついていた。

そう、自分がなりたいのはこういう人間だ、と思う。なんでも言いたいように言うけれど、人に嫌われない。なにより芯《しん》が一本通っていて、相手にどう思われようと構わず、堂々としている。

(俺のことも庇ってくれるなんて、相変わらず、公平な人だな……)

胸の奥でなにか熱いものが生まれてきそうな気がして、浩也は慌てて扉を閉め、更衣室に向かった。時計を見るともうとっくに交替の時間だ。あがっても差し支えないだろうし、今出て行って中川たちと顔を合わせるのも気まずかった。

中で着替えを始めてすぐに、扉がノックされ、浩也は「どうぞ」と言った。ここは男女兼用なので、先に使っている人がノックされたら入っていいか言うことになっている。

ドアを開けて入ってきたのは、すらりと背が高く、肩幅も広い男だ。ついさっき中川たちと一緒にいた、高取祐介《ゆうすけ》だった。

男らしくストイックに整った顔を見て、浩也は自分でも不自然だと分かるほど素早く、眼を逸らした。急に緊張して、心臓がドキドキと早鳴りし、まともに高取の顔を見られなかった。

そういえば高取がこの後シフトに入っていることを思い出す。どうやらちょうど店に来たところを、中川たちに捕まっていたようだ。

「お疲れさまです」

きびきびした、けれど落ち着いた声で挨拶をされ、聞こえないくらいの声で「お疲れさまです」と返す。とたん、高取が、隣のロッカーを開けながら厳しい声を出した。

「相原さん、挨拶の時は顔あげて。声もはっきり出すよう、何度も言ってますよね？」

浩也はハッとして顔をあげ、

「お、お疲れさまです」

と、言い直した。けれど高取の切れ長の眼にじっと見つめられると体が強ばり、浩也はまたすぐ、眼を逸らした。頬が上気するのが分かり、居心地の悪い気持ちになる。長めの横髪でその顔を隠したくて、さっきより深くうつむいてしまう。

「お客さんにはまだちゃんとしてるのに、どうして同僚とは眼を合わせないんです？　そんな

ことだから、中川さんたちを怒らせるんですよ。あんた、要領が悪すぎるんです」

ずけずけと言ってくる高取に、ぐうの音も出ず、浩也はずっとうつむいていた。

高取は浩也と同じく、『オーリオ』でアルバイトをしている高校三年生だ。歳は浩也のほうが一つ上だけれど、アルバイト歴は高取のほうが一年と三ヶ月長い。そのうえ高取は身体的にも大人の男に負けておらず、高校生とは思えないほど仕事も沈着で、歯に衣着せず思ったことをすぐ言う。浩也は客あしらいのことで叱《しか》られたことはほとんどないが、挨拶やちょっとした態度についてよく叱られている。

たぶん高取も、年上のくせに人と眼も合わせられない浩也を、内心では中川のように呆れているかもしれない。それでもそう言わず、他の人と接する時と同じように話しかけてくれるのは、ひとえに高取が公平な性格だからだと、浩也は思っている。

仕事も早い高取は、着替えも早い。浩也が十分かけて着替えるところを三分で終える。その時更衣室がノックされ、高取がどうぞ、と声をかけると、梶井《かじい》という女性アルバイトが顔を出した。歳は浩也の二つ上で、すらっとした美人の女子大生だ。

「祐介、トイレの掃除しといてくれたんだね。今日忙しいから助かった。ありがとね」

梶井は高取にそう言い、胸の前で手を合わせて拝むような格好になった。

「俺じゃありませんよ。俺、今日はこれからです」

「え？　ほんとに？　じゃあ誰かなあ」

梶井が眼を丸くしている横を、浩也はそそくさと通り抜けた。うつむいて「お先に失礼します」と、小さな声で言う。二階にある店舗部から階段を下りて道に出ると、大きく深呼吸する。まだ緊張していて、体は強ばったままだ。

（また、高取くんに怒られた）

それは落ち込むが、話ができたので嬉しくもある。

（話とは言わないのか。会話にはなってなかったし）

それでも胸の奥が弾んでいるのを感じて、浩也は自分に呆れた。この程度のことで浮き足だっているなんて、我ながらバカみたいだ。高取も、まさか叱責《しっせき》した相手にこんな気持ちをもたれているのは嫌だろう。

その時後ろから「相原さん」と声をかけられて、浩也は心臓が飛び出しそうなほど驚いた。

「た、高取くん」

制服を着た高取が、店舗から追いかけてくるのが見え、浩也の声は上擦《うわず》った。高取が浩也のすぐ眼の前で立ち止まる。距離が近く、制服から香るリネンの匂いと一緒に、体格のいい高取の体温まで伝わってきそうで、浩也は慌てて数歩後ずさった。するとそれに気づいてか、高取がムッとしたように眉を寄せる。

「相原さんでしょ、梶井さんの替わりに、トイレ掃除してあげたの」

「……な、なにが？」

図星だった。当番の梶井が、注文の多い客にあたって忙しそうにしていたのが見えたので、こっそり替わってあげたのだ。けれど従業員と仲良くしない、と決めている浩也は、そういう親切をなるべく隠している。なので、どうして高取にバレたのか不思議だったし、言い当てられてうろたえた。

「……ま、いいですけど。変な人ですね、なんでいいことしてるのに、みんなに隠すんですか。見せれば嫌われたりしないでしょ」

そんなことを訊《き》かれても困ると思いながら、

(本当に高取くんはハッキリ言うなあ)

浩也は半分、感心していた。普通本人に、「みんなに嫌われている」と言ってしまう人はそういない。いきなり痛いところを突いてくるのは、いかにも高取らしい。これまでの二ヶ月間、高取はいつもこうだった。他の人が言わないようなことも、ずばりと言ってくる。

うつむいて聞いている浩也の視界には、高取のスニーカーが映っている。それは使い古されて、つま先がぼろぼろになっている。

「ちょっと、相原さん。なんかないんですか?」

(高取くんは、スニーカー買い直さないの?)

高取に促されると、そう訊いてみたくなったが、浩也は訊かなかった。一緒に働いている間、いつも視線を下げて向き合っている浩也が、高取がずっと同じスニーカーを履いていることに気づいているなんて知られるのは、さすがに気まずい。

「あの、それじゃさよなら」

だから口早に言って頭を下げる。そのまま立ち去ろうとしたのに、「待って」と手首を取られた。高取の手は大きく、浩也の手首を容易に包んでしまう。骨ばった指からは高めの体温が伝わってきて、浩也は一気に頬を熱くしていた。

「はいこれ。あげます。ご褒美《ほうび》」

手に何か握らされる。見るとそれは、すぐそこの自販機で売っているカフェオレの缶だった。わけが分からなくてつい、高取を見上げる。すると、

「俺の顔、やっと見ましたね」

悪戯《いたずら》っぽく言い、高取がふっと笑った。切れ長の瞳には、優しい光が灯っている。自分を見ている高取の眼差しに温かなものを感じて、浩也は咄嗟《とっさ》に、高取の手を払っていた。

「い、要らない。ありがとう」

缶を返そうとしたら、高取が唇を突き出し、拗《す》ねたような顔になる。

「せっかく一日に一回くらい、相原さんの眼を見たくて買ってきたのに。無下《むげ》にするんですか？」

なにを言われているのか、浩也にはよく分からなかった。

——相原さんの眼を見たくて？

どうして高取が自分の眼なんて見たがるのだろう。なんと返したものか困り果てて硬直していると、高取がまた、笑った。さっきまでの子どもっぽい顔はもう既に引っ込んでいる。大きな手が伸びてきて、気がつくと優しく頭を撫《な》でられていた。

おかしげな声に、からかいまじりの愛情がにじんでいる。

「丸いなあ、相原さんの頭」

そう聞こえた自分が、なにか期待しているようで恥ずかしく、浩也は頭をおさえて、パッと飛び退き、高取から離れた。顔はもう、茹《ゆ》でたように赤くなっていて、とても上げられなかった。穴があったら今すぐ入って、隠れたい心境だ。なのにそれとは裏腹に、触れられたことを喜んでいる自分がいる——。

二ヶ月一緒に仕事をして、浩也は高取がどういう人か、よく知っているつもりだった。それはもう、四六時中、暇さえあれば高取を意識してしまうのだから当然だった。仕事もできてあちこちに眼を配っている高取は、他の人より浩也のこともよく見ているらしい。だからずけずけと叱られたりもするが、時々は褒《ほ》めてもくれるし、気にしてもくれる。さっきのようにからかわれることも、しばしばだった。浩也がいくら話さないようにしていても、高取はなぜか浩也を嫌わずに、ちょっかいを出してくれる。

それは高取が口はきつくても根は優しい男だから。自分にだけ特別優しいわけではないのだ。だから本当は喜んではダメだし、こんなことで喜ぶ自分は情けないし、厚かましいとも思う。

普通ならあまりにも卑屈な考えだけれど、そうまで卑屈にならなければいけない理由が、浩也にはある。

と、店舗から下りてきた梶井が「祐介」と呼びかけてきた。

「ゴミ捨て行ってくれない？　今日多くてさー」

「はいはい」

ついさっきまで浩也一人を見てくれていた高取だが、今では梶井のほうを向いている。

「じゃあ、相原さん、お疲れさまです。また明日」

礼儀正しく挨拶をしてから、高取は階段を駆け上がり、梶井と一緒に店の中へ入っていく。

その背を見ていると、浩也の中で高揚していた気持ちは、すうっと落ち着いていった。

そうだ、高取が浩也に向けてくれる好意は、おこぼれでしかない。

（公平な人だから、中川さんや木島さんから文句を聞いて、慰めようとしてくれたのかもしれないし。……なんにせよ、望んじゃいけない。高取くんに）

——好かれたいなんて。

心の中ですら、とても言葉にできないことを、浩也は思う。

好かれたいなんて思ってはいけない。

（高取くんは梶井さんと、付き合ってるんだし……それに、俺には、人を好きになる資格なんて、ないし……）

シンとした静かな痛みが、浩也の胸の奥へ広がってきた。

もしも自分が普通の人間なら、梶井の立場にもなれただろうかと思うと、一瞬だけ嫉妬《しっと》のような気持ちが湧《わ》き、浩也はハッとした。

それは絶対に、浮かべてはならない感情だった。愛されたいと思うほど、溢れてくる苦い気持ち。飼い慣らすことなど到底できない、怪物のような感情。

浩也は眼をつむり、いるかいないかも分からない神様に祈った。

(俺はもうなにも要りません。だから夢は、見せないで)

手の中で高取のくれたカフェオレの缶はまだ温かかったが、浩也は怯《おび》え、心の中は冷え冷えと寒くて、痛いほどだった。

二

浩也《ひろや》の夢では、いつも最初、両開きの窓が見える。浩也はまっ暗な闇の中に立っていて、その窓の向こうだけがぽっかりと明るいのを見ている。

（あの窓の先、なにがあるんだろう？）

不思議に思って窓に近寄り、中を覗《のぞ》こうと開ける瞬間まで、浩也はそれがいつも見ている夢の出だしだと気がつかないのだった。

その日もそうだった。見たくない、見たくないと思って寝たはずなのに、いざ夢の中に入り込むと浩也はそれが恐ろしい夢だと、忘れている。

両開きの窓に近寄り、そっと押し開けた時、いつものように「しまった」と思った。

（これは、予知夢だ――）

知りたくもない未来を、また見てしまう。

窓の向こうに見えたのは、『オーリオ』の店内風景だった。

時刻はいつ頃だろう？　電灯がついていて、窓の外が暗いから夜だろう。客も多く、ホールでは中川《なかがわ》や木島《きじま》、梶井《かじい》や……高取《たかとり》が、忙しく立ち働いている。

浩也は嫌な予感がしていた。早くこの夢から覚めたい。そう思っていたら、怒鳴り声がした。見ると、店の奥で男性客が二人、揉《も》み合っている。近くにいた高取が急いで止めに入り、そして――、あっと浩也は叫んだ。

男の一人が、持っていたグラスを高取にぶつけたのだ。女の人の甲高い叫び声と、ガシャン、とグラスの割れる音がする。辺りに飛び散る硝子《ガラス》の破片。高取の腕がざっくりと切れ、赤い血が飛び散る――。

（高取くん！）

浩也は体中から、血の気がひいていくのを感じた。

（高取くん！　高取くん！　高取くん！）

夢の中、聞こえるはずもないのに、浩也は金切り声をあげ続けた。


眼が覚めた時、浩也は全身ぐっしょりと汗ばんでいた。昨夜は寝ないでいようと、ベッドにも入らなかったのだが、一人暮らしするアパートの座卓の上に突っ伏して、明け方、つい寝ていたらしかった。窓辺からは淡い朝の光が射しこんでいる。浩也の体は冷えきり、震えていた。

（夢、見てしまった）

しかも、高取が怪我《けが》をする夢だ。

最悪な気分だった。不意に耳の奥へ、古い声が返ってくる。

――お父さんが死んだのは、あんたが夢を見たせいなのね！

「あ……」

息苦しくなり、浩也は左胸の上でぎゅっと拳《こぶし》を作った。その時、座卓の上に置いていた携帯電話が鳴りだした。ぎくりとして見ると、画面に『母』と表示されている。

（母さん……）

大学入学を機に離れた、東京《とうきょう》の母からの電話。出なければ、出よう、と思うのに、浩也は動けなかった。とても出られない。高取の夢を見て、冷静さを欠いている今の状態で、母と話をしたくなかった。

（話して、もし母さんの夢を、見たりしたら……）

それが怖い。ただでさえ揺れやすい自分の心を、浩也は嫌と言うほど知っている。

呼び出し音が自分を責めてくるようで、浩也は息を潜めて電話が切れるのを待った。一分ほどで電話は切れ、しばらくして、母からメールが届いた。

『お母さんの出産日、浩也は来れる？』

文面を見て、胸の奥にじわっと罪悪感が浮かびあがる。その罪悪感を誰にも言えないし、誰のせいにもできない。たった一人の母親にすら。

浩也は携帯電話を持ったままうなだれた。こういう時、どうして自分が生きていて、父が死んだのだろうと思ってしまう。

苦しみのやり場がどこにもない辛《つら》さが、孤独感と相まって、浩也は押しつぶされそうだった。


浩也が最初にそれを予知夢だ、と気がついたのはいつだったのか。

浩也が見る夢は、いつもどこかの未来で起こる正夢だった。ただその予知夢には、浩也自身は登場しない。夢に出てくるのは、いつも決まって浩也の身近にいる人、それも浩也がとても好きな人ばかりだった。夢は、その相手にとっていい夢だったり、取るに足らない夢のこともあるけれど、怪我をしたりするような、悪い夢のこともある。

とにかく一番最初の記憶にある夢は、母の夢だ。

小さな頃、浩也の両親はどちらも仕事が忙しく、あまり構ってもらえなかった。朝から保育園に連れて行かれて、夜までそこにいたし、たまの休みにも両親は仕事の疲れから、さほど遊んでもらえなかった。

浩也は浩也なりに、両親のその頑張りに小さな胸を痛めながら、もっと一緒にいたいと思い続けていた。ある日、浩也は眠る前に神様にお願いをした。

『神さま、お父さんとお母さんと一緒にいられる、魔法をください』

そしてその夜浩也は、夢を見た。それは、保育園に浩也を迎えに来る母の眼の前で、トラックがカーブミラーにぶつかるというものだった。

どうしてその時そう思ったのか、子どもらしい直感で、浩也はそれが正夢になる気がした。だから翌朝、必死になって母に言った。

『お母さん、きをつけてね。トラックがくるよ。だから動かないで』

母は半信半疑で笑っていたが、その日、浩也が夢に見た事故は本当に起き、母は保育園に駆け込んできた時、ショック状態で、浩也を抱きしめて泣いた。保母の一人が、『あと一メートル先だったら、相原さん、轢《ひ》かれてたって……』と、怖いことを言った。

『浩くん、ありがとう。ありがとう。お母さん、生きててよかった……』

泣きながら母が言い、浩也は神様のくれた魔法が、母を助けてくれたのだと思った。

それからというもの、浩也は頻繁《ひんぱん》に予知夢を見るようになった。夢に出てくるのは大体母、次は父だった。最初に母に言って役に立ったのだから、と、浩也は無邪気に見た夢をなんでも報告した。

『お母さん、そのお花ねえ、猫ちゃんがきてぐちゃぐちゃになるよ』

と忠告したのは、母が買ってきた苗を汗水垂らして花壇に植えている最中だったし、

『お父さん、こんどえらい人に怒られるよ』

と言ったのは、父が持ち帰った仕事をうんうんうなりながら片付けている最中だった。

次第に父と母は、浩也が夢の話をするとムッとするようになった。

転んだ母が、お気に入りのスカートを破き、膝小僧《ひざ》をすりむいた時も、

『ほら、僕が言ったとおりでしょ。お母さんが自転車でこける夢見たもん』

と、言うと、母は「どうしてそんなひどいことが言えるの」と声を張り上げて怒った。

『浩也は、お母さんがこけたらいいと思ったから、そんな夢を見たんじゃないの？』

まだ小さかったから、浩也には母の言う意味がよく分からなかった。けれど母がひどく怒っていることだけは、分かった。

ある時、夜中に眼が覚めると母と父が小さな声で話しているのを聞いた。

『あの子、気味が悪いわ。どうしてあんな変なことばかり言うのかしら』

『子どもの言うことだろう。気をひきたいだけじゃないか』

『あなただって、この間、薄気味悪いって言ってたじゃない』

――気味が悪い？

浩也の小さな心臓がきゅっと縮こまるように痛み、その夜はなかなか寝付けなかった。

神様がくれたこの力は、なにかとても悪いものなのだろうか？

（どうして？　……お母さんとお父さんの役にたつ、魔法だと思ったのに……）

浩也の父が死んだのは、それから間もなくしてのことだ。家族三人で出かけた末の、事故死だった。降って湧いたようなその災いを、浩也は夢に見ていた。七歳だった。

ある日、仕事が入って、約束していた遊園地に連れて行けなくなった、と父に言われた浩也は、夜眠る前にこんなことを夢想した。

会社で父が、「その日の仕事なくなったよ」と言われる。それで、約束通り遊園地に連れて行ってあげるよ――と言ってくれる。そうなったらいいのに、と。それから、そういう夢を見よう、と思った。

(そうだ、夢に見たら本当になる)

意図して夢を見られるかどうかは、もちろん分からなかった。けれど結果として、浩也はそのとおりの夢を見て、遊園地にも行けることになった。思いどおりになって、浩也は嬉しかった。もしかしたら本当に自分は、夢で未来を変えられるのかもしれない、とも、思った。

けれど遊園地へ行く前日、今度は父が事故で死ぬ夢を見たのだ。

それは強烈な夢で、高速道路で三台もの車が玉突き事故を起こす映像だった。似たような車ばかりで、そのうちの一台が自分の家の車かどうか、それがいつのことなのかも浩也には分からず、最初は父が死ぬ夢だと思っていなかった。ただなにか嫌な予感があって、遊園地は思ったほど楽しめなかった。夢に見た事故が起きたのは、遊園地から帰る途中だ。

飲酒運転が原因で起きた三台の玉突き事故。浩也たちが乗っていた車は先頭だった。運悪く車は頭からトンネルの入り口にぶつかり、後部座席にいた浩也と母は助かったが、運転席にいた父が死んだ。

浩也が覚えているのは、母の叫び声や泣き声、パトカーのサイレン音、まっ赤に染まっていた夕空、それよりももっともっと、赤かった父の血が、フロントガラスいっぱいに飛び散っていた様だけ。それはまるで、狂った絵のように恐ろしい光景だった。

父が運び込まれた病院で、浩也は胸の重石《おもし》をどかしたくて、思わず母に言った。

『ぼく、お父さんがこうなる夢、見てた……』

死んだ父の胸に顔を埋めるようにして泣いていた母が、弾かれたように身を起こしたのはその時だった。頰をぶたれ、浩也はその場によろめいてこけた。

『どうしてそんなひどいことが言えるの！』

母が、鬼のような形相で立っていた。

『じゃあお父さんが死んだのは、あんたが夢を見たせいなのね！』

浩也は呆然《ぼうぜん》として、母を見つめた。母はその場に泣き崩れ、浩也はぼんやりと、ああそうか、と思ったのだ。

——自分は神様のくれた魔法で、父を死なせたのか……。

あとになって、浩也は思った。父の死は、自分が夢で、父の未来を変えたせいではないか？と。

行けないはずだった遊園地に、父が行けるよう、願って夢を見た。

浩也は父の未来を変えたのだ。

　世界は不思議なバランスで保たれていて、それは浩也には知るよしもないけれど、なにかを強く引っ張れば、今度は同じだけの力で引っ張り返されるように——できているのではないだろうか？

　だから、父と一緒にいたくて変えた未来の代償が、父の死だったのでは……？

　浩也はまだ幼い心で、なんとなくそう考えた。

　母にも言われたことがある。本当は見たいから、その夢を見たんじゃないのかと。いつもそうだとは限らないが、もしかしたら浩也は、本当に見たい夢を見ることができるのかもしれない。

　そうして、人の人生を知らずに変えているのかもしれなかった。それも、大好きな、大事な人たちの人生を。

　父には多少の遺産があったので、母はそれからも会社勤めをしながら、浩也を育ててくれた。浩也はもう二度と、夢の話をしないようにした。母は日々の忙しさの中で、いつしか、浩也が昔見ていた夢のことも、父が死んだ時に浩也へ投げつけた言葉も忘れたようだった。

　浩也はというと、忘れることなどけっしてできなかった。

　根深い罪悪感が浩也の中に植え付けられ、浩也はなるべく一人でいるように努めるようになった。親しい相手を作らず、常に引っ込んでいた。母に対しては、父を奪ったという負い目が強くて、反抗期も迎えず、良い息子であろうとした。心配をかけないよう、勉強はきちんとした。けれど昔のように、純粋に甘えることはできなくなり、浩也のほうからだんだんと離れていった。とはいえ、仕事の忙しい母がそんな浩也の変化に気づいていたかは分からない。高校生になると、浩也も家計を助けるために軽作業のバイトなどをしていたので、家の中でもあまり顔を合わせなかった。

そして高校二年生の時、母が同僚の人と再婚することになり、浩也は県境を越えて大学を受験した。家からは絶対に通えない距離の大学へ行くことになれば、自然と一人暮らしができる。受験には成功し、家を出ることができた。母は浩也が再婚相手に気を遣っているのではと心配していたけれど、浩也はむしろ、母の再婚にホッとしていた。自分がそばにいなくても母が淋しくなければ、そのほうがいい。大事な家族だからこそ、自分は母とは一緒にいられない。母のお腹に新しい命が宿った時、よけいにそう思った。赤ん坊を傷つけるような夢は、絶対に見たくない。家を完全に離れる時期が、近づいているのだと悟った。

（一人で……生きていこう）

十八になる前には、そう決めていた。

予知夢に出てくるのが好きな人だけなら、誰も好きにならない。好きな人とは離れる。

長年夢を見続けてきて、浩也は予知夢を見るには条件があるのだと気づいていた。

それは、嫉妬や求愛に似た感情だ。自分の好きな人にしか起こさない感情。もっと自分といてほしい。もっと自分を見てほしい。自分を嫌わないでほしい。

（俺を好きになってほしい……）

そんな気持ちで心が揺さぶられた日。浩也は心を揺らした人の夢を見る。

大学に入って、アルバイトを始めた時、誰とも親しくならないことを決めたのは、好きな人を作って夢を見ないためだった。初めは上手くいっていた。けれど……。

（高取くんの夢……見てしまった）

浩也はうなだれ、頭を抱え込んだ。本当は前から、恐れていた。

浩也は同じ『オーリオ』で働く、一つ年下の高校生、高取祐介《ゆうすけ》に、恋をしていたからだ。


その日大学の講義が終わった後、浩也は『オーリオ』に向かっていた。心は不安に揺れ、朝からずっと落ち着かなかった。見てしまった高取の予知夢のことが心配でたまらなかった。

（いつ、高取くん怪我するんだろう？　どうにかして助けたいけど……）

高取が客のケンカを仲裁して、怪我を負う夢。浩也にはあんな夢を見てしまった責任が、自分にあるように思えた。高取と梶井が一緒にいるのを見て、昨日、一瞬とはいえ嫉妬してしまったせいだ。

（なんでもっと早く、辞めるって言わなかったんだろう。高取くんを好きになった時点で、すぐ辞めてれば……）

朝から何度も繰り返した後悔で、浩也はまた悶々《もんもん》としていた。

けれど『オーリオ』の前まで来ると、浩也は足を止めた。駐車スペースの脇の花壇で、小さな男の子が一人ぼっちで泣いていて、つい気になった。客の子どもだろうかと周りを見渡したが、親らしき人はいない。

迷ったけれど、ふっくらした頬をぽろぽろこぼれ落ちている涙を見ると、放っておけず、浩也はその子のところへ近づいた。

「どうしたの？　どこか、怪我《けが》した？」

おそるおそる、声をかけて屈《かが》みこむと、その子が顔を上げた。涙をいっぱいに溜《た》めた大きな眼と眼が合う。かわいそうになり、浩也はその子の小さな頭を撫でてあげようかと迷う。けれどどうやって撫でたものか、咄嗟には手が出せない。

「オモチャこわれちゃったの……兄ちゃん、かってくれたの」

見ると、その子の腕の中には『オーリオ』のレジ脇で販売しているロボットのオモチャが抱かれていた。ロボットは、肩のところが割れてしまっている。

「ロボット、いたいいたいかも」

しゃくりあげる男の子に、浩也は「ちょっと待ってね」と急いで鞄《かばん》を開き、なにかないかと探した。たまたま持っていた絆創膏《ばんそうこう》が出てきたので、これでいいのかと迷いながら、男の子に差し出す。

「これ……貼ってみる？　他のテープがいいかな」

「カンパンマンだ！」

男の子は声をあげて絆創膏に飛びついた。そこには、子どもに人気のキャラクターが描かれている。なにかの時に急ぎで買ったからこのデザインしかなかったからだが、吸着力が弱いので、後で剝《は》がすのもそう難しくはないだろう。

「これはっていいの？」

男の子に、眼をきらきらさせて訊かれ、浩也はロボットの割れた肩に貼ってあげた。

「ロボットなおった？」

「手当てしてみたけど……」

不格好につなぎあわせただけだったけれど、男の子は泣き止み、嬉しそうに笑った。

「えらいね。ロボットのこと心配してあげたんだね……」

満面の笑みが可愛《かわい》くて、つい褒める。

「お兄ちゃん、ありがとう」

ありがとうと言われると、どうしてなのか、浩也の気持ちまで和らぎ、自然と口元が緩んでいた。

「あ、兄ちゃん！」

と、男の子が眼を輝かせて声をあげた。振り向いた浩也は、ハッとして固まってしまった。

ちょうどバイトに来たばかりの高取が、高校の制服を着て、すぐそこに立っていたからだ。

「おう。お前なにしてんだ?」

「このお兄ちゃんがね、ロボットてあてしてくれたの!」

男の子が高取の足にまとわりつき、高取はよかったな、と頭を撫でている。

(に、兄ちゃんって呼んだ? 今……)

浩也は眼を丸くしてしまった。そういえば前に聞いたことがある。高取には下に五人も弟妹がいて、そのうえ母子家庭で大変なので、大学資金のために高校二年生からアルバイトをしているらしい、と。

(じゃ、この子、高取くんの弟?)

高取は弟を可愛がっているのだろう。「もう帰れ」と素っ気なく促されても、男の子は嬉しそうにしていた。と、帰る間際、男の子は浩也の足にぎゅっと抱きつく。

「お兄ちゃん、すき!」

浩也はドキリとした。その小さな体から伝わってくる温かな体温と、好きという言葉には、驚いたけれどやっぱり嬉しかった。

男の子が元気いっぱい帰っていったあと、高取に「どーも世話かけました」と言われ、浩也は内心慌てた。

「ううん、あの、勝手なことして……」

いつものように眼を逸らしながら、浩也の中には罪悪感が湧いてきた。今朝見た夢のことを高取に言おうか、とも思ったが、どう言えばいいのか分からない。

「六人兄弟の一番下なんで、甘ったれなんです、あいつ。うるさかったでしょ?」

横に並んだ高取が言い、浩也は小さな声で「とんでもない……」と答える。すると高取が、「ちぇー、とんでもなくないじゃないですか」と、なぜだか僻《ひが》んだような声で言った。

なにが? と困惑して顔をあげると、高取はまた、拗ねた表情だった。

「相原さん、ずるいなあ」

「え?」

「俺が構ってもなかなか笑わないし眼も合わせてくれないのに、チビには簡単に見せて、ずるいですよ」

こっちはドリンクで釣ってやっとなのに、と付け加えられ、浩也は唖然《あぜん》とした。

またからかわれてる、と気づいたのは、高取がニヤニヤして浩也の反応を見ていたからだ。

とたんに頬が熱くなり、浩也は「お店行きます」と呟《つぶや》いて、避けるように店への階段を上がる。

後ろから追いかけてきた高取が、すぐ横に並び、

「怒ったの? 相原さん。ね、怒った? 怒らないでくださいよ、冗談でしょ」

と、声をかけてくるが、なんだか面白がられているようだ。どうして高取がこんなふうに自分を構うのか、浩也は分からず無言で足を速める。すると高取は、苦笑するように小さく笑っ

た。

「ほんと……要領悪いな、相原さん。これくらいのことで、そんなにオロオロしてどうするんです」

もしかしたら嫌みなのかもしれないが、高取の声は優しかった。低い声ににじむ愛情を、また勘違いしそうになり、浩也は足を止めていた。

高取が手を伸ばし、頭を撫でてくれる。逃げきれずに硬直していると、高取は「ありがとうございました」とだけ言い、先に階段を上がっていってしまった。

心臓が、耳のそばまで膨《ふく》れ上がって、そこで鳴っているようだった。息苦しい。

構われて、優しくされて嬉しい。けれど苦しい。どうにもならない感情で、胸がはちきれそうだ。泣きたかったけれど、ここ数年一度も泣いていない浩也は、泣き方を忘れている。

(バカか、俺。こんなことで喜んで。俺なんか、高取くんを好きでいる資格もないのに)

今朝、あんなひどい夢を見たばかりだ。高取が怪我をすると知っていて、それでもなにもできない自分。大事な人は傷つけてしまう自分が、高取に触れられてときめいているなんて、滑稽だ。

「あ、祐介。頼みたいことがあるんだけど」

「トイレ掃除なら替わりませんよ」

先に店舗に入った高取が、梶井と会話する声が聞こえてきた。扉が閉まると同時に、その声も消える。こんなふうに簡単に、気持ちも消してしまえたらいいのに。

一人立ち尽くしながら浩也はそう思い、痛いほど唇を噛《か》みしめた。


「ねー、高取くんと梶井さんって付き合ってんのかな?」

「なんかよく一緒にいるし、あの二人ならお似合いって感じだよね」

その日、仕事が終わって更衣室の前に立つと、中から中川と木島の会話が聞こえてきた。胸の奥が鈍く痛むのを感じながら、浩也は扉をノックした。

「あ、どーぞぉ。着替え終わってまーす」

頭を下げながら入ると、中川と木島が眉を寄せるのが分かった。この間の送別会の件を、二人はまだ怒っているのだろう。

「さ、行こ行こ。カラオケ~」

二人にそそくさと部屋を出て行かれると、仕方のないことだと分かりながらも、気分は重くなる。

今日は疲れた一日だった。ずっと、高取が怪我をしないかと気が張っていたからだ。とりあえず夢で見た日は今日ではなかったようで、高取も浩也もなにごともなくシフトを終えた。

(せめていつのことなのか、それだけでも分かればいいのに)

今すぐ、店長に辞職を伝えるべきかと思うが、高取の怪我のことが気になり、言い出す決心がつかなかった。

と、浩也は、更衣室のゴミ箱がいっぱいなのに気がついた。ゴミ捨ての当番は中川と木島だが、二人は忘れてしまったのだろう。どうしようか一瞬だけ迷ったが、他の人たちが来る前にと思い、浩也は急いでゴミを捨てに行った。

初夏の戸外は日が落ちると冷えていて、薄い制服のシャツの中で、二の腕が鳥肌立つ。更衣室に戻りながら、ふと浩也は落ち込んだ。

（嫌われてる相手のために、なにかしてしまうのは、どこかで好かれたいって思ってるからなんだろうな……）

もどかしい、と思う。

どうせ誰とも親しく付き合えないなら、もっと割り切ることができれば楽なのに、浩也はそれができない。悪人になることもできないし、表面だけ要領よく、愛想を振りまくこともできない。

下を向いて眼を逸らし、相手を不愉快な気分にさせながら、嫌われて傷ついている。

こんなふうに煮え切らないのは、家を出てきたせいかもしれない。誰も知人のいない土地に来て、唯一の肉親である母とも遠くなった。そうなって初めて、本当に一人で生きていけるのかと、不安になっている自分がいる。

（だから高取くんのことも簡単に好きになったんだ。覚悟が足りてないから）

——高取くんと梶井さんって付き合ってんのかな？

更衣室に戻り、静かな部屋の中で着替えていると、さっき聞いた中川の言葉が、耳の奥に返ってくる。実際どうなのだろう。

高取と梶井は「今」付き合っているのだろうか？　それは分からないが、いつかは必ず結ばれる。浩也はその結果だけは先に知っていた。

浩也が高取の夢を見たのは、今朝が初めてではない。一ヶ月ほど前に、何年後の未来なのか、高取と梶井が挙式している夢を見たのだ。

青く晴れ渡った空に、まっ白なチャペル。

夢の中で窓を開けると、そんな景色が見えた。スーツを着た男性や、華やかに着飾った女性たちの間を、高取と梶井が歩いていた。ウェディングドレスを着た梶井の腕をとり、寄り添うように歩く高取は、タキシードが似合っていていつも以上に精悍《せいかん》だった。

その夢を見た日、浩也は初めて、自分が高取を好きになっていたのだと自覚させられた。けれど夢の内容は結婚式だ。好きだと自覚した瞬間、失恋した。それでも、高取が怪我をする夢よりはマシだった。

（高取くんに、言ってみようか。予知夢を見たから気をつけてって……いや、そんなの信じてもらえるわけがない）

第一、高取に気味が悪いと思われるのが怖い。

着替え終えたらどっと疲れが押し寄せてきて、浩也は更衣室に置かれたパイプ椅子《いす》に座り込むと、テーブルに顔を伏せた。

ふと今日、高取に頭を撫でてもらえたことを、思い出す。高取はよく、浩也の頭を撫でる。

「丸い頭ですね」

としょっちゅう言われるから、触り心地が気に入っているのかもしれない。

初めて撫でられたのは、忘れもしない、アルバイトを始めて三日めのことだった。

その頃、浩也は高取が苦手だった。なにか失敗するといつも厳しく叱られたし、眼を合わせて話せとか、ぼそぼそ喋《しゃべ》るなとか、遠慮なく言われたからだ。

そんなある日、浩也は中川と木島に「相原くんの歓迎会を開くから」と言われて断った。一度断っても、他の日でもいいよ、とか、相原くんに合わせるから、と何度も気遣われ、答えに窮して、

『あの、俺、人といるの苦手だから……』

と、言ってしまった。頑《かたく》なな浩也に、よかれと思っていたからこそよけいにだろう、中川と木島は腹を立てたようだった。

『ファミレスで働くのに、人が苦手ってなに？　相原くん、この仕事向いてないよ』

場所は更衣室だった。ちょうど着替えに入ってきた高取に、そこまで言われているところを

見られ、浩也は恥ずかしい気持ちになった。中川と木島はさっさと出て行き、高取と二人きりになると、気まずくて下を向いた。

その時ふと、高取が言った。

『相原さんの接客は、ちゃんとしてますよ』

驚いて、思わず高取を見ると、『この仕事、向いてると思いますよ』とつけ足してくれた。

『あんた、不器用なだけなんですよね』

静かな、優しい声だった。高取は浩也の頭を、子どもにするように、撫でてくれた。

不器用という言葉は、なんて優しい言葉だろうと思った。できないことやダメなことを、上手じゃないだけで、本当は頑張っているのだと、許してくれている言葉だ。

実際の自分は頑張ってなどいない。もっと頑張って、器用に立ち回れば誰も怒らせないですむ。分かっていてできていないのは甘えだと知っている。それでもあの時、浩也はこの店にいることを、許してもらえたような気がした。

こんな自分でも、ここにいていいと思ってくれる人がいる。そのことが、息が止まりそうなほど嬉しかった。

父を失ってから十二年間、そんなふうに思えたことは一度もなかった。浩也の心はいつでも、ここにいてはいけないという罪悪感に満たされていて、小さな頃は、おとぎ話に出てくる人魚姫の痛みをよく想像した。

歩くたびにナイフで刺されるような痛みが、足の裏に響いたという人魚姫。

浩也は息をするたび、針で胸を刺されているような、そんな心地でずっと生きてきた。もっとも恋のためにそうなった人魚姫と違い、自分は父を殺したから、そうなったのだ。

けれど固く閉ざしていたはずの心の隙間《すきま》に、高取が入ってきた。

ちょうど、妊娠した母から何度も電話が入り、それを無視しては苦しんでいた時期だった。自分をひどい人間だと思い続けるのは辛い。たった一言、嘘でもいいから、あなたにも良いところがあると、誰かに言ってほしかった、それを、高取が言ってくれた。

一度ほころんだ場所は、何度閉じようとしても簡単には戻らず、高取が構ってくれるたび、その温かさを欲しがって、もっともっとと取り込んでしまう。

——これ以上、欲しがったらいけない。

心のどこかでそう思いながら、高取に優しくされるのが嬉しくて、今日までずるずるとバイトを続けてきたのだ。

(……俺が夢なんか見ない人間で、それで、高取くんが俺を好きになってくれたら、普通に付き合えたりしたのかなあ)

そうだったらよかったのに。

益体《やくたい》もない考えだ。分かりながら、思わずにはいられなかった。

更衣室には、壁掛け時計の秒針の音だけがコチコチと響いている。その音をじっと聞いているうちに、いつしか、浩也はまどろんでいた。

（……窓だ）

真っ暗闇の中に、両開きの窓がぽつん、と見えていた。窓の向こうからこぼれる光に誘われて、浩也はふらふらと窓辺へ寄っていった。そっと窓を開いた時、これが予知夢だと思い出し、浩也はハッとなった。

見えたのは『オーリオ』の更衣室だ。立っているのは、高取。ウェイターの制服を着ていて、誰かをじっと見つめているが、相手は見えない。夢の中で、浩也はどうしよう、と思った。また高取の夢を見てしまった。早く眼を覚まさなきゃ、と焦る。

『好きです』

高取が言い、浩也は息を呑んだ。

『好きです。俺と付き合ってくれませんか』

「……あっ！」

その瞬間浩也は叫び、飛び起きていた。

座っていたパイプ椅子が倒れてガシャン、と音が鳴る。周りを見渡すとそこはさっきまで夢に見ていた更衣室だった。心臓がどくどくと脈打ち、額に冷たい汗がにじんでくる。

（う、うたた寝して……予知夢見てしまった）

高取が、誰かに告白する夢だ。相手は——梶井だろうか？

その時、すぐ後ろから「大丈夫ですか？」と声をかけられて、浩也はぎょっとした。振り向くと、信じられないことに高取がいた。

「よく寝てたから起こさなかったんですけど、悪い夢でも見ました？」

「あ、い、いや」

制服を着て立っている姿がさっきの夢と重なり、続きかと思ったが、自分も登場しているから違うと気づく。同時に高取の夢を見てしまって申し訳なく、見た内容もショックで頭の中が混乱し、浩也は言葉が出せなかった。

うつむいて黙り込んでいると、高取が近づいてきて、浩也の背をさすってくれる。

「相原《あいはら》さん、真っ青ですよ。落ち着いて。そんなに怖い夢だった？」

大きな手のひらを背中に感じると、別の意味で心拍数があがる。浩也は慌てて身を翻《ひるがえ》した。

「あの、大丈夫。ありがとう」

「ああ。そうですか」

高取はなぜだか小さく息をつき、浩也の倒した椅子を直してくれている。

「そういえば、今日の更衣室のゴミ捨て、また相原さんがやってあげたでしょう」

その時そう訊かれて、浩也は思わず固まった。先ほどゴミを捨てに行ったことを思い出すのと同時に、どうして自分が捨てたと分かったのだろう、と思った。

「これ、ゴミ袋重ねるの、相原さんだけですもんね。すぐ分かります」

　高取がそう言って、さっき浩也が替えたばかりのゴミ袋を触った。浩也はいつも、ゴミ箱の袋を替える時、数枚重ねで替えるようにしている。そうすれば、一度捨てても真新しい袋がゴミ箱に残るので、他の人の手間が減らせる。ただそれを、高取に知られていたことに驚く。

「……た、高取くんもやってるだろ」

　思わず言うと、高取のほうもちょっと驚いた顔になった。

「ええ、まあ、忙しい日に、面倒くさいからやってるんですけど……厨房《ちゅうぼう》だけですよ。ていうか俺がそうしてるの、見て覚えたんだ？」

「……高取くん、仕事の先輩だし」

「そうですけど。質問もあまりしてこないし、年下なんで頼りないのかと思ってました」

　浩也は不思議に思った。高取は浩也より年下とは思えないくらい落ち着いている。そんな高取を頼りないと思うはずがない。浩也は小さな声で、そんなことない、と否定した。

「高取くん、仕事できるし、頼りないなんて思ったことないよ。すごく親切だし……」

　こんな俺にも、という言葉は、さすがに卑屈すぎるかと思って飲み込む。

「そうですか？　相原さんのほうがよっぽど、親切だと思いますけどね」

　言われて、浩也は言葉に詰まった。親切。高取がこんな自分のどこを見て、そう思ってくれたか分からないが、褒められたと思うと返事に困り、ついうつむいてしまう。

「親切なのは高取くんだろ」

「俺、親切にする人は決まってるんですけど、気づいてます?」

高取に訊かれ、浩也は少し顔を上げた。どういう意味だろう。

「みんなに、親切だと、思うけど……」

「そうでもないですよ。どうでもいい人には適当なんで。それに俺、口が悪いですしね」

「俺は、いつも優しくしてもらってるから……高取くんを年下なんて思ったことないし、なんでもハッキリ言えるのもかっこいいし、その、高取くんみたいになれたらと思ってるけど……」

ぼそぼそと褒めてから、話し過ぎたことに気がついた。浩也は慌てて立ち去ろうと、鞄をとる。と、高取が「やばい」と呟いた。

なにがやばいのだろうと気になり、おずおずと眼だけあげる。するとすぐ横にいた高取と、まともに視線がかち合った。

「相原さん、俺のこと、そんなふうに思っててくれたんですね。もしかして、脈ありますか?」

(脈?)

なんの話かと、浩也は眼をしばたたいた。不意に高取が真剣な顔になる。

「まだ言わないでおこうと思ってたんだけど、もう我慢できないから、言います」

なにを？　と思った時だった。

「好きです」

なにを聞かされたか、すぐには理解できず、浩也はぽかんと口を開けた。

「俺は相原さんが、好きです。俺と、付き合ってくれませんか？」

夢の続きだ。

頭の中でそう、自分の声がした。いや、違う。続きではない。

夢が現実になったのだ。たった今、浩也が見た夢が——。

三

その日、浩也《ひろや》はほとんど眠れなかった。

朝起きた時には、自分で見ても分かるくらい疲れ切った顔をしており、思わずため息が出た。

——浩也は昨日、高取《たかとり》に好きだと言われた。

ただし、告白される夢を見た直後のことだ。

(……偶然なんかじゃない。あれは、夢のせいだ)

もうずっと、浩也は混乱し続けている。大学へ行く身支度を調えていると携帯電話にメールが届き、差出人の名前を見て、浩也は固まった。高取祐介《ゆうすけ》、と表示されていたからだ。

『オーリオ』では一緒に働く従業員全員が、それぞれの連絡先を共有している。急な用事でシフトに入れなくなった時、自分で替わってくれる人を探さねばならないからで、浩也も高取のアドレスを知っているし、高取も浩也の連絡先を知っているはずだが、こうして実際にメールが来たのは初めてのことだ。

緊張し、怖くもあって、浩也はしばらくそのメールが開けなかった。

『今日、バイトの前、時間作れますか？　昨日の返事聞かせてください』

やっとのことで読むと、メールは高取らしく、簡潔で率直なものだった。逃げも隠れもできないと思い、浩也はその場にしゃがみこんでしまった。

昨日、浩也はあまりに驚き、気がつくとなにも言わずに更衣室を飛び出して逃げ帰って来ていた。最低な対応だとは思うが、あの時は気が動転していて、そうするしかなかった。

そもそも、高取が自分を好きだなんてことは、あるはずがない。

(俺が夢を見たせいかもしれない)

だから浩也はそう思っている。更衣室でまどろむ前、自分は、高取に好かれたいと思って寝た。予知夢さえ見なければ、付き合えたかもしれないと、ありもしないことを願って。

だからその願望が夢になって、そして現実になったのではないだろうか。父を遊園地に行かせた時のように、また自分は、相手の未来を勝手に変えたのかもしれない。そう思うと、ぞっとした。

一瞬だけは、あれは高取の本心かもしれないと思ったが、その可能性はすぐに打ち消した。自分には、好きになってもらえるような要素はないし、なにより、高取はいつか梶井《かじい》と結ばれるはずなのだ。結婚式の夢は、もう一ヶ月も前にちゃんと見ている。それなのに、高取が自分に告白する夢を見てしまった。

——あんたが夢を見たせいなのね！

七歳の頃から脳裏にこびりついている母の声が思い出され、浩也は血の気が失せていった。割れたフロントガラスいっぱいに飛び散っていた父の血と、霊安室に横たわっていた遺体が、チカチカと脳裏にフラッシュバックした。

体の奥から震えがのぼってくる。怖くて、浩也は自分の体を抱くように腕を回した。

(高取くんが怪我《けが》をする夢を見たのは、未来を曲げてしまったからじゃ……?)

けれど高取の未来を変えた代償は、ただ、腕の怪我だけで済むのだろうか。父の時のように、高取がもっと危険な目に遭うかもしれない。

(絶対に付き合っちゃいけない。高取くんは梶井さんと結ばれるはずだから、ちゃんと、本当の未来に戻さないと——)

どれだけ好きでも、告白されて嬉《うれ》しくても、変えた未来に荷担してはいけない。父の時も、遊園地に行かなければ、父は死なないで済んだのだから。

顔をあげると、本棚に飾ってある、子どもの頃の家族写真が眼に入った。まだ生きていた父と、母とに囲まれた自分が、無邪気に笑っている。

手を伸ばして写真立てをとる。実家から引っ越して来るとき、過去の写真は全部捨てた。もっとも、小中高と友達もおらず、母も忙しかった浩也にはまともな写真など元からなかったのだが、それでも少ないながらに持っていた思い出は、どれも処分してきた。

それなのにたった一枚だけ、こうして残し、持ってきて、飾ってさえいる。

一人で生きていくと思いながら、記憶の片隅にある温かなものを、まだ浩也は捨てられないのだ。罪を犯す前の、愛し愛されることが当然だった頃を、まだ、惜しんでいる。

愛情は怖いものだ。

浩也は身にしみて、それを知っている。

好きになるだけならいい。誰かをただ、遠くから好きでいるだけなら。けれど好きになればなるほど、相手からも返してほしいと思ってしまう。

今でさえ、高取からの告白を絶対に受け入れてはならないと思いながら、それを残念に思っている自分がいる。

梶井との未来など知らなければよかった。あの言葉が高取の本心だと純粋に信じられたら。

そうして、自分が愛する人を傷つけるような人間じゃなければ、あの告白を受け入れて、自分も好きだと言えただろうに。

そんな、益体《やくたい》もない夢想が、浩也の胸を痛めつける。抱くだけ苦しい望みを、持たせようとする。

（一人で、生きていくんだろ。そう決めたじゃないか）

覚悟しろ、覚悟しなければならない。

浩也は死んだ父の笑顔を見つめ、自分にそう言い聞かせた。そうして、写真立てを本棚に戻すと、再び大学へいくための身支度を始めた。

「つまり、俺とは付き合えないってことですか?」

「……そうなる、かな」

アルバイト前の時間、『オーリオ』の近くにある公園で高取と落ち合った浩也は、もごもごと小さな声で答えた。と、高取は苛立《いらだ》ったように舌打ちをする。

「ハッキリ言ってください。付き合えるんですか? 付き合えないんですか!?」

「つ、付き合えません」

怒鳴られて、思わず顔を上げて答えると、フラれているはずなのに高取は泰然としていて、「よし」などと頷《うなず》いている。

六月に入ったばかりの公園はいい天気で、夕方間近のこの時間帯でも明るかった。

金曜日の今日、高取は学校帰りで制服を着ている。白いシャツの上からでもしっかりした体つきが分かり、こんな時なのに浩也はやっぱり、

(かっこいいな)

と、思ったりした。

「で、その付き合えない理由ってなんです?」

けれど続けてそう訊《き》かれ、浩也は内心ぎょっとした。付き合えない、と返事することまでは

考えていたが、それ以上はなにも考えていなかった。

（付き合えない理由……？）

困って黙っていると、やがて高取がため息をついた。

「詰めが甘いんですよね……」

「え？」

「だから、相原《あいはら》さんて、誰とも馴《な》れ合いませんて姿勢をとってる割りに、詰めが甘いんですよ。だから周りから見るとハッキリしてなくてイライラするんです」

突然説教をされ、浩也は面食らい、言葉を失った。やっぱり高取が自分を好きだなんて嘘だろう、と思う。

「まあ俺は、そういう要領の悪さが可愛《かわい》くて、好きなんですけど」

けれどすぐさま、さらっと言われ、浩也は固まってしまった。一秒遅れて、頬《ほお》がかあっと熱くなる。

「ほら、そういうとこ。付き合えない理由が俺を嫌いってことなら、そんな可愛い顔しないでしょ。だから別に理由がある。なんですか？」

「なにって……」

浩也はおろおろした。焦って、額に汗までにじんでくる。どう断ればいいのか、そもそも自分は本当は高取が好きなのに、どうして断る理由に悩んでいるのかと、悲しくなってくる。

それにしても、夢を見たせいとはいえ、高取に可愛いと言われるとそのたびドキッとした。男なのにおかしいだろうか。

うつむくと、高取の、履き古したスニーカーが見えた。二ヶ月間変わらない、ぼろぼろの靴。小さな弟にはアルバイト代からオモチャを買ってあげながら、自分のためには使っていないのだなあと思うと、嫌いどころかますます、高取を愛おしい気持ちが湧《わ》く。

「年下だから？　男だからですか？」

「年は……高取くん、俺よりずっとしっかりしてるし、べつに男とか関係ないけど……」

言ってから、浩也はハッとした。なぜそうだ、と言わなかったのだろう。年も性別も関係なく、嫌いでもないときたら、どう言えば断れるのか。

（恋愛小説で、こういうシチュエーション、なかったかな？）

過去の読書歴をさらって、浩也はあっと思いついた。

「あの、他に好きな人が……」

我ながらこれ以上ないくらい、いい断り文句だと思った。が、口にしたとたん、高取から、

「今思いついたでしょ、それ。顔に出てます」

と言われ、浩也は二の句が継げなくなった。

これ以上、どう説明すればいいのだろう。高取が自分を好きなのは予知夢のせいだ、とは、言えない。

やがて高取が「なんかよく分かりませんけど」と言った。

「こっちも、相原さんみたいなタイプが、すぐに受け入れてくれるとは思ってないんで。一応確認しただけで、とりあえずお友達付き合いからしてくれたら十分ですよ」

思ってもいなかった提案に、浩也は顔を上げて眼をしばたたいた。

「俺たち、べつに仲いいわけじゃなかったし。いきなり付き合おうって言われても、俺がどうしてあんたを好きかも、分かんないんでしょ？」

それはその通りだ。

「まあそれは、おいおい分かってもらえればいいから。一緒にいる時間を増やして、もう少し考えてくれませんか？　それなら俺も納得する」

浩也は困った。問題はお互いよく知らないことではないのだ。それなら、浩也はもう高取が好きなわけで、一緒にいる時間が増えれば増えるだけ、もっと好きになるに決まっている。

でも、と浩也は思う。それなら逆に高取は、一緒にいるだけ、浩也など好きではないと眼を覚ましてくれるかもしれない。

（いや、でも、一緒にいたら、また高取くんの夢見ちゃうかもしれないし……）

「じゃあそういうことで。俺たち、今日から仲良しですね」

返事を決めかねていると、勝手に決められた。そして反論する間もなく、

「さ、バイト遅れますよ。行きましょう」

高取に、踵《きびす》を返されてしまう。浩也は完全に、断るタイミングを逃してしまった。

（なにやってるんだ、俺。不器用とか要領が悪いとか、言い訳にできないだろ）

浩也はうなだれ、落ち込んでいた。

こんなことになって初めて分かったが、自分は押し売りに弱いタイプだ。買えば帰ってくれると思ったら、壺《つぼ》でもはんこでも買ってしまいそうだと、十九歳になって初めて、知らなかった自分の一面を自覚させられた。

（高取くん、友達付き合いってなにするつもりなんだろう。どうやったら、上手く嫌われるんだ？）

アルバイト中も、ぐるぐると考えていた浩也の頭の中は、もはや容量オーバーを起こしてパンク寸前だった。いつもはしない失敗を重ね、好きだ、などと言ってきたはずの高取に容赦なく叱《しか》られた。

「ボーッとしてるんだったら、裏行っててください。頭冷えるまでホールには出てこないで」

周りの従業員が小声で「きっつー」などと言うのも聞こえた。彼らの誰に言っても、高取が自分を好きだなんて信じないだろう。

そうこうしているうちに仕事が終わり、浩也は一人、更衣室で焦っていた。

（やっぱり、友達付き合いも断ろう。俺にうまく立ち回れるわけがない）

今日、浩也は高取とあがりの時間が一緒だったので、仕事中にこっそりと「一緒に帰りましょう」と誘われていた。断る隙《すき》もなく高取は先に出ていき、すぐ近くの公園の入り口で待っているというメールを寄越してきた。

本当は無視をして嫌われたほうがいいのだろうけれど、浩也も高取が好きだから、そこまでのことはできない。待ち合わせ場所に行ってから一緒には帰らないと言うつもりで、店を出た。

待ってくれていると思うと、自然と足が速まり、気づくと駆け足になっていた。公園の入り口まで行くと、街灯の下に、参考書を読んでいる高取の姿が見える。

「あの、遅れて……」

息を乱しながら謝ると、高取がふっと笑った。

「走ってきたの？　いいのに」

その声が店で聞くよりずっと甘いものに聞こえ、浩也は顔を上げられなくなる。これからきちんと断るつもりなのに、ついときめいている自分が、本当に情けない。

「あ、あの、遅くなったから」

小さく言い訳すると、高取は参考書を閉じて鞄《かばん》にしまう。

「遅かったのは、女の子に先に更衣室使ってもらったんでしょ。相原さん、いつもそうですもんね」

言われて、浩也は少し驚いた。男女兼用の更衣室なので、浩也はあがる時、なるべく女の子を先にしている。よく分かったなと思っていると、高取が苦笑する。

「ほんと要領悪いですよねえ。悪いヤツはね、そこで女の子たちに言うんですよ。君らからどうぞ、って。そう言えたらあんた、モテるのに」

自分がその程度で、モテるわけない、と浩也は薄く眉《まゆ》を寄せる。

「高取くんも言わないけど、モテるだろ」

「俺はだって、女の子たち優先したりしないですもん。そんな時間もないし、ちなみにモテませんけどね」

「あ、ごめんね、待たせて……」

時間がないと言われて、浩也は待ちぼうけさせたことを謝った。すると、高取が眼を細める。

突然手をとられ、額が合わさりそうなほど近くまで顔を寄せられて、浩也は眼を瞠《みは》った。

「いいえ。相原さんには時間使いますよ。来てくれて嬉しいです」

整った顔を間近にされたまま、そっと囁《ささや》かれる。びっくりして、息が止まる。

「……そ、それは、どうも」

思わず、上擦《うわず》った声を漏《も》らしていた。

言ってから、（なにがどうもだ）と自分に呆《あき》れた。

（勘違いだって言うところだろ）

高取が、自分が来たくらいで嬉しいはずがない。夢のせいで好きだと言っているだけなのだから。正すべきところで、きちんと言えなかったので悔やんでいると、高取は、おかしそうに笑っていた。その笑みが甘やかで、浩也はドギマギした。おかしい。高取とは、こんなふうに甘い態度をとる男だったろうか？

「相原さん、ちょっとドキドキしてる？　今、俺に少しぐらつきました？」

手をとったまま、からかうように訊いてくる高取の声には、いつも浩也を勘違いさせる優しい響きがある。浩也はそっぽを向き、首を横に振るだけで精一杯だった。心臓がまた、耳のそばで鳴っているように、大きく鼓動を打ちだす。

こんなことではいけない、早く断らねば、と思っているのに、それより先に、

「じゃあ帰りますか」

と言って、高取が歩き出した。さすがに手は離してくれたので、ホッとする。けれどまだ、浩也はきちんと断れていない。

（高取くん、俺、一緒には帰らない）

もう歩き出している高取を追いかけ、浩也はそう言おうとする。

「あの、高取くん。俺、一緒には……」

けれど皆まで言う前に、高取に「こっち歩きましょう」といつも使っているのとは違う道を行かされる。同時に高取の腕が肩に回ってきて、やや強引にぐいっと引き寄せられていた。

「た、高取くん……っ」

高取の胸板に、自分の薄い肩が当たって浩也は焦った。高取の体があまりに近く、ほんの少し触れただけでもその力強さと体温が伝わってくる。慌てて離れると、高取のほうは、「ああ、すみません」となぜだかおかしそうだった。そのうえするっと話題を変えて、

「相原さんちって、三丁目のほうでしょ」

と、訊いてくる。

「え、うん。……どうして？」

なぜ知っているのかと不思議に思っていると、高取が小さく笑う。

「相原さんがバイトに入ってきた時、杉並《すぎなみ》さんに履歴書見せてもらったんです。ほら俺、一応新人コーチャーの一人だから」

高取は、ストーカーみたいに調べたりしてないですから、疑わないでくださいね、とつけ足す。言われなくても疑ったりしない、と浩也は思った。

「俺、五丁目なんで、このへんの抜け道詳しいですよ。新しい団地通ると早いんです」

聞いてふと、浩也は高取が生まれも育ちもこの街なのだと思い出した。

なんだか不思議な気がした。根無し草のように根付いていない自分と違って、高取はこの土地にしっかりと根をはっている——その見えないつながりのようなものを、急に感じたせいかもしれない。

（普通に生きてる人なんだなあ、高取くんは）

　そんな当たり前のことを感じる。夢さえ見なければ、自分も高取のように、普通に生きていたろうか。

　またありもしない仮定が、ふっと浩也の頭をよぎった。

　幹線道路をどんどん離れて住宅街へ入っていくと、やがて新しくできたというタワーマンション型の団地地帯になった。一昔前の団地とは違う、分譲マンションのようにきれいな建物で、建物と建物の間には子どもたちがサッカーや野球をして遊べるような大きな広場がある。それにしても、

（会話、ないな……）

　と、浩也は思った。これでは、やっぱり自分と帰っても楽しいはずがないと思う。

「相原さん。ほら見て。月がすごい丸い」

　その時高取に言われて、浩也は顔を上げた。ちょうど、広場の真ん中あたりだ。高い建物の向こうに、気持ちよいほど夜空が抜けて見え、まん丸い白い月が皓々《こうこう》と輝いて明るかった。

「このへん高層マンション多いんですけど、建物と建物の間が広いから、意外と空が広く見えるんですよね。俺、この空見るのが好きで、バイト帰りはいつもここ通るの」

（そうなんだ……）

　確かにこれは気持ちがいいかも、と、浩也は思った。広々と抜けた空を見ていると、陳腐な

表現だが、自分の悩みも一瞬忘れていられる。じっと月を見ていると、横で高取が微笑《ほほえ》んでくる気配があり、浩也はドキリとした。

「相原さん、実家は東京《とうきょう》でしょ？　こっちは車でもうちょっと行ったら大分郊外になるんだけどさ。このあたりは住宅街でマンションぎっしりだし、思ったより月も星も見えないと思いませんでした？」

こくりと頷く。

「空見てるのと見てないのとじゃ、気持ちの余裕が違うんですよね。俺落ち込んだりすると、空見るんです」

そんなことを言う高取に、少し驚いた。

「……高取くんにも、落ち込むような日、あるんだ」

思わず、気持ちが声に出た。いつも冷静で、堂々としている高取にそんな一面があるようにはとても思えなかった。すると高取は「俺をなんだと思ってるんです」と呆れたような声を出す。

「ごくごくフツーの十八歳なんですから、そういう日もありますよ。バイトで失敗だってするし」

「そんなの見たことない」

「ありますって。テーブルの案内配置しくじったりとか。あそこに通しておけばもう一組回転させられたのにな、とか」

「それは、仕事ができるから……考えられることだと思うけど」

「そうです？　ファミレスのテーブル案内って、パズルみたいじゃないですか？　しくじるとすげー悔しい」

高取が本気で悔しそうに言うので、浩也はなんだか可愛く見えて、無意識に微笑んだ。

(意外だな。高取くんて……こんなに喋《しゃべ》るんだ)

さっきまでこの状況に慌てふためくばかりで気づかなかったが、高取に乗せられて話しているうちに、高取がずっと笑っていること、積極的に話しかけてくれていることに気がついた。

『オーリオ』で見ている、クールなイメージよりずっと年相応に、普通の男の子っぽく見える。それとも、喋れない浩也を、気遣ってくれているのだろうか。

しばらく微笑んで見上げていたら、高取と眼が合った。高取の黒い瞳はなぜだかとても優しいものに見える。浩也はまごついて眼を逸《そ》らした。頬が少し、熱くなる。

(俺今、微笑《わら》ってた？　こんなんじゃダメなのに)

また、俺にドキドキしてます？　とからかわれてしまう。浩也は困ってうつむく。

「今度から同じ時間にあがれる日は、ここ通って一緒に帰りましょう」

けれど高取はもうからかわず、ただ優しい声で、そう続けただけだった。悔しいけれど、胸が締め付けられるほど、高取を好きだ、と感じた。厳しく大人っぽいところも、意外に子どもっぽい一面も、浩也をすぐからかうところも、こんなふうに急に、優しくなるところも、たまらなく好きだ。高取の行動一つ一つに振り回されてしまうが、それは間違いなく浩也が恋をしているからだ。

気持ちが高揚し、「うん」と頷きたくなる。

けれど、もちろんそんなことをしていいはずがない。今一緒に帰っているのだって、本当はいけないことだ。

「あの、でもやっぱり、俺、高取くんとは……」

自分を抑え、断ろうとした時、

「こっちも月みたいに、丸いなあ」

高取が呟《つぶや》き、大きな手のひらで、浩也の頭を撫《な》でてきた。慌てて高取から離れると、頭半分背の高い位置で高取が眼を細めていた。

「…どっかの、臆病な草食動物みたいですよね、相原さん」

「な、なにが？」

「触るのも一苦労というか……近づくと、ぴゃっと離れるでしょ。近づかないでってオーラ出してるし。なのにね、眼がね、そうじゃないんだよな。そういうとこが、俺には可愛い」

肩を竦《すく》めた高取に、浩也はもう、なにも言えなかった。口が開いたまま閉じない。どうしてこう、恥ずかしいことを次から次に言えるのだろう、と思う。それも浩也が可愛いはずがないのに。けれど、嫌ではなかった。嫌どころか、嬉しく感じている。

「た、高取くんて、すごいね……俺、こんなにストレートに口説く人、映画とか本の中にしかいないと思ってた」

気がつくと、本音が漏れていた。高取は「正直が信条なんで」としれっとしている。感心している場合ではないが、自分と違ってなんて男らしいのだろうと感じ入ってしまう。

「そういえば、相原さん明日、お休みでしょ。なにしてるんですか?」

不意に訊かれて、浩也は「べつになにも」と答えた。友達のいない浩也には、休みといってもいつも予定がない。高取はその面白みのない答えに「へえ」とだけ言った。会話はそこで途切れたけれど、気詰まりな雰囲気はなく、高取から伝わってくる空気が柔らかい。

(高取くん……こんな俺といて、もしかして、楽しいのかな?)

そのうち高取は、「こんな歌知ってます?」とか「昨日のテレビで」と、他愛のない話を始めた。聞いているうちに、結局浩也は一人で暮らすアパートのすぐ近くまで高取と一緒に帰ってしまった。浩也は最後まで、きちんと「友達付き合い」を断りそびれた。

帰り着くと力が抜けて、玄関先にへたりこむ。一人になると、重い自己嫌悪がのし掛かってきた。

(バカか、俺。なんでこう要領が悪いんだ。たった一言、付き合わないって言えばいいだけなのに)

するとその時携帯電話が鳴り、見ると、高取からのメールで、浩也は飛び上がりそうになった。

『無事帰れましたか?』

つい五分前に別れたばかりなのに、どうして高取はこんなことを訊いてくれるのだろう。別れた場所は、浩也のアパートから五十メートルほど手前の場所に過ぎないのだから、無事帰れていなければおかしい。これも意外だが、高取は好きな人にはマメなほうなのかもしれない。

(でも高取くんは、梶井さんと結婚するんだから。……本当は梶井さんに、こういうことしてあげるはずなんだよ)

関係のない自分がその恩恵を受けていると思うと後ろめたくて、浩也は返信できない。ところが、まるでそれを分かっていたかのように、すぐまた携帯電話が振動した。

『明日の土曜、俺も休みなんです。相原さんの大学、案内してくれませんか? 受験候補の学校なんで』

「え……」

浩也は戸惑った。高取は受験生なので、大学を見学に行くのは普通だし、在校生の浩也に案内を頼むのもまあ、普通だと思う。思うが、これ以上一緒にいてはならない。とはいえ、先ほど予定を訊かれてなにもないと答えた手前、用事があるとは言えなかった。

『あの、中川《なかがわ》さんとかも同じ大学ですよ』

だからそう打つと、すぐにまた返信が来た。

『俺は相原さんに案内してほしいんです。とにかく、十時に大学の正門前で待ってます。相原さんが来るまで待ってます。おやすみなさい』

「え、ええ?」

一人決めされて、浩也は困惑した。

(た、高取くんって……こんなに強引なの?)

浩也は『俺、行けないかもしれません』と送ってはみたが、高取からは、いくら待っても返事がなかった。

四

（だって、仕方ないよ。何時間も待たせたら悪いし。行くだけ行って、今日は用事ができたって言えば……）

翌日、浩也《ひろや》は結局大学の正門前へ向かっていた。とはいえ高取《たかとり》を案内するつもりはなく、門前できっぱりと断るつもりだった。

これまでのような曖昧《あいまい》な態度はやめなければ。これは自分のためではない、高取のためなのだから、はっきり態度を示さねばならない。

思い悩む浩也の心とは裏腹に、今日は気持ちのいい天気で、初夏の暖かな太陽に若葉がきらきらと輝いている。浩也が十時ちょうどに待ち合わせ場所の大学正門へ行くと、先に待っていたらしい高取が、脇の花壇に腰掛けて英単語帳を見ていた。それを見ると、つい浩也は足を止めてしまった。

休日でも、大学にはサークル活動などで人の出入りが多い。正門前にも若く、華やいだ男女がたくさんいるけれど、浩也の眼にはその誰よりも、高取が際だって映った。高取はカジュアルなシャツにジーンズ、スニーカーというだけの簡単な格好なのに、体格がいいせいか、とても格好良く見える。大学生に混ざってもまるで見劣りしない、大人っぽい横顔に、絶対断る、と決めてきた気持ちが、早くもぐらつきそうになる。

その時高取が浩也に気づき、ホッとしたように微笑んで立ち上がった。

「来てくれたんですね。実は心配だったんです。強引に誘って、すみませんでした」

言いながら、高取が、礼儀正しく頭を下げてきた。開口一番謝られ、浩也はびっくりしてしまう。高取の、意志の強そうな眼の中に、ちらっと浩也の機嫌を窺《うかが》うような色が浮かんでいる。その言葉どおり、浩也が来るか、心配していたようだ。

（あんなに強引にしておいて？）

「俺の押しが強すぎて、ヒきました？　怒ってます？」

いつものからかいではなく、どちらかというと気遣うように訊かれると、そうだとは言えない。

「そんなことないけど……」

思わず否定すると、「よかった」と明るく笑われる。

「じゃあ、案内してくれます？　相原《あいはら》さんの学部棟ってどこなの？」

「え、あ、た、高取くん」

待って、と言う間もなく、高取は大学構内へ入っていってしまった。やっぱり強引じゃないか、という思いと、いや今のはすぐ断れなかった自分が悪い、という思いで、浩也は慌てて追いかける。ところが高取は構内マップを覗《のぞ》き込んで、勝手に行く場所を決めてしまった。

「相原さん、理学部でしたよね。こっちか」

さっさと歩いて行く高取に、浩也は焦る。

「高取くん、あの、ちょっと待って」

「桜並木、気持ちいいですね。俺、花が終わった後の桜の緑も好きなんです」

正門から理学部棟に続く道はずっと桜が植えられている。樹齢も古く、かなり立派な並木道で、そんな話を振られると浩也もつい乗せられて、

「そうだね」

などと相づちを打ってしまう。

そんなこんなで、結局浩也は理学部棟に図書館、体育館や野外ドームなどを見て——高取は地図を見て歩いてしまうので、浩也は案内などほとんどしなかった——午前中いっぱい、高取と一緒に大学を回ってしまった。

お昼になって、休日も開いている生協で飲み物とパンを買った。ここまで来ると今さら断っても断らなくても同じ気がして、浩也は欅《けやき》の木陰のベンチに、高取と並んで腰掛けた。

(あー…なにやってんだろ、俺)

一息つくと、ここまではっきり断れない自分が情けなくなった。ところがその時、横で高取

が、「すみません」と苦笑した。

「……今日、本当は俺と一緒にいたくなかったんでしょ？　相原さん、何度も断りたそうでしたもんね」

その言葉に振り返ると、高取が優しい眼をして小首を傾げていた。

「分かってたんだけど……」

「わ、分かってたの？」

浩也はびっくりしてしまった。ならなぜ、一緒にいようとしたのだろう。高取の真意が分からずに黙っていると、不意に「怒りました？」と、訊かれる。

「謝ったくせに結局強引にして……怒りましたか？」

そう訊いてくる高取の眼は、不安げだった。正門前で会った時も見た、浩也の気持ちを窺うような表情。ほんの一瞬、高取が耳を垂れて、叱られないかと心配している大きな犬のように感じられて、浩也はなんだかかわいそうになった。

「お、怒ってはないけど……」

「けど？」

促され、浩也は顔をうつむける。高取は、言葉の続きを待ってくれている。浩也はゆっくり、続きを返す。

「俺といて、楽しいのかなって。不思議には思った」

「そんなの」

と、高取が言い掛けた時、「相原」と声がかかった。顔をあげると、同期の男子学生が生協から出てきたところだった。手に、以前浩也が貸してやったノートを持っている。

「休日に来てるなんて珍しいな。これ、会ったら返そうと思ってたんだ。ありがとな」

ノートを渡され、浩也は「あ、うん」とこもった声で返事をした。いつものことだが、顔は見ない。同期の男は「じゃあな」と素っ気なく立ち去っていったが、一度だけ、なにか珍しいものを見るように高取を見ていった。

「……友達？」

ややあって高取に訊かれ、浩也は首を横に振った。

「知り合い。講義が一緒だから」

本当に、ただそれだけの関係だった。浩也にはアルバイト先どころか、大学にも親しい人間はいない。講義には真面目に出ているため、時々、ノートを貸してほしいと言われることはあるが、それだけだ。みんな浩也には距離を置き、「扱いづらいやつ」と遠巻きにしている。だから浩也が高取と並んで座っているのに、驚かれたのだろう。

「ふうん」と呟いた高取が、なにを思っているのかは知れなかった。どこにいっても友人一人いない、暗いダメなヤツと思われただろうか。嫌われれば一石二鳥のはずが、そう思うと気詰まりだった。

しばらく黙り込んでいると、高取が突然、

「そういえば相原さんって、本好きです？」

と、質問してきた。

「……そうだけど。なんで？」

「バイトの休憩時間に、よく読んでるから。駅前にでかい本屋ありますよね。行ったことあります？　今から行きません？」

高取は、ニコニコして、不意に浩也の腕をとった。ぎょっとして顔をあげると、高取が「本屋、行きましょう」と、また一人決めする。

「ここまで付き合ってくれたんですから、本屋行くのも、もう同じでしょ？」

そう言われても困る。迷っていると、そっと屈《かが》みこんできた高取に、おかしそうに微笑まれた。

「あのね、なんにもしなくていいんです。そのままで。なにも話さなくていいし、無理に断らなくても、余計な期待したりしません。安心して、ついてきてください。……それとも俺、怖がらせてますか？」

甘い声だった。

浩也の不安を解こうと、心を砕いて言ってくれていると、分かる。強引にされるだけなら、さすがに断れる。けれど怖がらせてますか？　と、少し不安そうな眼をされると、弱かった。

「それとさっきの話の続きですけど」

　と、高取が続けた。

「俺は相原さんといて、楽しいですよ。だから強引にしました。そうしないと、相原さんてすぐ逃げて行っちゃうから。一緒にいたかったし……どうしても、デートしたかったんです」

「デ、デート?」

　訊き返す声が、上擦った。

「でも、あの、受験のための見学じゃ……」

「口実に決まってるでしょ?　会いたかっただけですよ」

　だめ押しだった。どうして高取が自分とデートしたいのか、浩也には理解ができない。

　顔が茹《ゆ》でたように赤くなるのが分かる。恥ずかしく、高取にとられた腕を抜こうと引っ張ったが、高取は笑いながら手に力をこめてきた。

「ほら、また逃げようとしてる」

　おかしそうな声。浩也はうつむき、どうして、と思った。

(なんでこんなに、優しくしてくれるんだろ……?)

　それは自分の見た夢のせいだろう。けれど本当はないはずの高取の愛情を、信じたくなる。そのままでいいと、安心していいと言われて、心が揺れる。なんの取り柄もない自分を、高取が特別に思ってくれていると、錯覚してしまう。

もう少しだけ、一緒にいたいと、思ってしまう。好かれているという勘違いを、もうしばらくだけ、感じていたい。高取といられる奇跡なんて、もう一生、ないかもしれない。それなら、今日だけなら神様も、見逃してくれるかもしれない。

心のどこかでは、そんなわけないと分かりながら、恋心に眼が眩《くら》んだ。甘い誘惑に気持ちが引きずられ、気がつくと浩也は、頷いていた。

自分と本屋などに行って、高取は楽しいのだろうか、と浩也は案じていたが、駅前の本屋に入ると、高取はそれなりに楽しそうだった。一緒に文庫のコーナーを見て、最近読んだ本を教えてもらったが、高取がわりと大人っぽい分厚い本をいくつも読んでいてびっくりした。浩也もお薦めを訊かれ、ちょうど、海外の名作文学の文庫コーナーにいたので、眼の前の棚の一冊から、ロシアの文豪の本を指した。

「高校生の時に読んで、面白かったから」

けれど言った後で、もっととっつきやすい本にすればよかった、と後悔した。およそ本の虫以外は読みそうにない、難しい本など薦めて、やっぱりこの人は変わってると呆れられるかもしれない、と考えたのだ。けれど高取の反応は、それとは違っていた。

「あ、俺も読みましたよ。これ」

「ほんとに?」

驚いて、思わず浩也は今日一番の大きな声を出していた。すると高取がニッコリする。

「新訳のほうですけどね。結構面白いですよね? 細かいとこは難しいけど、そこぬかしたら心理小説として読めるじゃないですか」

「旧訳も、面白いよ」

高取が自分の好きな本を読んでいた、と聞いて、浩也はつい嬉しくなってしまった。高取は旧訳文庫のほうを手に取ると、「じゃ、買おうかな」と言う。

「そしたら、相原さんは俺のお薦め買ってくださいよ。それで、読み終わったら感想交換しません?」

「え……」

「そうしましょう。俺のお薦めも面白いから。ね。そしたら読んでる間中、相原さんと話せるし」

またしても強引に決められたが、浩也は高取が自分との共通点を作ろうとしてくれていると分かって、嬉しかった。

(ダメだって。今日だけなんだから……)

油断しそうな自分を、何度も戒めねばならなかった。

会計をすませて本屋の外に出ると、眼の前を赤ちゃん連れの若い母親が通り過ぎる。

（そういえば母さんの出産、もうすぐだけど……）

来ていたメールに、なにも返せていないことを思い出し浩也は後ろめたい気持ちになる。身ごもって、きっとナーバスにもなっているだろう母親に、ひどいことをしているという自覚はある。けれど、どういう理由をつければ、出産日に帰らないことで母親を傷つけないですむか、浩也にはまだ思いつけないままだ。

考え込んで赤ん坊を見ていたら、高取に「子ども、好きなんですか？」と訊かれた。

「……あ、ていうか、うちの母が今度出産するから、思い出して」

浩也は思わず、そんなことを話していた。聞いた高取が、おめでとうございます、と言ってくれる。

「弟さんですか？　妹？」

「弟。でも、父は違うんだけど……」

高取が少し眼を瞠り、「それって、事情訊いてもいいことですか？」と、言う。そこで浩也は我に返った。

「あ、大したことじゃないんだ。うち、父親が俺の小さい頃に亡くなってて……母親が、高校生の時再婚しただけで」

なぜ話してしまったのだろう。浩也は慌てて口をつぐんだが、高取は歩き出しながら、「じゃあ、うちと似てますね。うちも父親が死んでるから」と、淡々とした様子で、付け加えた。

「俺の家、母親が看護師で、父親が土木関係だったんですけど。ある日現場の事故で死んじゃって。ちょうど一番下のチビがまだ母親の腹の中にいる時だったんです」

「一番下の子って、こないだの……?」

『オーリオ』の下で会った可愛い男の子のことを、浩也は思い出した。高取が母子家庭で、弟妹が多いので大学資金のためにアルバイトをしている、ということは浩也も漏れ聞いて知っている。

「親父が死んだ時は、生意気なチビたちみんな泣いてるし、気の強い母親も魂抜けてて、ちょっと大変でしたけど……六年経ったんで、今はなんとかなってます」

そう話す高取の顔は、いつもどおりだ。

「えらいね……、こないだの弟さんのことも、可愛がってるんだなってすぐ分かったし」

「いやー、生意気なんでよく泣かせてますよ」

高取はからっと笑ったが、ふと小さな声で、「俺も忙しいから」と続けた。

「結構、我慢させてるんです。我《わ》が儘《まま》そうなんですけど、人の顔色見て、抑えるとこもあって。だからこの前、相原さんがチビの相手してくれて助かりました。俺たぶん、家に帰ってから見てやるって追い返しただろうし。まあそれで、また一つチビの心に傷を作るわけですよ」

「まさか……」

「いや、本当に。時々無理させてるなって、分かってるんですけどね」

浩也は口をつぐんで高取を見つめた。いつもどおりの、落ち着いた横顔。けれど浩也は、ふと思った。

（高取くんだって、無理してるよね……）

まだ高校生なのに、小さな弟に我慢をさせていると、責任を感じている。視線を落とすといつも眼に入る、ぼろぼろのスニーカー。走って、歩いて、働いて、なんにでも正面から向き合っている高取のようだ。高取は優しいと浩也は思い、そして切なくなった。

一家の支えだった父がいなくなったという時——兄弟たちが泣いている中で、高取は泣けたのだろうか？

ほんの数日前見ただけでも、高取が弟を、可愛がっているのは分かった。そういえば高取は、店に来る子どもの扱いにも慣れている。よく子どものために取り皿を用意してやったり、話し相手になってやっていることもある。それもたぶん、普段から小さな弟妹をあやしているからだろう。アルバイト代は大学資金で、その中から弟にオモチャを買ってあげたりしている。父親が亡くなったという時、高取だってまだ十二歳かそこらだっただろうに。

高取はそれを苦にしてないだろうけれど、それでも、高取はたった十二歳で、大人になろうとしたのじゃないか。

浩也はふと、そんなことを想像する。教室の片隅、家族の寝静まった夜、たった一人で生きていこうと決めた浩也の心の中にあった孤独と、高取の孤独は、どう違っていたのだろう。誰にも頼れないという点では、同じもののように思える。

(悩みなんてなさそうに見えてたけど)

つい最近まで、高取の印象は店の中では大人びている、根は優しい、公平な男の子、というくらいだった。

けれど実際は、弟に無理をさせていると考えて、傷ついたりする人なのだ。そんな高取の優しさを思うと、浩也はどうしてか、胸が痛む気がした。好きな人の痛みは、できればなくしてあげたい。それは自然な感情だ。

(なにかできたらいいのに)

ふと考えてから、自分が滑稽《こっけい》になった。

(高取くんの怪我する夢なんか見た俺が、なに言ってるんだろう……)

「あっ、祐介《ゆうすけ》じゃん！　なにしてんの？」

その時、向こうのほうから甲高い声が聞こえた。見ると、高校生らしき男女が四人ほど集団になり、高取に手を振っている。高取のほうは、それを見るとなぜかあからさまに仏頂面をし、舌打ちさえした。

「俺らこれからみんなで勉強すんだ」

「長谷川《はせがわ》ン家行《ち》くんだけど、祐介も来ない？」

彼らは高取を囲むと、一斉に喋りだした。声も大きく賑々《にぎにぎ》しく、浩也は自分もほんの三ヶ月前まではそうだったというのに、高校生とはこんなに元気がいいのかとビックリし、ちょっと小さくなった。

「行かねーよ。お前らが寄ってたかって勉強したってバカが大バカになるだけだぞ。おとなしく一人ずつ勉強しろっつうの」

騒がしい高校生の集団に、高取も負けてはいなかった。アルバイト先で聞く以上に辛辣《しんらつ》な言葉にドキリとしたけれど、これが普段からの高取なのか、友人らしき彼らは動じず「ひどーい」「だから来てって言ってんじゃん」と言い合っている。

「あれっ、なにこの人。祐介の連れ？　大学生!?」

と、浩也に気付いた女子高生の一人が声をあげた。とたん、四人に一斉に見られて、浩也はたじろいでしまう。

「えーなに、美形だね」

「もしかしてバイト先の人ですかあ？」

口々に言われて、浩也は軽く混乱してしまった。と、高取が、広い背で彼らから浩也の姿を隠すように、間に入ってきてくれた。

「うるせーな、困らせるなよ。ほら、行け行け、勉強すんだろ」

高取に追い返され、彼らは「祐介のくせに、生意気〜」などと文句を言いつつも、楽しそうに去っていった。最後には手を振り合う、その様子がいかにも馴染《なじ》んでいて、浩也はなんとなく、自分だけが取り残されたような気持ちになった。

(高取くんには高取くんの、世界があるんだな)

友達がいるのは当たり前で、高校生活があるのも当たり前。高取のことで、自分が知っていることなんてほんの一部なのだろう。

(きっと高校にも、高取くんのことが好きな子はいっぱいいるんだろうな)

今見ただけでも、高取が友人たちから好かれているのが分かった。そんな高取が自分を好きなんて、やっぱりありえないことだ。

夢で曲げてしまった高取の心の中で、浩也は一体どんなふうに見えているのかと、不思議になる。男で、年上で、かといってしっかりもしていないし、付き合い下手で、自分が高取なら、好きだと思ってもすぐに冷める。

(それとも夢にはやっぱり、それほどの力があるのかな……)

ふと瞼《まぶた》の裏に浮かんできたのは、十年以上前に見た、玉突き事故の夢だった。車がひしゃげ、父が血まみれで死んだ、あの恐ろしい映像。

「すいませんでした、相原さん。あいつらがうるさくして」

隣から声をかけられて、浩也はハッとした。顔をあげると、高取が少し心配そうな顔をしていた。

「相原さん?　顔、真っ青ですけど……突然話しかけられて、ビックリしました?」

「あ、ううん。大丈夫……」

そう答えながら、けれど、浩也は胸の内に重くうずまく罪悪感を感じていた。

五

高取《たかとり》から告白を受けて、四日後の夕方、『オーリオ』からの帰り道で浩也《ひろや》はため息をついていた。

西空は夕焼けに染まり、美しい。この曜日は大学の講義が午前だけなので、浩也は毎週昼シフトで夕方あがりだが、高取のほうは今日、シフトには入っていなかった。

(だから今日はまだ、よかったけど。明日は重なってるし、あがり時間も一緒だ)

高取が夜のシフト中に怪我をする夢を見ているから、同じシフトには入りたい。けれどそうすると、

(また一緒に帰っちゃうんだろうな。俺が、断れないから……)

そんな自分が情けなくなり、浩也はまた、ため息をついた。

一緒に大学を歩いたり、本屋に行ったりした翌日からずっと、浩也は高取と、終業後一緒に帰っている。この三日間、高取はメールもよく送ってきてくれ、浩也も何度か、返してしまっていた。

本当はそんなことをしてはいけないと分かっているのだが、『今なにしてました？』『明日授業何時間あるんですか？』と細かく訊かれると、高取が好きだからこそ、無視できない。ただ一言の『おやすみなさい』に『おやすみなさい』と返ってくるのだって、やっぱり嬉しいし、一緒に帰りながら高取の話を聞くのも楽しくて、次は断ろう、断ろうと考えながら、浩也は結局ずるずると「友達付き合い」を続けてしまっている。

（こんなんじゃダメだ。明日こそ断る）

そう決めて、アパート近くの道を折れ曲がった時だった。

「お兄ちゃん！」

急に、足になにか小さなものがぶつかってきて、浩也は眼を瞠った。見ると、それは以前『オーリオ』の下で会った高取の弟だった。

「……な、なにしてるの？　ここで」

驚いて慌てて屈みこんだら、「相原《あいはら》さん」とよく知った声がした。顔をあげると、近くの児童公園から高取が出てくるところだ。ラフなTシャツ姿で、夕日を背に受けている高取はいつもどおり魅力的で、浩也はドキリとしてしまった。

「兄ちゃん、ロボットのお兄ちゃんいたよー」

高取の弟が、浩也の手を握ってニコニコと高取を振り返っている。高取はそんな弟の頭を撫でながら、浩也に「お疲れさまです」と言った。どうやら、弟と遊んでやっていたらしい。

「今日、バイト夕方まででしたよね。賄《まかな》い出ないでしょ、よかったら家に来ませんか？　今から夕飯だから」

さらりと誘われ、浩也は驚いた。

（た、高取くんの家に？）

心臓がドキドキと早鳴る。とんでもない、と思った。行ってみたい気持ちはもちろんあるけれど、家にまでついていけば、もっと、より深く高取に関わることになる。

「いや、あの、ありがたいけど、そこまでは……」

ところがその時、浩也は男の子に、ぎゅっと手を引っ張られた。

「ロボットのお兄ちゃん、おうちきて！」

男の子はニコニコと続ける。

「てあてしてくれたロボットね、げんきなの。お兄ちゃんにありがとうしたいの」

「相原さんに、元気なロボット、ずっと見せてあげたかったんだよな」

高取の言葉に、男の子が大きく頷いている。浩也の胸が、ぎゅうっと締め付けられた。弟に、無理をさせている。つい先日、高取からそう聞いたばかりだ。そんな子に誘われては、とても断れなかった。

高取の家は、浩也のアパートから歩いて五分くらいのところにあった。二階建ての一軒家で、想像よりずっと広かったが、古いのと、兄弟が多くて物が多いせいで、中は片付いておらず雑

然としていた。

浩也が玄関にあがったとたん、家の中から集合してきた四人の弟妹のうち、小学生らしき男の子二人が「兄ちゃんが友達連れてきた！」と大騒ぎしはじめた。高取の次に年かさらしい、中学校の制服の上にエプロンを着た女の子だけはニコニコと落ち着いており、「どうぞごゆっくり」と頭を下げて、浩也を居間に通してくれた。

「ペケモン持ってる？　ピンクのブートン交換できる？」

「なー、なー、ブルーのは？」

小学生男子たちがやんややんやとゲームの話を持ちかけてきて、浩也がおろおろしていると、高取が一喝した。

「おい、お前ら、宿題終わらせてからにしろ」

弟たちがブーイングを飛ばしながら居間の大きな座卓に宿題のプリントを広げると、高取は、自分も受験生なのに見てあげていた。

その時、ふっと横から視線を感じて、浩也は振り向いた。見ると、すぐ横にふわふわの巻き毛をした、可愛い女の子が一人立って、不思議そうに浩也を見つめていた。年は一番下の子とそう変わらなく見えるので、年子だろうか。女の子はもじもじして、手に、リボンを持っている。

「裕美《ゆみ》、おいで」

と、高取に呼ばれ、女の子が高取の膝《ひざ》に乗った。高取は弟たちの宿題を見、「こら。お前、まだ九九覚えてないのか。二の段から言ってみろ」などと叱りながら、妹の髪をきれいに結ってあげ始めた。女の子はリボンを結んでもらうと、もう一度浩也の横にやって来た。

「……可愛くしてもらったね」

褒《ほ》めてあげたら、嬉しそうに、にっこりした。きっと、そう言ってもらいたかったのだろう。

「お兄ちゃん、みてみて!」

その時、どこかへ引っ込んでいた一番下の男の子が浩也を呼んだ。隣の部屋から顔を出して、手招きしている。浩也は勝手に他の部屋に入っていいものか迷ったが、何度も手招きされたので、そちらへ歩いていってみた。

隣部屋は子ども部屋らしい。二段ベッドが三つも並んでおり、床にはオモチャやゲームソフトがひっくり返っていた。

一番下の高取の弟は、どうやら自分のものらしい、オモチャ入れの木箱を引き寄せて、浩也に見せてくれた。その中には、以前浩也が絆創膏《ばんそうこう》を貼ってあげたロボットもある。けれどそれ以外は——見るからにお下がりの、古びたオモチャばかりだった。

「これ、お兄ちゃんたちからもらったの?」

そっと訊くと、男の子が頷いた。

「これね、裕太《ゆうた》兄ちゃんのでね、これ、裕利《ゆうり》兄ちゃんのなの」

男の子が、一つ一つ教えてくれる。それから満面の笑みになって、「でも、お兄ちゃんのてあてしてくれたの、いちばんすきなの！」と、言った。小さな腕に、絆創膏を貼ったロボットを、ぎゅっと抱きしめている。

「すみません、相手してもらって」

と、浩也が座っていたすぐそばに、麦茶を載せたお盆が差し出された。いつの間にか、エプロン姿の上の妹が、横に座っている。

「裕希《ゆうき》だけ、自分のロボットなかったのよね。だから兄が買ってあげたんです」

前半は弟に、後半は浩也に向かって、妹が言う。男の子は元気いっぱい、姉の言葉に「うん！」と頷いた。とたん、浩也の胸は、どうしてか、いっぱいになった。

高取に自分だけのオモチャを買ってもらえた男の子の嬉しさが、なぜだか伝わってくるような、そんな気がしたせいかもしれない。自分にもこんな幼い時があって、その頃は淋しいながらにまだ、両親からの愛情をいっぱいに受けていた。そのことを、不意に思い出したせいかもしれない。

いつもお下がりばかりの末っ子にとって、自分だけのオモチャはどれほど嬉しかっただろう――きっと高取はその気持ちを知っていて、少ないアルバイト代の中から買ってあげたのだろう、と思う。

「あの、すみません。いきなりお邪魔して」

言いそびれていたので浩也が謝ると、妹はいえいえ、と首を横に振った。

「兄が、お友達を家に呼ぶの、初めてなんです。だから嬉しくて。また来てくださいね」

そんなふうに言い、妹は台所のほうへと戻っていった。

（家に友達呼ぶの、初めてなんだ）

意外だった。あんなにたくさんの友達がいる中で、自分だけが特別なのかと思うと、浩也はどうしても嬉しくなる。

母親は夜勤で遅いというので、浩也は高取の弟妹たちと一緒にカレーを食べ、しばらく遊んでから、帰ることにした。途中まで送る、と高取が言い、暗くなった夜道を一緒に歩く。

外にはあじさいが咲き始め、街灯の下にまだ白い大輪の花がいくつか見えた。さすがにもう、夜になっても肌寒いということはない。

「急に呼んで、すいませんでした。うるさかったでしょ。弟ども」

道すがらそう言われて、浩也はまさか、と首を横に振った。正直言うと――圧倒されはしたが、楽しかった。

「みんないい子たちだったし……あの、高取くんて、本当にいいお兄ちゃんなんだね」

そっと言うと、高取が笑った。

「そうですか？　……相原さんも、思ったとおり、いいお兄ちゃんでしたよ」

ふと言われて、浩也は眼をしばたたいた。

「みんな懐いてたし。最後なんか、裕希が妬《や》いてスネてましたもんね」

裕希というのは、一番下の弟のことだ。食事のあと、他の弟妹たちとも誘われるまま遊んでいたら、裕希は浩也を「ぼくのお兄ちゃんなのに」と独り占めしたがり、べそをかいてしまった。びっくりしたけれど、懐かれて正直悪い気分ではなく、むしろ裕希に愛しさを感じた。

「可愛かったね、裕希くん。他の子たちもみんな……」

ぽそっと言う。すると高取がほんの少し、目尻《めじり》を下げる。

「兄バカだと思うんですけどね、あんなのでもやっぱり、俺も可愛いんです。裕希はなんていうか、甘ったれなんですけど、甘え足りてないから、俺もつい、甘やかしちゃうんです」

うん、と浩也は頷いた。弟のことを話す高取の声の優しさが、好きだなあと思った。

高取一人なら、なんでも足りている。ルックスも良く、性格もさっぱりとしていて、友人も多い。よく知らないが運動もできて成績もいいと聞く。不足などどこにもないはずの高取が、人一倍誰かの淋しさに敏感なのは、弟たちを愛しんでいるからだろうと想像すると、思っていたとおり、浩也はまたもっと、高取を好きになっていた。

「……いいね、高取くんの弟さんたちは」

ぽつんと呟くと、なんでです？　と、高取に訊かれる。

「だってこんな優しいお兄ちゃんがいて……」

浩也の脳裏にはふっと、幼い頃の自分の姿がよぎっていった。いつも淋しかった自分。父や母ともっといたくて、魔法を欲しがった自分。

あの頃の自分に、高取のような兄がいてくれたなら、夢など見ないで済んだだろうかと思う。心の奥に隠した淋しさに、いつも気づいてくれているような高取だったら。

「俺のこと、好きになりました？」

悪戯《いたずら》っぽく訊かれ、浩也は黙った。からかうような声音に、赤い顔で睨《にら》みつけると、高取は笑っていた。

「妹に聞いたでしょ。俺、家に人呼ばないんです。俺らくらいの年の人間で、ガキの相手させられるの、喜ぶやつなんていないから」

なんだか突き放したような言い方だったけれど、それはそうかもしれない、とも思う。

「でも俺、相原さんなら大丈夫だろうと思って。……一番好きな人には、俺の大事なもの、見せたいと思ったし」

熱っぽい声に、浩也は言葉が出せなかった。いつも別れる角まで来ていたので、自然と二人立ち止まる。きっと、家に来てくれると思ってました、と、高取がつけ足す。

「弟に言われたら相原さん断れないだろうって。あんたって、なんていうか」

高取がちょっと、困ったように笑う。

「誰かが困ってるとか、淋しいとか、そういうのほっとけない人でしょ」

優しい眼で見下ろされ、浩也は困った。今の言い方だと、高取は浩也を家に呼ぶために、下の子をダシにしたようだ。けれどそんなにしてまで、高取が自分の大事な家族を見せたかったと言ってくれたことに胸が熱くなる。そしてそれに、どう応えていいか分からなくて、戸惑った。

「俺は、付き合うなら中途半端はしたくないので。うちは俺が父親代わりなので、これからも一緒にいようとしたら、いろいろ、都合がつかない時とかもあると思うんです」

アルバイト先でも、下の子が熱を出したとか、そういう理由で高取がシフトを急に替わることが何度かあった。もちろんその後、高取はきちんとフォローしている。だから職場でも信頼されているのだが、多分、高取が言っているのはそういうことだろう、と浩也は察する。

「そういうの平気かなって、一応気にしてたので。でも相原さんが弟たちに優しくしてくれて、自分のことみたいに……嬉しかった」

うつむいている浩也のほうへ、そっと身を屈めて、高取が囁いてくる。

「もっと好きになりました」

優しく、甘い声。耳から火が点《つ》きそうだった。そのままの声で「相原さんは？　今日、楽しかった？」そっと訊かれて、浩也は思わず、こくりと頷いていた。ダメだと思うのに。

「……楽しかったよ」

小さな声で言うと、高取がよかった、と嬉しそうに呟いた。

顔をあげると、「じゃあまた、バイト先で」と手を振って、高取が踵を返した。

夜の中へ去っていく高取の背を見送る。さっき囁かれたばかりの耳は、まだ熱い。

(どうしよう……)

たった四日の間で、浩也はずいぶんいろんな高取を見てしまった気がする。

恋愛のことになるとちょっと強引で、でも甘くて、そして誠実な高取。家族を大事にしていて、苦労もしている。そしてなにより、すごく優しい。その優しさを余すところなく、ストレートに伝えてくれる。こっそりと片想いをしていた時よりずっと、ずっとずっと、高取を好きになっている。

一昨日より、昨日より、高取が好き。そして明日にはもっと、明後日にはもっともっと好きになっているだろう。それが分かる。

(このまま一緒にいちゃ、ダメなのかな……？　あの夢は、俺が折り曲げた未来じゃなくて、高取くんの本心だったかも、しれないんだから……)

そうじゃない。違う。どちらにしても、自分は好きな人に近づいてはいけないのだ。

頭の隅で鳴る警告を、浩也は無視したかった。少しだけなら一緒にいてもいいじゃないか。自分も高取が好きなのだ。高取だって、好きだと言ってくれている——。

そう思っている自分の我が儘を、浩也はもう、隠せそうになかった。

「昨日は裕太と裕利がケンカしてて、俺の邪魔しにきやがって」

勉強をしていたのに、弟たちのケンカに巻き込まれ、説教をしていたら、一番下の裕希が怖がって泣きだし……と、大変だった様子を聞かせられて、浩也は思わず、くす、と笑っていた。

ちょうど、『オーリオ』のシフトが終わって二人一緒に帰っているところだ。

高取の告白から、二週間。ダメだと思いながら、浩也は断れないまま、高取の誘いをどれもこれも受けてしまっていた。

(もう少しだけ、バイトを、辞めるまで)

もうずっと、そんなふうに言い訳をしている。

今日は細い三日月が空にかかっている。浩也が小さく笑うと、高取がふと歩みを止めて浩也を見つめてくる。

「……おかしいですか?」

そっと訊かれ、浩也は「ごめん」と慌てて笑顔を引っ込めた。

「つい、楽しそうだったから……」

「そうでもないですけどね。……相原さんの貴重な笑顔が見れるなら、俺、あの家に生まれてよかったな」

「……」

なにも言えずに、浩也は黙り込んでしまう。笑っていた自覚もなかった。

（ちょっと俺、気が緩みすぎじゃないかな）

高取とはいずれちゃんと離れねばならないのに。それに断る断らないで右往左往して失念していたが、梶井《かじい》と高取の間はどうなっているのだろう、と浩也は気がかりだった。

（今はまだ、付き合ってないってことかな？）

高取が二股をかけるような不誠実な男とは思えないので、たぶんそうなのだろう。店での二人は今までと変わらず、仲の良い同僚同士に見えている。けれど本来、高取の隣を歩いているのは梶井なのだと思うと、浩也は後ろめたかった。

そんなことを考えて沈黙していたら、高取にそっと手を握られた。この頃は時折こうされる。浩也は振り払えず、かといって握りかえせず、ただ頬を紅潮させてうつむくだけだった。指先から伝わってくる高取の体温に、胸が強く鼓動を打つ。

触れられて嬉しい。けれど、いけないことだと知っている。

恥ずかしさと罪悪感に葛藤《かっとう》する浩也と違い、高取はいつも、普通どおり話を続ける。

「それで、騒ぎがエスカレートして、チビが世界史の参考書にコーヒーこぼして」

「え……」

使い物にならなくなりました、とため息をつく高取が、浩也はさすがに不憫《ふびん》になった。

「あの、もしよかったら、参考書あるけど……」

不思議そうな顔で見下ろしてくる高取に、たどたどしく、受験の参考書、と言う。

「俺も世界史……持ってるけど、あの、よかったらもらう？」

「え、いいんですか？」

浩也はこくり、と頷いた。大学でももしかしたら使うかも、と思って受験時代の参考書はすべて持ってきていたが、今になっても、まったく使う気配すらない。浩也も国立大学だし、高取も第一志望は県か近県の国立だというから、受験の参考書としては全く支障がないはずだ。学年も一年しか違わない。

「他にも、受験で使った本、いろいろあるから……今、見てく？」

いつの間にか、いつも二人が別れる角まで来ていたので、浩也はアパートのほうを見て訊いてみた。すると高取が眼を丸くし、驚いたように黙ったので、浩也はハッと我に返った。

「あ、迷惑なら」

「あ、いえ。そういうんじゃなく。……お家にあがらせてもらって、いいんですか？」

やけに慎重な訊き方だ。今度は浩也が不思議に思いながら、頷いた。すると高取は緊張したように空咳《せき》をし、浩也の手をぎゅっと握り締める。

浩也のアパートは、一人暮らしの大学生が住むにはごく普通のものだった。木造造りの二階建て、小さなキッチンとカーペット敷の六畳間が一つ。部屋には大きな本棚が一つと、テレビ、小さな折りたたみ机が一つ、それに安物のシングルベッド。けれどももともと身綺麗《みぎれい》にしておく癖があるし、本以外は物も少ないので、部屋は片付いてきちんとしている。

高取を先に居室に通し、玄関脇のキッチンで飲み物を入れてから戻ると、高取は興味深そうに本棚を眺めていた。

「参考書は上の段だよ」

「相原さんて本当に読書家なんですね。ここにある本、俺、半分以上知らないや」

高校ではわりと図書館を使うほうだという、高取が驚いたように言った。腰を下ろし、下段の本をぱらぱらとめくっている高取に、「いつから本好きなんですか？」と、訊かれる。

「小学校の時……かな」

ヒカれるかと思ったら、高取は「すげえ」と素直に感心した様子だった。それが面はゆく、浩也は「俺、友達いなかったし……」とつけ足した。

いや、本当は、父が死ぬまではいた。けれど父が死んだのは、浩也が小学校二年生の時だ。それからは一緒に遊ぼうと誘ってくれる友達を断り、教室の隅っこで、いつも本ばかり読んでいた。いつの間にか周りからは人がいなくなり、浩也は閉ざされた世界に籠《こ》もった。

「読書が好きになる、なにかきっかけとかあったんですか？」

「べつに、ただ、人のことが分かるかと思って」

ふと口をついて、そんな言葉が出た。

人のことが知りたかった。——違う。本当に知りたかったのは、自分のことだった。

予知夢を見る自分について、知りたかった。

好きな人に感じる人恋しさの正体について、嫉妬《しっと》や淋しさの源について、どうやったら、その感情を消せるのか、どうやったら夢を見なくなるかについて、知りたかった。それでも、夢は見てしまう。答えはどこにも書かれていなかった。

「でも人の気持ちなんて分かんないまま。……だから、バイト先でも上手くできないし」

思わず浩也は、自嘲《じちょう》するように笑った。

「俺、こんなだから、小学校の時はちょっといじめられたりしたんだ。中学からはなんとか上手くやれたけど……」

けれどそれは単に、人から離れる術《すべ》を覚えたからだ。話しかけられても距離をとっていたら、人は自然と離れていった。陰では「暗いやつ」と言われたが、からかってもいじめても面白みのない人間だと、いつしか無視されるだけになった。高校生ともなると、みんな自分のことで忙しい。楽しいことがたくさんあるから、浩也になど構っている暇はなく、自然と忘れられた。浩也は十二年間、教室の隅っこで本を読み続けた。本を読んでいれば、誰も話しかけてこない。自分の世界に没頭しているやつだと思われて、離れていられると、その時にはもう学んでいた。アルバイト先の休憩室で本を読むのも、同じ理由からだ。いつしか本は、浩也にとってなくてはならない防御壁のようなものに変わっている。我ながら、暗い人生だと思う。

「こんなだから、俺、あんまり人に好かれない」

ぽつりと独りごちると、高取が眉を寄せて痛ましげな顔をする。浩也はハッと我に返り、

「あ、暗い話して、ごめん」

と謝った。じっと自分を見つめてくる高取の視線に、気まずくなって弁解する。

「なんだろ、なんていうか、小説の中には、こう、もっと要領いい人ってたくさん出てくるだろ？　そういうふうになりたいっていつも思ってて。でも上手くできないから」

言いながら、自分でもこんな説明では、自分の気持ちは伝わりにくいな、と思ってしまう。人と距離をとっていたいけれど、嫌われて心が傷つくのは嫌なのだと、大事な部分をはしょっているからだ。

「その、俺、人を嫌な気分にさせてしまうから」

つけ足すと、不意に腕をひかれた。気がついたら、浩也は高取に抱きしめられていた。

（え？）

「……淋しいことばっかり、言わないでください」

いきなり引き寄せられて動転した浩也の耳元で、高取が搾《しぼ》り出すように言う。

「相原さんは、ただ……要領が悪いんです。不器用なだけでしょ。本当は優しいのに」

優しい？

浩也はぽかんとして、高取を見つめてしまった。

「俺が優しいわけないよ。伊藤《いとう》さんの送別会にも行かなかったし……いろいろ、不義理してるの、高取くんも知ってるだろ」

そう言いながら、浩也は高取の胸を押し、離れようとした。すると高取が、浩也の額に、こつん、と自分の額をあててきた。高取の整った顔がすぐ間近に迫り、浩也は息を止めた。

「送別会なんか、もう二週間以上も前のことでしょ。それをまだ気にしてる人が、優しくないんですか?」

そっと訊く高取は、傷ついたような表情だ。

「周りを嫌な気分にさせたって、悩んで、そのかわりにトイレ掃除したり、シフト替わったりしてる。そこまで思い悩むことないのに、相原さんて、べつにどうでもいいって割り切れないんですよね?」

「……それは、優しいからじゃなくて」

ただ傷つきたくないからだと、浩也は思った。けれどぎゅっと抱きしめられて、息が止まり、続きを言えなかった。高取の体はくっつくと見た目よりもずっとしっかりとしていて、温かい。その力強さに、体中包まれているような気になる。

「もっと早く、あんたに出会いたかった。小さな頃の相原さんを、慰めてあげたい。そうしたら今、いじめられたとか、好かれないとか、そんな悲しいこと言わせないのに」

心臓が止まるような気がした。なんと言っていいのか分からない、言葉にならない気持ちが、胸の奥に押し寄せてくる。

(高取くんは、こんな俺のこと……そんなに、好きでいてくれてるの?)

夢のせいだ、これは高取の勘違いだと思いながら、胸は切なく痛んだ。

小さな頃の浩也。父を亡くし、自分を責めて閉じこもってきた自分の中に、たった七歳の頃の痛みはまだ残っていた。

本を読みながら、本当は何度も夢想していた。こんな自分の苦しみをすべて理解し、受け入れ、救ってくれる誰かの存在。小説の中の主人公たちは、いつもどんな悲劇に遭っても、必ずそうした理解者を得て救われていた。もっとも浩也の前に、そんなヒーローが現れることはなかった。

けれど幼い頃の自分を助けたいと、高取は言ってくれた。それだけで、浩也は自分の十二年間が、慰められるような気がした。

「高取くんは……なんでそんなに、俺に優しくしてくれるんだ？」

今まで訊けずにいたことを、だからつい訊いていた。心臓が強く鼓動を打ち、頬が熱くなってくる。

「そりゃ、好きだからです」

高取は即答した。ストレートな言葉にうつむきながら、

「でも、俺なんかのどこが、好きなの？」

浩也はとうとう、訊いてしまっていた。訊かなければよかっただろうかと、思う。どうせ勘違いなのに訊いてどうする、とも思う。それでも訊いてみたかった。

高取は額を離し、「うーん」と考え込んでいるようだった。

「俺、前までサッカー部で。毎日ボールのことばっか考えてたんですけど」

突然ボールの話をされて、それがどう、自分と関係するのか分からず、浩也は眉を寄せながら顔をあげた。

「まあそれは、三年で引退しましたが、そしたらちょうど入ってきた浩也さんの頭が、後ろから見ると丸くて。ボールに似てんなあと思って……癖で、眼が追っちゃって」

「それが、好きな、理由？」

なんだかあんまりな気がして、浩也は訊き返してしまった。つまりボールが好きだから、浩也も好きということか？

すると、高取がくっと笑う。

「だから、眼で追ってるうちに分かっちゃったからですかね。あんたは人一倍優しいし、人にも、優しくしたい人なんだって……」

意外な言葉に眼を丸くして見つめると、高取はどこか、淋しそうな顔をした。

「なんでかなあと思った。優しくて、人が好きな人なのに、自分から距離をとってる。みんな拒絶して、近づかないでって雰囲気で。なのに、眼だけ違うんです」

「眼？」

そう、眼、と高取が頷く。その顔が、とても優しかった。

「眼だけ、悲しそうで淋しそうで、すがるみたいで。いつも『助けて、助けて』って言ってる。……うちの一番下のチビが、時々そんな眼になるんです。淋しいくせに我慢してる時、大丈夫だよって言いながら、眼だけはすがってくる。応えられない日もあるから、そういう時は無視します。でもすごく辛《つら》い。……相原さん見てても、そんな気持ちになる」

「……そんなこと」

声が上擦り、浩也は黙り込んだ。うつむくと、自分の体が震えているのが分かった。

──助けて、助けて。

そう伝わってくると言われて、心臓が撃ち抜かれたように、苦しくなった。体中から、本当はいつもそんな悲鳴をあげていることを、自分でも分かっていたせいだ。

「俺、あんたの眼が見たくて、構ってました。顔をあげさせて、淋しそうな眼を見たら、やっぱりあんたには俺が必要だって思った。ほっとけなかった」

「だから、カフェオレくれたりしてたの……？」

驚いて訊くと、高取は照れたように笑っている。

「笑ったら可愛いだろうなあとか、幸せそうにしてほしいとか、どうしたらそんな顔させられるんだろうとか……バイト中、そんなことばっかり考えるようになって」

「……でも俺、よく高取くんに、怒られたよね？」

「そりゃ仕方ないでしょう。仕事は仕事です」

きっぱりと言う高取が、いかにも高取らしい。なんだかおかしくなって、浩也は小さく笑ってしまった。

「笑った」

高取が、囁く。そうして、眼を細めて微笑む。心の奥底からにじみ出してきたように、柔らかな笑顔だ。思わず笑顔を引っ込めると、高取が手を伸ばして、浩也の頭をそっと撫でてくれた。大きな手のひら。ほのかに伝わってくる体温が、温かい。

「あんたが自分を甘やかさないから。俺が甘やかしてやりたいって、思うんですよ」

——そうじゃない。

そんなんじゃない、と浩也は思った。

自分は優しくなんてないのだ。それは高取の勘違いだ。

優しい人間が、どうして親しい人を傷つけるような夢を見るのか。父を死なせ、高取の未来を曲げようとするのか。

否定したいのに、高取の言葉が浩也の胸の奥深く、傷ついた心に届いてしまう。

(どうして、分かってくれたの?)

不意に、そう思ってしまう。

人を傷つけるのが怖いこと。本当は誰かに優しくしていたいこと。誰かに、優しくされていたいこと。一人で生きていく覚悟なんて、本当はないこと。

本当は――誰かを好きになって、好きになってもらって、生きていたいこと。

（どうして、高取くんは分かってくれたの……？）

十二年分の孤独と痛みが胸の内に溢《あふ》れてくる。助けて、助けてと泣いている七歳の子どもが、浩也の中にいるのだ。その子どもが高取に差し伸べられた言葉にすがって、信じたいと、このまま愛されたいと言っている。

一人ぼっちはもう嫌だ。これ以上苦しみたくない。誰か、お願いだから誰かを、愛したい。愛してほしいと。

鼻の奥がつんとして、泣きそうになった。ずっと泣けなかったし、泣き方など忘れているのに、思い出しそうになっている。このままではダメだと、高取の視線から眼を背ける。

「さ、参考書出すね」

ごまかすために立ち上がろうとしたその時、あっという間に引き寄せられていた。高取の胸に体ごと転がりこみ、組み敷かれて、後頭部がカーペットにこつん、と当たった。ひっくり返った視界に天井と、どこか緊張したような高取の顔が見え――そして、キスされていた。

一瞬、なにが起きたか分からなかった。

見開いた眼に高取の睫毛《まつげ》が触れ、思わずつむる。体に腕を回され、抱きしめられた。押し当てられた唇は、熱かった。

「嫌？」

少しだけ唇を離し、高取が訊いてくる。下唇を舌でつつき、

「嫌ですか、相原さん」

吐息だけで訊いてくる高取に、なにも言えなかった。心臓がばくばくと激しく鳴り、全身熱で浮かされたようだ。戸惑って見つめ返すと、「そんな眼をして」と、なぜか苦い顔をして、高取が言う。

「あんたが、俺のこと見るから」

見るから、何だというのだろう。けれど訊《たず》ねる間もなく、もう一度キスを重ねられる。

「ん……っ」

なにか温かな、ぬらりとしたものが、唇を割る。高取に舌を差しこまれ、深く唇を吸われて、浩也はびくっと肩を揺らした。

高校生なのに、少なくともこれが初めてのキスの自分よりは慣れているらしい、高取は浩也の口の中を舐《な》め回し、くちゅ、と音立てて舌を抜いた。唇を離された時には、浩也は赤い顔でわずかに息切れしていた。

「……たかと、なん、キス」

混乱して、上手く言葉が出てこない。

「俺とキスするの、嫌じゃないでしょう?」

見つめられたまま、また同じように問われても、答えられる余裕は、浩也にはない。

「それとも本当は、俺が触るの、嫌？」

「そ、そんなことは……」

　嫌なわけがない。嫌なはずがないから、困る。とたん、高取がまた、口づけてくる。今度は最初から舌を差しこまれ、喉《のど》のほうまで舐められる。

「んんっ、ん……っ」

　今日、と高取がキスの合間に囁いた。

「初めて、相原さんのほうから、俺を誘ってくれた。俺の気持ちも、訊いてくれた。嬉しかった……」

「た、高取くん」

「俺、脈があると思って、いいですよね？」

　シャツをたくしあげられ、脇腹をさすられて、浩也はびくんと震えた。くすぐったくてやめさせようと高取の胸を押したけれど、運動で鍛えられたその胸はびくともしない。

「こういうの、気持ち悪い？　相原さん、触って、大丈夫？」

　耳元で訊いてくる声が、どこかかすれている。不意に高取の指が、浩也の胸の飾りをとらえて、くに、と押してくる。

「あ……っ」

　乳首を捏《こ》ねられ、浩也は背中にぞくぞくとしたものが走るのを感じた。もどかしい、自分ではよく知らない快感だ――。両手をシャツの中に入れられて、二つの乳首を一緒に弾かれたとたん、下半身のものがひくりと震えて、膨《ふく》らむのを感じた。

「た、たかと、りく……っ」

「可愛いです、相原さん。乳首、感じるんだ。ここ、大きくなってる」

膝頭でぐっと下半身を擦《こす》られ、浩也は「あっ」と喘《あえ》いだ。気付かれた羞恥《しゅうち》に赤くなり、高取の顔を下から覗き込む。高取は、切れ長の眼を細めて、じっと浩也を見つめている。黒い瞳の中に、いつもは見ない焦《じ》れたような色が浮かんでいて、浩也はどぎまぎした。

「相原さん、少し先まで、していい？」

囁いてくる声が、上擦っている。

先までとはどういうことか、訊こうとするより先に、高取が浩也の下半身に押し当てた膝頭を、ぐっと動かした。

「や、あ、あ、だめっ、あ……、あっ」

人から触られたことなんてないから、あっという間に体が火照《ほて》る。服の中で大きくなった性器の先端が、下着の布に擦れてさえ感じてしまう。

「可愛い。ほんとに……可愛い。俺、いつも想像してました。なんにも知らなそうな相原さんが、どんなふうに乱れるか……すげえ、悪いことしてる気分」

なにか相当恥ずかしいことを言われているのは分かったが、浩也の思考はもう追いついてい

かない。

「……ね、浩也さんて呼んでいいですか？」

「えっ」

驚いて見つめ返したけれど、高取は勝手に決めてしまう。

「浩也さん。もっと浩也さんのえっちな声聞かせて。聞きたい……」

高取は声が上擦り、いつもの冷静さも吹き飛んでいるようだった。待って、待って、と何度も口にしているのに、浩也のその声さえ、聞こえないらしい。

「浩也さん。好きです。好き……」

「あ、だめ、もう、も、離し……あっ」

不意に、高取の手が浩也のズボンにかかる。下着ごと、一気に膝まで下ろされると、すっかり勃《た》ちあがった性器がぶるんと出てきてしまう。羞恥で声をなくした浩也と違い、高取はごくり、と息を呑《の》んでいた。

「浩也さんの、可愛い。ピンク色なんですね……」

「あ……っ、ちょっと、あ！」

性器を握りこまれて、浩也は声をあげた。けれど制止の間もなく、扱《しご》かれる。シャツをたくしあげられ、乳首も高取の舌に何度もねぶられて、浩也は体中快感でじんじんして、わけが分からなくなってきた。

「あ、や、あ……、ん、っ、あっ」

「……やばい。やっぱ、我慢できない」

その時、突然そう言うと、高取が浩也のものを扱く手を持ち替え、自分のズボンのジッパーを下げた。そして浩也のものより大きく、硬くなった自分のものを取り出してくる。

（え？　え？）

もう、浩也の想像の範囲などとっくに振り切っていた。高取は自分のものと浩也のものを合わせると、一緒に握りこみ、激しく扱いてきたのだ。

「や、あっ」

ついでに腰も動かされ、刺激は倍になった。

「あ、あ、ああ……っ、だめっ」

「イってください。浩也さん。あんたの……イく顔が見たい」

朦朧《もうろう》とした頭の隅で、そんな言葉を聞く。瞬間、頭の中が白くなり、下半身で精が弾ける。

それは高取も同じだったらしい。自分のものだけではない白濁が、胸まで飛んでくる——。

「……あ、は、ふ」

ぜいぜいと息を切らし、ぐったりと横たわっていると、身を起こした高取が、ティッシュで浩也の汚れを拭《ふ》き取ってくれた。浩也はハッとなって上半身を起こした。

「あ、じ、自分で……っ」

自分でやる、と言おうとして、浩也は口をつぐんだ。どうしてか、高取がうなだれているからだ。

「ど、どうしたの?」

思わず訊くと、高取は「すいません」と、呟いた。

「キスで止めるつもりだったんですけど、止まれなかった……」

その声が本当にしょげていて、浩也はさらにびっくりした。こんな高取は見たことがなく、たった今したことの恥ずかしさも吹き飛ぶくらい、浩也は心配になった。

「もしかして……落ち込んでる?」

「いえ、だって……いきなり、段取りもなしに、今日こうなるつもりはなかったのに。俺のこと、ケダモノと思いましたよね。俺、もうちょっとムードとか、考えてたんですけど」

うなだれながら言う高取が、不意に顔をあげ、「すみません」とすがるような眼になった。

驚きが通り過ぎると、なぜだかおかしくなってきて、浩也はくす、と笑ってしまった。

「なんですか」

「あ、う、ううん。なんか……高取くんでも失敗すること、あるんだって思って」

とたんに高取が、頬を赤らめて睨んできた。けれど、ちっとも怖くない。拗《す》ねたような顔が可愛くて、また高取の意外な一面を知った気がして、浩也は笑った。しばらくの間それを眺めていた高取が、不意に浩也の手を握ってきた。

「……こんなに笑ってる浩也さん、初めて見る。やっぱり、笑ったらいつもの数倍、可愛い」

突然そんなことを言われると、逆に笑えなくなる。年下だと思えたのは一瞬だった。赤い顔で、慌てて手をふりほどこうとしたけれど、ほどけなかった。かわりに、ぐいと引っ張られて抱き寄せられる。高取の胸に頬を寄せると、どくどくと脈打つ心臓の音が聞こえてきた。それは想像よりずっと早い。緊張しているのは高取も一緒なのかと思うと、聞いている浩也までドキドキしてきた。

「浩也さん、好きです。本当に好き。もっとあんたのこと知りたい。優しくしたい。甘やかして、笑わせたい。独り占め、したい」

そう言う高取の声は切なかった。聞いているだけで胸がいっぱいになるほどだ。

（夢のせいで、俺を好きになった、だけなのに……）

けれどそうとは思えないほど、高取の言葉は真摯《しんし》で、浩也の心は揺れた。

わずかに体を離され、見上げると、じっとこちらを見下ろしてくる高取の強い眼差しにぶつかった。知らず知らず眼が潤み、高取の唇が近づいてきた時、浩也は眼を閉じてそれを受け入れていた。しがみつくと、大きな手で頭を撫でてくれる。甘やかされ、愛されているという感覚が、体の芯《しん》まで伝わってくる。いつも心の中から消えなかった不安や、痛みが、満たされて溶けていく、
キスを終えると、甘い感覚に浩也は酔いそうだった。高取が「浩也さん」と真剣な声を出してきた。

「俺と、付き合ってくれますよね？」

——付き合う？

けれどその時、浩也は眼が覚めるような気がした。

「だって、浩也さんちっとも抵抗しないじゃないですか。俺のこと、受け入れてくれたんですよね？　そう思っていいですよね？」

（それは……）

好きだ。けれど、だからといって付き合うつもりはなかった。そんなことはできない。高取は梶井と結ばれる運命にある。そうと知っていて、ねじ曲げることはできない。

浩也の瞼《まぶた》の裏には、死んだ父の姿が浮かんでくる。

頭の中に氷が流し込まれたように、突然、ざあっと血の気がひいていくのを感じた。

（俺、なんてことしたんだろ……）

高取とは付き合えないし、受け入れてもならない。高取の浩也への感情は、浩也が望んで見た夢のせいなのだ。分かっていたくせに流され、受け入れかけた自分が信じられなかった。

その時、高取の携帯電話が鳴った。電話に出た高取がややあって「え」と大きな声を出す。どこか慌てた様子で電話を切ると、

「すいません、弟が熱出したらしいんで、帰ります。参考書はまた今度もらいに来ます」

高取は鞄を持って立ち上がった。浩也も急いで見送り、これで話は流れたかとホッとしたが、

「さっきの続き、明日ちゃんと話しましょう」

と言われ、浩也は息を詰めた。高取が出て行った後、力が抜けて、その場にずるずると座り込んだ。

後ろめたさと自己嫌悪が、一緒くたになって胸の奥から突き上げてくる。心の中で、もう一人の自分が、嘲笑《あざわら》っている。

——馬鹿なやつ。お前には誰かに愛される資格、ないだろう。

その通りだった。

(断るしかないのに、俺は、期待だけ持たせた。最低だ)

明日断ったら、きっと嫌われる。いい加減な人だと、勝手な人だと嫌われる。

けれどそれでいいのだ、そうすれば未来を変えたことにはならないのだから。

浩也はたてた膝に額を押し当てた。

高取に抱きしめられていた時には消えていたはずの淋しさが、胸の中に浮かんでくる。これはあってはいけない感情だと思った。

淋しさは、認めると欲張りになる。

浩也はうなだれたまま、何度も高取への愛情に流されそうになる自分の心を、戒めねばならなかった。

六

高取《たかとり》とちゃんと離れる。もうこれ以上、未来をねじ曲げたりしない。

浩也《ひろや》はそう決めて、その日アルバイトに向かった。高取の夢を見てしまいそうだったから、昨夜は寝ていない。今日のシフトは浩也のほうが遅くまでと決まっている。店は混んでおり、途中でまともな話ができる雰囲気でもなく、浩也はどのタイミングで話そうかと悩んでいた。

夜の九時を過ぎた頃、禁煙席の一角で接客していた浩也は、寝不足のためにぼんやりしていた。その時反対側の喫煙フロアのほうから、なにやら怒鳴るような声が聞こえてきた。

振り返ると、喫煙席の一隅で男が二人ケンカしており、揉《も》み合い始めている。すぐ近くにいた高取が、駆けていくのが見えた。

(高取くん……っ)

不意に耳鳴りがし始める。嫌な予感がした。

二週間以上前に見た夢が、浩也の脳裏をかすめる。接客の途中であることも忘れ、浩也は飛び出していた。

「高取くん……！　待って！」

――怪我《けが》をするから。

そう叫ぼうとしたが、間に合わなかった。男の一人がグラスを振り上げ、仲裁に入った高取にぶつける。グラスの割れる音が響き、中川《なかがわ》が金切り声をあげ、店内は騒然となった。同時に、高取の腕が血で染まるのが見えた――。

「どいて、どいて。お客さん、落ち着いてください！」

騒ぎを聞きつけた店長が奥から出てきて、浩也の体を押しのける。揉み合っていた客は血を見て急に怖くなったのか、その場で呆然《ぼうぜん》としていた。高取が腕を押さえ、梶井《かじい》が高取の体を支えるようにして、従業員控え室のほうへと連れて行く。

浩也はなすすべもなく、ただ、立ち尽くしていた。

まだ耳鳴りはやまず、すべてのことが、まるで薄い布一枚通したように遠く感じられ、今もまた、夢を見ているかのようだった。

（なにもできなかった……）

二週間以上もの間、この夢のことは毎日気にしてきた。起きることは知っているのだから、徴候が現れれば自分が間に入るなりして、高取を助けたかった。それが夢を見た責任のようにも感じていた。けれどできなかった。また、なにひとつできないまま、眼の前で好きな人が傷つくのを見ていただけだった。

重い無力感が湧《わ》いてくる。罪悪感と後ろめたさで、喉《のど》が詰まり、体が震えていた。どうしてこういう未来があると知っていながら、自分はなにも変えられないのだろう。なにもできない自分に夢だけ見せて、神様は残酷すぎる。

——やっぱり、高取とは付き合えないのだ。

浩也はハッキリとそう思った。

これから高取といれば、こういう夢をまた見るだろう。けれどそれがどれほど酷《ひど》い夢でも、浩也は高取が傷つくのを、黙って眺めているだけ。

こんな苦しい想いをし続けることはとてもできないし、高取の未来をねじ曲げるのも怖い。一緒にいられないことは、最初から分かっていた。なのに高取の優しさに甘え続けた。なんのために親元を離れ、友達も作らないで一人でいたのか。周りに嫌われてまで、この生き方を貫いてきたのか。

たった一人で生きていこう。

何度も何度もそう決めたのは、なんのためだったのか。

大切な人を、傷つけないためだったのにと、浩也は一人、肩を落とした。

「高取くん……大丈夫?」

　客が少し減った時間、浩也は従業員控え室で休んでいる高取の様子を見に行った。高取は腕に包帯を巻き、もう、私服に着替え終わっていた。浩也の顔を見ると、安心させるように笑いかけてくる。

「平気です。でも、念のため病院行けってことなんで、今から杉並《すぎなみ》さんと行ってきますよ」

　どうやら高取は、社員の杉並が車を回してくるのを待っているところらしい。

　浩也は高取の顔がまともに見られず、うつむいたまま向かいの席に座った。

「……昨日の話の続き、また、今度になりますね」

　そっと囁《ささや》かれて、浩也は肩を揺らした。昨日の話。告白の返事だ。高取の声音には、甘いものがある。きっと、浩也に断られるとは思っていないのだろう。胸が苦しくなり、喉の奥で言葉が止まりかけたが、浩也は膝《ひざ》の上で拳《こぶし》を握り、ぐっと力をこめた。

「……あの、その話だけど…昨日は、言えなかったけど、俺……」

　浩也はうつむいたまま、「付き合えない」と、言った。

「付き合えない。ごめん。俺のことは、もう忘れてください」

　声は震えていた。けれど、最後まではっきり、きっぱりと言うことができた。

「どうしてです」

　数拍あとに聞こえてきた高取の声には、苦笑するような響きがあった。まるで浩也の断りが、なにかの気の迷いだとでも思っているかのように。

「二週間一緒にいて、浩也さんも俺を好きだと思いました。それは、違うんですか？」

「俺のことはもう、諦《あきら》めて」

搾《しぼ》り出すように言うと、やがて高取が信じられないように「本気ですか？」と、訊《き》いてきた。こくりと頷《うなず》くのと同時に、高取が息を呑《の》んだようだった。

「……浩也さん、顔をあげて。俺の眼を見て話してください」

とたん、どこか厳しい声で言われた。その通りだと思うのに顔があげられない。怖いのだ。

──怒っている高取を見て、嫌われたくないと思うことが、怖い。また、高取を夢に見てしまうかもしれないこと、そして眼を見られて、本当は高取が好きな自分の本心を知られることも怖い。

「高取くんは、梶井さんが、いるよね」

無言の圧力に耐えかね、思わず口走ると、

「はあ？　なんでいきなり梶井さん？　なんの話ですか」

高取が今度は本気で、怒った声を出した。

「そんなことより、俺、告白してから一度も浩也さん自身の気持ち聞いてませんよ。あんたはどうなんだ。俺が好きですか。嫌いですか？」

「……」

浩也は、声を失った。あまりにもまっ直ぐな、高取の言葉。その声音は真剣で、痛いほど真《しん》摯《し》だ。これまでのどんな場面でも、高取は誠実だった。一度も気持ちを誤魔化さず、浩也に向き合ってくれた。

——好きだよ。

胸の中には、素直な言葉が浮かんでくる。

——俺だって、高取くんが好きだよ。

けれど好きだから、一緒にはいられない。離れてほしくないと願うたび、自分は高取を夢の中で傷つけるだろう。

(どう言ったって、分かってもらえない……)

どう言っても、伝えても理解してもらえないという孤独感が、浩也を包む。

浩也の視界に、怪我をした高取の腕が映った。包帯に、じんわりと血がにじんでいる。見ただけで胸の奥が冷たくなるようだった。

——そんな夢を見たのは、浩也がそう望んだからじゃないの。

母親に小さな頃言われた言葉が頭をかすめ、この傷は自分のせいではないか、そうとさえ思ってしまう。

「——なにか、隠してるんじゃないですか」

その時、テーブルに身を乗り出して、高取が言ってきた。

「なにか俺と付き合えない理由があって、浩也さんはそれを隠してる」

ハッとして、浩也は高取を見つめた。

「言ってください。俺はあんたを軽蔑《けいべつ》したりしない。二人で考えたら、解決できるかもしれない。もっと、俺に甘えてほしい」

高取の眼は真剣だった。なにも知らないはずなのに、どうして浩也がなにかを隠していると、感づいたのだろう。浩也はパッと眼を逸《そ》らした。

「な、なんにもない……っ、とにかく、俺はきみと、付き合えない」

「浩也さん」

浩也の否定を遮《さえぎ》るように、高取が怪我をしていないほうの手で、浩也の腕を摑《つか》んでくる。ぐっと力をこめられ、浩也は息を呑んだ。

「……本当になにもないなら、俺の眼を見て言ってください。嘘かどうか、眼を見たら分かるんです」

浩也は動揺した。気がつくと勢いよく立ち上がり、高取の腕を振り払っていた。

「なんにもない。ただ付き合いたくないだけ。じゃあ、さよなら」

大声で言い、浩也は控え室を飛び出していた。出たところで杉並にぶつかりそうになったが、それにも構わずトイレに駆け込む。個室に入ると、浩也はごつん、と額を壁にぶつけた。

（……これで終わりだ）

もう高取と二人で出かけたり、一緒に帰ったりしない。高取の家族も、他人だ。それが、たまらなく淋しい。たった一人自分を理解しようとしてくれた人を失ってしまった。

絶望がひたひたと押し寄せてきたが、浩也はそれを無視した。この感情に身を任せたら、また高取の夢を見てしまう。自分は平気だ、辛《つら》くないと思い込もうとした。

（最初からこうするつもりだったんだ、遅すぎたくらいだ……淋しいなんて、贅沢《ぜいたく》だ）

こみあげてくる自己嫌悪と孤独感を何度となく振り払い、浩也はその場に、長いこと立ち尽くしていた。

『もう一度話したい。明日会えませんか』

仕事が終わったあとに入っていた高取からのメールを、浩也は無視した。しかし高取の気持ちを思うと、死にたいほど苦しかった。

（ひどいことをした。嫌われる。だけどもう、こうするしかない……）

浩也は帰宅途中のコンビニエンスストアで栄養ドリンクをたくさん買って、今日の夜も眠らないと決めた。夜中、高取から何度か着信があったけれど、出なかった。メールも開かなかった。すべて無視して、そしてなにも考えないようにした。十二年、そうやって生きてきたから、不器用な浩也にもなんとかそれができた。

いつしか、夜が明けようとしていた。東の際が白み始めた頃、しとしとと雨が降り始め、浩也はベッドにもたれて、うつらうつらと船を漕《こ》いでいた。

(眠っちゃダメだ、高取くんの夢を見る……)

心の中で、高取を恋しがっている自分がいる。どこにも行かないで、そばにいてと、嫌わないでと思っている。そうである以上、眠ってはいけない。

力の入らない指で、手の甲をつねった。けれど二日連続で寝ていないからか、その感覚さえ麻痺《まひ》して、覚束ないほど、眠たかった。

(神様……)

子どもの頃、魔法をくださいと祈った神様に、浩也は願う。

(俺にもう、高取くんの夢を見せないで……)

もう、誰とも一緒にいたいなんて、願わない。

(一人で生きていきます。約束しますから……)

そう思った時、意識が飛び、浩也は眼を閉じていた。


眠っちゃダメ、眠っちゃダメ、という声がどこからか聞こえる。

——起きて。起きて。もう見ないで……。

けれど気がつくと、浩也は闇の中に立っていた。

（ここはどこだろう……）

まっ暗な虚空を見渡すと、少し離れた場所にぽつんと窓が浮かんでいた。その奥に、ちらちらと光がまたたいている。

（あの窓の向こう、誰かいるのかな？）

そう思って、浩也は窓辺に寄っていった。

――やめてやめてやめて……。

遠い意識の向こうから聞こえてくる声に気づかず、窓枠に手をかけ、外に向かって押した。眼に光が飛び込んできた瞬間、妙な胸騒ぎがしたけれど、もう窓の向こうは見えていた。

大きな道路と横断歩道。道の先に、高取の姿が見えた。

――予知夢だ。

とたんに、浩也は気づいた。

バカな自分。どうして、窓を開けてしまったのだ。

その道路は見覚えがあるような、ないような……ハッキリとは分からない。歩行者用信号が点滅し、赤に変わるところだ。

夢の中の高取が、浩也のほうを振り向いた。その顔がまっ青になっている。

「浩也さん！」

夢の中で叫び、高取はこちらに向かって駆けてきた。

待って、来ないで、と浩也は思った。

大きな道路の向こうから、乗用車が走り込んでくる――。

(やめて。高取くん、轢《ひ》かれる……っ)

視界が一瞬暗くなり、急ブレーキの音となにかがぶつかる鈍い音がした。

次に見えたのは、頭から血を流して道路に倒れている、高取の姿だった。閉じた瞼《まぶた》は青ざめ、額からは赤い血がどくどくと流れて、アスファルトに血溜《ちだ》まりを作っている――。

夢の中で、浩也は高取の名前を、叫び続けていた。


――眼が覚めた時、浩也は汗だくだった。

窓辺からは朝日が差しこみ、スズメののどかなさえずりが聞こえてくる。ごく平和な、いつもどおりの朝。

けれど浩也は全身ぶるぶると震え、荒い息をついていた。どんどん息苦しくなり、突然胃の奥から吐き気がして、浩也はばたばたとトイレに駆け込み、吐いていた。苦い胃液がぼとぼとと口からこぼれ、饐《す》えた臭いがツンと鼻の奥に臭った。

体から力が抜けていき、浩也はトイレの中でうずくまる。

頭がガンガンと痛んでいる。

つぶれた三台の車。母の金切り声、フロントガラスの赤い血、救急車のサイレン。病院のベッドの上、死んだ父の顔に、白い布が置かれていた。泣きわめく母、浩也の頬《ほお》をぶって、あんたのせいなのね、と怒鳴ってきた。

（ごめんなさい）

浩也はうなだれ、トイレの便座にすがりつくようにして、震えていた。

（お父さん、ごめんなさい、ごめんなさい、ごめんなさい）

――ごめんなさい、ごめんなさい、ごめんなさい。

何度謝っても足りない。何度謝っても許してはもらえない。

罪悪感で、胸がつぶれそうになる。生きているのが苦しい。どうしてあの時、自分が死ななかったのかという気持ちが、浩也を責め立てる。

（お父さん、お父さん、お父さん……っ）

鼻の奥が酸っぱくなる。泣きたかった。声をあげて号泣したかった。けれどそうすれば自分が楽になるだけの気がして、浩也は泣けず、ただ震え続けている。

（俺が、俺が、すぐに離れなかったから、高取くんの夢まで見た。お父さんみたいに、高取くんが、お父さんみたいになったら）

きっと高取とキスをし、体に触れられても拒まなかったせいで、代償を求められているのだ。いやそれとも、告白される夢を見た時点で、この未来は決まっていたのか？

体の底から震えがくる。恐ろしかった。

どうしてほんのちょっとでも、高取が自分を本当に好きでいてくれるかもしれないなんて——思ったのだろう？

（離れなきゃ。もっともっと離れなきゃ）

ほんのちょっとの隙《すき》もないくらい、もっと完璧に離れねばならない。高取を梶井に返すのだ。浩也を好きな気持ちを砕いてしまわねばならない。

（離れるから……嫌われていいから、だから神様）

もう一度だけお願いをきいてほしいと浩也は思った。これが最後のお願いでいい。

自分は一生、誰からも愛されず、誰も愛さずに生きていくかわりに、高取を死なせないでください。高取が死ぬくらいなら、自分が死ぬほうがいい。

不器用だとか、要領が悪いとか、そんな言い訳はもう通じない。覚悟を決めろと、思う。

（俺が守るんだ。俺にしかできない）

浩也はぐっと拳を作り、無意識に、自分の膝を殴っていた。何度も何度も、痣《あざ》ができそうなほど強く、殴った。その痛みに眼が覚めて、覚悟が決まるのを願うように。

浩也はまず携帯電話を替え、それから別のアパートに引っ越した。荷物も少なかったから、引っ越し業者は一番安いところに頼んですぐ済んだ。

それから、突然なのを詫《わ》びて、家の事情を理由に『オーリオ』を辞めた。とにかく高取と自分をつなぐものすべてを、断ち切ろうと思ったのだ。店長には渋られたけれど、家のことなら仕方がないと言って認めてくれ、浩也は誰にも言わずにひっそりと店を出た。

なにもかも終わったと思った時、たった今『オーリオ』に着いたばかりらしい、まだ制服姿の高取が血相を変えて店から飛び出してきた。

「浩也さん！」

呼ばれた瞬間浩也は緊張した。思わず幹線道路の左右を見たが、車は来ていないようでホッとする。

「あんたどういうことだよ！　連絡つかなくなったと思ったら、いきなり電話替えて、アパートにもいなくなってて、それで今度は店辞めるって……！」

たった今店長から聞いて、そのまま出てきたのだろう。二階から駆け下りてきた高取は痛いほど強く浩也の腕を摑み、怒鳴ってきた。高取の顔を見たとたん、浩也は心臓が摑まれたような気がした。

引っ越しをする間、浩也はわざとシフトを休んだので、顔を合わせるのは一週間ぶりだった。その間、もちろん一度も連絡をとっていない。こうして高取の顔を見ると、自分はまだ高取が好きで、会いたかったのだと、思い知らされてしまう。

けれど同時に、一週間前に見た、あの夢が思い出される。高取が事故に遭い、出血していた夢だ——。

浩也はこの一週間、何度となく考えた台詞《せりふ》を言うためにぐっと腹に力を入れた。

「……放して」

「それが…最初に言うことかよ？　俺に対して」

信じられないように、高取が言う。けれど浩也は謝らなかった。

「……俺のせいですか？　俺が好きだって言ったから、辞めるんですか？　どういうことなんです。……もう、意味分かんねえよ」

最後の言葉は、なにも言わない浩也に焦《じ》れたように、苛立《いらだ》たしげで、苦しそうだった。

「受け入れてくれたと思ったのに、急に拒否されて……なにか事情があるなら、相談くらいしてください」

「……そんなの、ないよ」

浩也さん、と、高取がすがるような声を出す。

「どうして話してくれないんですか。本当は、無理してるんでしょ？」

そんなふうに言わないで、と浩也は思った。そんなふうに優しく、そんなふうに悲しそうに。

（そうだよ、本当は俺、高取くんが好きだし、離れたくない）

そう言ってしまいたくなる。けれど浩也は思い切って、高取の腕を乱暴に払った。

「もう、店に戻って。俺のことは忘れてほしい」

うつむいたまま吐き出すと、高取が一瞬黙り込んだ。

「それ、本気ですか？」

「本気」

自分でも驚くほど、硬い声だった。なんだ、できるじゃないか、と思う。けれど高取は、苦笑して続ける。

「本気なら、顔あげてください。俺の眼を見て、言ってください」

できるんですか？　と嗤《わら》われて、浩也は拳を握った。高取をどれほど傷つけているか考えると、苦しくてたまらない。それでも言わねばならない。

「……あのね、先に言っておくけど」

浩也は顔をあげ、高取を見た。高取が一瞬、息を吞むのが分かる。声が震えないよう、浩也は腹に力をこめる。

「俺のこと、なんでも分かってるつもりでいられるの、迷惑なんだ」

きっぱりと言った。驚いたように、高取がほんのわずかに、眼を瞠《みは》る。

「俺は初めから、きみと付き合う気はなかった。だけど強引にされて、断れなかった。きみはいい人だけど、俺にはもう近づかないでほしい」

言えた、と浩也は思った。それも、すべて本心だ。離れないでと思っているのと同じくらい、近づかないでほしいとも思っている。だから言えた。

「俺の眼を見て、今のが嘘だと思うなら思って構わない。でも、本心だから」

これで高取は自分を嫌うだろう。そう思った。しばらく黙りこんで、呆然と浩也を見下ろしていた高取は、

「……みたいですね。なんだ、思ったより、要領よかったんですか」

やがて眼をすがめ、苦々しげに吐き出した。

「淋しそうな眼をして、俺にすがっておいて、最後には放り出すわけか。それも、俺が強引にしたせいにして。……卑怯《ひきよう》ですよ、浩也さん」

責めているのに、どこか淋しそうな声だった。浩也の胸が、ずきりと痛む。重い沈黙が流れ、やがて高取が、ぽつんと呟《つぶや》いた。

「……あんたは、幸せになるのを怠けてる」

(……幸せ?)

考えたこともない言葉が、浩也の胸に落ちてきた。幸せ。浩也には、あまりにも遠い言葉だ。

「優しすぎるから要領が悪い。でも、それだけじゃない。あんた人に好かれないって言うけど、そうやって自分で人を遠ざけて、わざわざ傷ついてるんだ。それはあんた自身の、責任です」

不意に——浩也は頭の中で、なにかずっとこらえていたものが、パチン、と切れたように感じた。

（なにも知らないで……）

体の奥から、その気持ちがこみ上げてくる。

「……勝手なこと、言うなよ」

聞こえないくらいの声で呟いた次の瞬間、浩也は叫んでいた。

「俺だって、好きでこんな生き方してない……！」

弾かれたように怒鳴る。高取が出鼻をくじかれたように、なにか言いかけて息を呑む。

「幸せなんて、考えられない。そんなこと考えられるほど、俺は恵まれてないし、そういう資格もないんだよ！」

叫んだ刹那《せつな》、体の奥から、血が出るような気がした。痛かった。

――自分のせいで、大事な人を傷つけたことがあるのか。ただ好きだというだけで、誰かを傷つけたことが、高取にあるのかと思った。

「高取くんはね、普通の、普通に生きていける人なんだから、俺の気持ちなんか分からないよ。この地元で、友達もいて家族もいて、助け合って暮らしてる。そういう生き方してるんだから、俺のことはもういいだろ!?」

自分とは世界が違う。いや、そうではない、浩也だけがみんなと違う世界にいるのだ。それは言ってもきっと、理解してもらえない。

「きみが俺を好きな気持ちは、勘違いだよ！　すぐ眼が覚めるから、安心して俺を嫌って。俺は知ってるから言ってる。きみが本当に好きな人は他にいる！」

　とたん、高取が眉《まゆ》をつり上げる。

「なんで勘違いなんですか？　何度だってあんたに気持ちを伝えたでしょう。勝手に決めるなよ！」

「決めてるんじゃない、知ってるんだよ」

「いや、あんたこそ、なにも知らない」

　高取が決めつけてくる。

「なのに知った気になって、自分の狭い世界に閉じこもってる。手を伸ばしてくれてる人がいても、それじゃ気づかない。本当は自分のことだって、ほとんど知らないんだ！」

　浩也は震え、高取を睨《にら》みつけた。

「……とにかく、俺は高取くんとは付き合えないから。理由が必要なら言うよ。好きじゃないから。きみのこと、ちっとも好きじゃない。もう、諦めてほしい。気持ち悪いんだよ」

　言いながら、喉が裂けると思った。

　心が引き裂かれたように痛い。けれど同時に、言えた自分に、安堵《あんど》した。そう、もっと前からこんなふうにするんだった。そう思う。

　ひどい言葉に、高取が口をつぐむ。やがて小さく舌を打ち、分かりました、と、言った。

「もういいです。気持ち悪くて、すいませんでした。相原《あいはら》さんは、いつまでも、自分の思い込みに縛られて、一人ぼっちで閉じこもっててください」

そう言う高取の眼に、傷ついたような色が浮かんでいた。

その傷がまるで自分の胸にも移ったように、浩也の心臓の奥が、じくじくと痛みだす。

「さよなら」

静かな声で言い、踵《きびす》を返すと、高取は店のほうへと戻っていく。浩也は立ち尽くしたまま、遠ざかっていく高取の背を、見送っていた。普段怒鳴ったりしないから、興奮で息が荒くなっている。

自分と高取をつないでいた糸が、たった今ぷつり、と切れたのだ。

高取の背はどんどん小さくなっていく。

その背中が階段を上り始めた時、興奮は冷め、ただシンとした悲しみが、浩也の中に広がってきた。

（俺が、好きになった人……）

浩也を優しいと言ってくれ、月の下を一緒に歩いた人。大事な人を見せたいと言って、家族にも会わせてくれた。初めてキスをし、体に、優しく触れてくれた人。

浩也のことを慰めたいと言ってくれた。孤独な十二年が、ただそれだけで報われた気がした。

たった一人、たとえ夢のせいでも、浩也を好きになってくれた人。

もう二度とそんな気持ちを知ることはないと覚悟してきたのに、愛すること、愛されることの幸せを、幻でも浩也に教えてくれたのは、高取だった。

その人を今、永遠に失った――。

あとに残ったのは、ひたすらに孤独な、自分の人生……。

けれど、これでいい。これであの夢は取り消せるかもしれない。遊園地に行かなければ父が死なななかったように、自分と付き合わなければ、高取も大丈夫かもしれない。

（今日は梶井さんと高取くんが結婚してる夢を、見たい……）

――幸せそうな高取を、死なないですんだ高取の未来を見たい。

その未来のどこにも、きっと自分の姿はないだろう。けれど大したことではない。浩也はただ、誰も好きにならず一人で生きていく人生に、戻るだけのことだ。

瞼の裏が熱く、痛くなったが、涙は出ない。高取はもう、店の中に消えている。夕方の風が、湿っぽく浩也の頬を撫《な》でていく。

このままここで倒れて、死んでもいいなと浩也は思った。

こんな気持ちのまま生きていくことになんの意味があるのだろう。

それとも神様は、父を死なせた償いを、生きていくことでしろと浩也に言っているのだろうか。うなだれ、浩也は唇を噛《か》みしめた。運命を呪《のろ》いたい気持ちを、必死になって押しのける。怨《うら》みは淋しさに繫《つな》がる。

淋しさは、愛されたさに。愛されたさは、予知夢に繫がっている。

七

数日後、浩也《ひろや》は母から、出産のために病院に入ると連絡を受けた。

「うん……ごめんね母さん。行けなくて。頑張って、元気な子産んで」

そう言う浩也に、母は『浩也は元気なの？』と、訊いてくる。

『夏休みには、帰ってきてね。みんな楽しみにしてるから。ね』

どこか気を遣うような母の声に、浩也は後ろめたさを感じながら電話を切った。

産休に入ってから、母は何度となく連絡をくれている。浩也はほとんど電話もとらないのに、母からは一度もそのことを責められていない。身重で大変だろうに、時折電話に出ると、浩也の話ばかり訊きたがる。学校はうまくやってる？　アルバイトはどうしてるの？　友達はできた？　ご飯は食べてる？　と毎回、同じ事を訊かれ、適当に答える浩也に、母は小さな声で呟いたこともある。

『お母さんね、浩也の話、もっと聞けばよかったたって、今になって思ってるの』

ずっと忙しく働いてきた母は、産休でぽっかり暇ができてから、浩也のことが気になって仕方がない様子だった。けれどそうされても、浩也はどう返していいか分からなかった。

無意識のうちに、ため息が出る。浩也は夏休みに帰るつもりもなく、大学を出る頃には、それとなく親子の縁を切るつもりだ。

(それが、お互いにとっていいことだもんな……)

六月も下旬に入り、梅雨になったので、雨天が続くようになった。

ここ数日、浩也は毎日をただ鬱々《うつうつ》と過ごしていた。『オーリオ』を辞めてから、夢は一度も見ていない。ただ眠りが浅く、夜中何度も眼が覚めるので、疲れが抜けないでいる。

小雨の降る駅前を、傘をさして歩きながら、浩也はアルバイト募集の無料冊子を見ていた。義父からは毎月決まった生活費が送られてくるが、浩也は大学の学費も生活費も、卒業するまでに義父へ返すつもりだった。だから早く新しいアルバイトを探さねばと思うのに、いくら読んでも募集記事が頭に入ってこない。

(しっかりしろ)

そう思う浩也の脳裏に、もう何度となく思い浮かべた高取《たかとり》の顔がよぎる。

今頃、高取はどうしているのだろう。浩也のことなど、すっかり忘れているのだろうか。

(会いたいな……)

ふと思い、浩也は慌てて、その気持ちを押し込めた。

冊子を丸めて顔をあげると、駅前の道には雨音に混ざって楽しげな話し声が溢《あふ》れている。よく見たら、歩いている人のほとんどが二人連れ、三人連れで、独りぼっちは少なかった。

(幸せになるのを怠けてる、か)

ふと高取の言葉が浮かんできて、浩也は足を止めた。その時、「あっ、ロボットのお兄ちゃん！」と、子どもの声が聞こえてきた。ハッとして見ると、それは、高取の一番下の弟、裕希《ゆうき》だった。

裕希は転げるように駆けてきて、浩也の足に、どしん、とぶつかってくる。そのまま浩也の足に抱きつくと、ニコニコと笑っていた。

「ど……うしたの？　一人？」

浩也は慌てて訊いた。もし高取と来ていたらまずい、と思ったのだが、裕希は「お姉ちゃんときてるの」と言って、すぐ近くの店を指した。若い女の子向けのお店で、ちょうどセールをやっている。裕希は飽きて、外に出てきたらしかった。

「あのねえ、お兄ちゃんにあいたくてねえ、おみせのしたでね、まってたんだよ」

舌足らずの可愛《かわい》い声で喋《しゃべ》る内容に、浩也は首を傾げた。

「俺に会いに、『オーリオ』まで来て、くれたの？」

「うん！　裕太兄ちゃんのくれたロボットがね、けがしたの！」

元気いっぱいに言うと、高取の弟はニコニコと浩也の手を握ってきた。子どもの高い体温が、指先に伝わってくる。どこか欠けたり壊れたりしたオモチャを抱きしめて、店の下でじっと浩也を待ってくれていたという、この子のことを想像すると、ぎゅっと胸が締めつけられた。

「あれ、相原《あいはら》くん……?」

そのうち、そう呼びかけてくる声がした。

顔を上げると、すぐ眼の前の道に『オーリオ』で一緒にアルバイトをしていた中川《なかがわ》と木島《きじま》が立っている。

「中川さん……、木島さん」

思わず呟くと、二人が一瞬気まずそうに顔を見合わせた。伊藤《いとう》の送別会を断って以来、この二人には嫌われているはずだから当然だろう。けれどすぐに立ち去るかと思っていた二人は、なぜかその場にとどまって、なにか言いたそうにもじもじしていた。

「あの……?」

思わず声をかけると、中川が「あのね、相原くんにさ、謝りたいと思ってて」と言ってきた。

浩也が思わず眼を丸くすると、中川は気まずそうに頬を赤らめ、木島が苦笑した。

「相原くんが急に辞めちゃってから、杉並《すぎなみ》さんに聞いたの。相原くん、何度かあたしたちとシフト替わってくれてたって」

「なんか急に、あちこち掃除の手間が増えたり、仕事もしにくくなって。今さらだけど、相原くんがいろいろ気遣ってくれてたの分かったから」

二人は小さな声で、ごめんね、と言ってくれた。その言葉に、浩也は驚いて言葉を失った。

「相原くんと気まずいままなの、後悔してたんだよね。ね？」

　木島の言葉に、気の強い中川も、照れくさそうに頷いている。

「こっちも、仲良くしたいと思って誘ってたから、あの頃は腹立ったけどさー…そっちの事情も聞かずに、悪かったなって。ていうか、シフトとか替わってくれてたんなら、言ってよ。更衣室の掃除も、ゴミ捨ても、やってくれてたんでしょ？」

　浩也は黙ったままでいた。こんなふうに言われるとは思っていなかったので、困惑してしまった。けれど二人は意に介さず、ねえまた、戻って来なよ、と木島が続けた。

「あんみつのおばあちゃんに、よく訊かれるんだよ。あの親切な店員さん、辞めちゃったんですかーって。もうねえ、こっちもね、お礼言いそびれてることもあるし」

「いっつも更衣室先に使わせてくれてありがとう、とか。本当は、言いたかったんだけどさ、タイミングないうちに、相原くん辞めちゃうんだもん」

「……そんな」

　こんなふうに優しくされたことがないから、浩也は焦って、中川と木島を見つめた。

「俺のほうこそ、いつも誘いを断って……すみませんでした。あの、行きたくなかったわけじゃなくて、事情があって、どうしても行けなくて……でも、その理由を話せなくて」

　気がつくと、そんな言葉が出ていた。言うつもりなどなかった言い訳。頭を下げると、「やめてやめて」と木島が慌てた。中川が、そんな浩也を見て、おかしそうに笑った。

「相原くん、ちゃんと眼を見て、話せるんじゃない」

言われて、浩也はドキリとした。自覚はなかったけれど、今、自分は中川たちの眼を見て話していたらしい。浩也に謝られたからか、中川と木島の空気が、ほのかに緩んでいる。

「どういう事情か知らないけど。あたしたちも、相原くんのこと、分かってあげられなくて、ごめんね」

——分かってあげられなくて、ごめんね。

どうしてだろう。

その言葉が、胸にしみてきた。また一緒に働きたいと言ってくれた気持ちも。

小さな世界に閉じこもって、手をさしのべてくれる人がいても気づかない、と高取に言われたことを、思い出した。知らなかった、と思った。仲良くしたわけでもない、この二人がこうして浩也のことを考えていてくれたことを、知らなかった。

眼の前で笑いかけてくれる中川と木島の像が、ふとその時、歪《ゆが》んだ。

鼻の奥がツンと酸っぱくなり、目頭に、熱いものが盛り上がってくる——。

「え、ちょっと相原くん。どうしたの?」

「やだ……泣かないでー」

二人が少し、慌てた声を出す。

自分は今泣いているのだと気づいて、浩也は驚いた。頬に手の甲を当てると、ひやりと冷たい、涙の感触がある。

十二年間、ずっと泣かなかったし、泣き方など忘れたと思っていたのに、今、ごく自然に泣けてきた自分に驚き、浩也は呆然とした。

「いえ、あの、俺……」

涙でかすれた声で、浩也は言い訳しようとする。

「違うんです。二人には嫌われてると思ってたし、それも当然だったし、でも、本当はちゃんと、したかったんですけど……」

自分でもなにを言っているか分からない。もぞもぞと、小さな声で喋っている浩也に、けれど中川も木島も気分を害した様子はなかった。

「もういいよー、ていうか、こっちもキツくしてごめんね？」

「ほら、言ったとおり、普通にしてたらすっごい可愛いよね、相原くん。ね？」

中川と木島は顔を見合わせ、なにがおかしいのか、頰をうっすら染めて笑っている。

なんだなんだ、相原くんってこういう子だったのね、もっと前に知りたかったよ、ねえハンカチ貸そうか？　と口々に二人が言う。

うつむいたら、あふれた涙の中に、眼を丸くしている裕希の、可愛い顔が見えた。

「お兄ちゃん、いたいいたいなの？　ばんそうこう、はる？」

心配そうに言い、裕希が小さな手のひらで、慰めるように浩也の手をきゅっと握ってくれた。

浩也は思わず、裕希に向かって微笑《ほほえ》む。

嬉《うれ》しかった。優しくされて、嬉しいと思った。分かろうとしてくれた中川や木島の優しさも嬉しかった。

ぎくしゃくとしながら、それでもいつも、連絡をくれる母のことも、本当は嬉しい。二度と父を亡くす前のようにはなれないし、長年抱えてきた浩也の孤独を母が埋めてくれるとも思わない。それでも、不器用ながら母が浩也を愛してくれていること、失われた時間を取り戻そうとしてくれていることは、浩也にも分かっている。それが、母の優しさであり、愛情なのだということも。

一人で生きていくと思っている。

思っているのに、浩也は今優しくされて、泣いている。

最初に『オーリオ』で働いたのは、店の中に溢れている人々の笑顔に惹《ひ》きつけられたからだ。嬉しそうな子どもの笑顔を見て、いいなあと思った。恋しかった。

ごく普通に誰かを好きになり、好きになってほしいと思えた幼い頃のことを、懐かしく思った。そうして誘いに乗らない、すぐに辞めると言い訳をつけてまで働いたのは、お客さんにだけでも、優しくしたかったから。

人に、優しくしたかった。優しくして、ありがとうと言われて、自分が生きていることが少しくらい役に立ったのだと、思いたかった。好きな人を作れなくても、大事な人を傷つける自分でも、生きてきた理由があると信じたい。そういう気持ちが、浩也の中にも眠っていた。

（幸せなんて、考えられない……そんなの、嘘だ――）

高取にはそう言った。幸せなど、自分には到底望めないと。けれど本当は、心の底から幸せを欲しがっている。誰かと一緒にいられる幸せを、浩也は渇望している。だからいつまで経っても、要領よくできなかったのだ。覚悟がなかった。まだ心のどこかで、誰かと生きていける未来もあるのではないかと、信じてみたかった。

はじめに、神様に願ったのは、父と母ともっと一緒にいたいということだ。そのための魔法をくださいと。

けれど大切なのは魔法を持つことではなく、ただ二人に、振り向いてもらうことだった。自分は淋しかっただけだ。好きな人と一緒にいたかっただけ。

それだけの気持ちが、欲となって、浩也の中に深く根を下ろしている。

だからロボットが壊れたと泣いている子どもがいたら、涙を止めてあげたいと思うし、困っている誰かがいたら、助けてあげたいとも思う。

誰だって、人に冷たくするより、優しくするほうが好きなのだ。浩也だって、誰かに優しくしていたい。

そうしてその気持ちが、自分と人をつないでしまう。切ろうとしても切ろうとしても、こんなにたやすく、心は人と繋がりたいと感じる。誰かを好きになろうとする。

こんな些細《ささい》な、手のひらから伝わってくる体温や、ほんの一言の謝罪で、泣けるほど嬉しくなれる。本当に理解してもらえてなくても、分かってあげられなくてごめんねと言われただけで、分かろうとしてくれたと思い、それだけで、もう十分だと感じる——。

「あの、あの……ありがとう、ございます」

泣きながら、浩也は頭を下げた。

もうその時点で浩也は、中川のことも木島のことも、裕希のことも、好きになっている気がした。誰も好きにならないなんて、とても無理だと思えてくる。

「ねえもう、泣かないで？」

柔らかな声で、木島が言う。中川はちょっと拗《す》ねたように、けれどどこか嬉しそうに「そんな、泣くくらいならさ」と唇を突き出している。

「初めから、全部言ってよ。事情があるって。全部じゃなくてもさ、正直に話して、甘えてくれてたらさ。あたしも、相原くんにもっと優しくできたのにー」

そうしたかったんだよ、と言われて、浩也は頷き、唇を噛みしめた。

要領よく拒絶するか、それができないなら嫌われるしかないと——思っていた。

最後に会った高取の横顔が、瞼の裏に浮かんでくる。傷ついたような顔をしていた。

(俺は、高取くんに……ひどいこと、した)

あれでよかったのだと思っていたけれど、他の方法もあったのかもしれないと、急に思えた。

高取が浩也を好きになったのは浩也の夢のせいだとしても、好きな気持ちが本当なら、すべて正直に話しても、よかったのかもしれない。無理をして、自分以外の誰かになろうとするのではなく、浩也のままで向き合えば、違う結末もあったかもしれない。

そのままでいい。

いつだったか高取に言われた言葉が、ふっと頭をかすめていく。あの時、ああ言われて、浩也はとても嬉しかったことを思い出す。

「お兄ちゃん、泣かないで」

裕希が自分も泣き出しそうに言う。

中川と木島が二人とも両脇からハンカチを出してくれる。浩也は泣きながら笑い、その両方を、大事に受け取った。


翌日は、梅雨の晴れ間だった。

夕方、西の空がうっすらと朱に色づく頃、学生たちの波に紛れて正門を出た浩也は、そこで足を止めた。

石塀に凭《もた》れて、高校の制服姿の高取が立っていたのだ。

「……高取くん」

思わず、声が震えた。どうしてここにいるのか。一瞬、幻かとも思った。

自分を振り返った高取と眼が合い、ドキリと胸が跳ねる。

――好きです。

何度か言われたその言葉が耳の奥に返り、自分はまだ高取が好きなのだと、改めて感じた。

そうすると切なく、胸が痛んだ。

「なに、してるの？　こんなところで……」

そっと訊くと、高取は決まり悪そうに、どこか怒ったような顔で視線を逸らした。

「様子見に来たんですよ、あんたの」

むっつりとした顔で言われ、浩也は眼を丸くした。すると、高取が悔しげにつけ足す。

「昨日、泣いてたって聞いたから……」

昨日。浩也は納得した。きっと職場が同じ中川か木島か、弟の裕希か、あるいは全員から浩也が泣いていたと聞いたのだろう。

（それで、来てくれたの？）

大学まで。会えるかどうかも分からないのに……？

そっぽを向いている高取の横顔は怒っているようでもあるが、それ以上に、決まりの悪さを隠しているようでもある。浩也を卑怯だとなじり、もういいと言い、嫌われたと思っていたのに――来てくれた。浩也が泣いていたと知って、心配して。高取の恋心は夢の作用のせいだろうに。

（なのにまだ、少しくらいは、俺を好きでいてくれてるの……？）

そう思うと、ときめきよりも胸が苦しく、締めつけられた。

「で？」

ぶっきらぼうに、高取が訊いてくる。浩也が首を傾げると、どこかイライラと、

「だから、もう元気なんですか？」

訊かれた。

「え……うん」

なんと答えたものか分からず言うと、「じゃあいいんです」と返される。そのあと気まずい沈黙が流れ、やがて高取が浩也に背を向けた。

「じゃ、帰ります。どうもお邪魔しました」

ぼそっと言われ、浩也は言葉もなかった。

（ほんとに、ただ心配で、来てくれたんだ）

そのことだけが、しみるように伝わってくる。

浩也に向けられた、高取の背。ずっと、ただ大きく見えたその背中が、今はどこか、淋しく映る。

どうして、と思う。夢のせいで自分を好きなだけなのに、なぜこんなにもまっ直ぐ、なんに

も恐れずに、高取は浩也を好きでいてくれているのだろう。

——小さな頃の相原さんを、慰めてあげたい。

ほんの少し語った浩也の過去に、自分のことのように悲しんでくれた高取の声を、不意に思い出す。あの時の高取の言葉に、浩也は救われた気がした。高取はいつも、浩也の淋しさを埋めようとしてくれていた。告白される前から、他の人は浩也を嫌っていたのに、高取だけは構ってくれた。悪戯《いたずら》っぽく笑い、何度も浩也の頭を撫でて、丸い頭だとからかって反応を見たがった。その声が優しくて、浩也はいつも、愛されているような錯覚を起こした。

(高取くんの気持ちは、夢のせいじゃ、なかったのかもしれない)

何度か思っては打ち消してきたことを、浩也は、今度はもう打ち消さずに、はっきりと自分の心の中で思った。

それから、そうではないのだと思う。

夢のせいかどうかは、問題ではない。

(俺を好きになってくれた理由が、俺の夢のせいでも、そうでなくても……)

どっちでもいいのだ。大切なのは、高取が今こうして来てくれたことだ。浩也を心配してくれたこと。好きだと言ってくれ、優しくしてくれたことだったのではないか?

(夢を見るからじゃないんだ)

浩也は突然、気がついた。

自分が一人でしか生きていけないのは、本当は、夢を見るからではなくて、浩也が誰とも生きていけないと決めつけてきたからではないのだろうか。いつでも自分の心が、浩也と人を遠ざけている。

(夢は見ない)

もし、そう決められたなら。

夢を見る原因が、嫌わないでと、一緒にいてと、好きになってと思う、浩也の不安や淋しさのせいだというのなら、その気持ちに打ち勝てばいいのでは?

振り向いてほしいという淋しさ以上に、相手を守りたいという気持ちが強ければ?

浩也自身の心が、もっと強くなれるなら——。

(それなら俺は、好きな人と一緒に、生きていける……)

一人ではできなかったことも、二人でなら変えられるかもしれない。少なくとも、いつでも正直に接してくれた高取に、なにもかも打ち明けることができたなら。

(——きみの夢を、もう見ない。二度と。それなら俺は、きみと……)

浩也は顔をあげていた。

高取は眼の前の横断歩道を渡っていくところだ。気がついたら思わず、浩也は道路へ駆けだしていた。

「高取くん、待って! 俺、話したいことが……っ」

その時だった。振り返った高取が、ハッとしたように眼を瞠る。

「浩也さん！」

浩也はあっと思った。点滅していた歩行者用信号が赤に変わっていた。高取の足がこちらに向いて踏み出される――。

「高取くん！　待って！　来るな！」

浩也は叫んだ。頭の中が恐怖で真っ白になる。高取を止めようと、道の真ん中に飛び込む。車が走り込んでくる。

急ブレーキの音が聞こえ、視界が暗転した。体がなにかにぶつかり、引き寄せられて転ぶ。足が痛い。ハッと眼を開けた時、すぐ眼の前に、高取の顔があった。その額を、まっ赤な血が流れていく……。

予知夢の光景だ。道路に血の海が広がる。

自分の金切り声が、どこか遠くで聞こえた気がした。

浩也は呆然としていた。時折、死にたいような気持ちになった。

父の逝《い》ってしまった、あの時の恐怖が、頭の中に何度も戻ってくる。

病院に運ばれて検査を受けたところ、浩也は足を捻挫《ねんざ》していると言われた。治療の間に警察

が来て、いろいろと訊かれ、実家の義父にも連絡がとられた。もろもろ面倒なことにはなったが、車のほうがうまく避けてくれていたので接触事故とはならなかったし、車の損傷もなかったのが救いだ。要するに、浩也は勝手に道路に飛び出て転んだということになる。今日はもう夜も遅いので、詳しくはまた明日、ということになり、浩也は警察から解放されて今、アパートに帰っている途中だった。

「ほら、もう家ですよ。大したことなかったんですから、元気出して」

ひょこひょこと歩く浩也を支えてくれているのは、高取だった。

高取は、死ななかった。

ただ車が走り込んできた時、自分のほうへ駆けてきた浩也にぎょっとして道路に飛び出し、浩也を庇《かば》うように横抱きに抱いて転倒して、頭を切っただけだった。後になって後遺症が出ることもあるというので、かなり検査はしたが、切り傷は血がたくさん出たように見えただけで、それほど重傷ではないという。

浩也はずっと落ち込んでいた。抑えつけてきた感情が突然堰《せき》を切ってあふれ出し、震え、眉を寄せて唇を噛み、涙ぐむ。そんな不安定な浩也の様子に、高取はなかば戸惑っているようだった。それでも新しく引っ越した家まで送ってくれたので、このまま高取を帰すのも申し訳なく、浩也は部屋にあがってもらった。

「お茶出すね、お茶……」

震える手で冷蔵庫からパックの麦茶を出すと、高取に奪われた。

「俺がしますから、浩也さんはあっち座って、休んでてください」

なんだか抵抗する気力も湧かず、浩也は奥の部屋に座ると、折りたたみの机にぱたりとうつぶせた。悔しくて悲しくて、じわっと涙が目尻《めじり》に浮かんでくる。

（俺が……飛び出したから、高取くんは飛び出した……俺が、飛び出さなかったら飛び出さなかった……俺は、夢のこと一瞬忘れて）

なにもかも、自分のせいではないか。勝手に夢を見て、勝手に勘違いし、あまつさえそれを忘れて自ら道に飛び込み、助けようとしてくれた高取に、要らない怪我まで負わせてしまった。それが悔しくて、情けなくて仕方なかった。

「ほら、浩也さん。お茶。飲んで落ち着いてください」

お茶を出され、浩也は起き上がった。けれど向かいに座った高取の、頭の包帯を見ると辛くなる。

「ごめん、高取くん。俺のせいで……」

「それはもう、何回も聞きました。とりあえずお互い無事だったんだから、もうよしとしましょう」

よしとしましょうと言われて、できない事情が浩也のほうにはある。

うつむくと、部屋の中はシンと静まりかえってしまった。言葉を探しても、なにから言えばいいのか、浩也には分からない。

するとしばらくして、高取が呟いた。

「俺、自信なくしました」

その言葉にドキリとし、思わず、浩也は高取を見つめた。

「俺、浩也さんのこと結構分かってるつもりだったんです。……みんな気づいてないけど、この人は優しい人だって。ついでに淋しがりで、構ってほしがりだって。俺だけがそれを知ってるつもりで、ちょっと得意でした」

そう言う高取の口調は、独り言のようだ。

街のどこかで犬が吠《ほ》え、それが浩也のアパートの、薄い壁の向こうに響いている。時折、道路を通っていく車のエンジン音もした。

「正直、浩也さんが、どうして人を避けるのか分からなかった。だから興味持って見てたら、そのうち惹かれて。俺だけでも受け入れてくれたらいいって思った。一緒にいる間、あんたも俺のこと、好きでいてくれると思ったし」

そこで高取は、淋しそうに息をついた。

「それがいきなり、携帯替えられて店まで辞められて、しかも面と向かって気持ち悪い、ですからね。あれは堪《こた》えました。そんなに嫌われてたのか？　って思いましたね」

「それは……」

浩也は言葉が出ない。どう弁解したらいいのか。高取の眼の中に、いじけたような色が光る。深くため息をついて、高取が「初めは腹が立ちました」とつけ足す。

「じゃあなんで、俺と一緒にいてくれたのか？　キスして、体まで触らせてくれたのか？　って。同情だったのか、演技だったのか、俺の見てたあんたは幻だったのかって。あんたを勝手だと思った。もう、どうでもいいって。なのに、泣いてるって聞いたら放っておけなくて。やっぱり俺の知ってた浩也さんが、本当の浩也さんなんじゃって、まだ思ってる。嫌になりますよね。でも結局、あんたの考えてることはよく分かりません」

「……」

浩也はうつむいてしまう。どれもこれもそのとおりで、返事のしようがない。

ごめん、と呟くと、高取には、「べつに謝ってほしいわけじゃないんです」と、言われる。

「ただ……教えてください。俺のこと、本当はどう思ってるんですか……？」

浩也は息を呑んで、高取の顔を見た。高取はどこか緊張したような顔で、じっと浩也を見つめてくる。

「……俺、浩也さんのこと、腹は立つけど、やっぱり好きなんですよ」

悔しそうに高取がつけ足した。どこか諦めたように吐息して、辛そうに眉を寄せている。

「あんたのこと知ってるつもりだった。でも今は、自信がない」

「……高取くん」

「俺の気持ち、迷惑でしたか。俺のこと、少しも好きじゃなかったんですか。一緒にいられたら幸せで、舞い上がってたのは、俺だけ？　俺といる時笑ってくれたのも……嘘ですか？」

浩也は息を詰めた。高取の声が震え、瞳が揺らいでいた。いつも冷静で、年下とは思えないほど強い高取が——傷つき、自信を失っている。浩也のせいで。

……嫌わないで。離れていかないで。俺を振り向いて。

そんな言葉が、高取の揺れる眼差しから伝わってくる。それは浩也が夢を見る時の感情と、同じものだった。

(高取くんだって、俺と同じ……本当は、拒まれることが怖いんだ)

「……迷惑じゃ、ないよ」

浩也はそっと、答えた。声が震え、泣きそうだった。それでも、ちゃんと伝えなければならない。高取を突き放した時とはまた別の覚悟を決めた。本当は初めから、こっちの覚悟を決めるべきだったのかもしれないと思いながら。

「——俺、夢を見たんだ。高取くんが、今日、車にはねられる夢。それが本当になるのが、怖かったから……離れた」

言ったとたん、高取が怪訝《けげん》そうに、眉を寄せる。

「夢？　夢って、夜に見るあの夢ですか？」

「……俺の見る夢は、全部、本当になるんだ」

とうとう、浩也は言っていた。小さな頃、父を失って以来誰にも話したことがなかった。高取はぽかんとしているだけで、浩也の言うことを信じてくれているかどうか分からない。それでもすべて話そうと浩也は思った。そうして嫌われても、これまでずっと好きでいてくれた高取への、それが誠意だと思った。

子ども時代のことから、つい最近のことまで、浩也は言葉を選び選び、話した。最初はただ唖然《あぜん》と聞いていた高取も、そのうちに興味を持ったようにいろいろ質問してきはじめた。

「じゃあ、俺から離れたら、夢がリセットされると思ったんですか?」

「——それもあるし、あと」

浩也は一瞬、迷った。言っていいのだろうか。「なんですか」と問われて、答える。

「高取くんと梶井さんが結婚する夢。俺、見たから。たぶんそっちが正しい未来なのに、俺が好きになってほしいと思ったから、高取くんは俺を、好きになってくれたんだと、思って……」

「……梶井さんと俺が、結婚する夢?　それって挙式の夢ですか?」

浩也はこくり、と頷く。けれど高取はあまり驚いた様子もなく、なぜだか鞄《かばん》の中をあさりはじめた。そしてなにやら、白い冊子を取り出して見せてくれる。よく見ると、それは結婚式場のパンフレットだ。

「このページ。見てください」

開かれたページを見ると、そこには青い空と白いチャペル、幸福そうなカップルが写っていた。——カップルは、高取と梶井だ。夢で見たとおりの、挙式風景だった。

「バイトなんですよ。ドレスとタキシード着て、式場行って写真撮られて、いいものはパンフレットに使われるんです。梶井さんの友達の紹介で、バイト代がよかったから引き受けたんです」

「で、でも、二人、仲良かったし」

「いや、普通ですよ。そもそも、梶井さん彼氏いますから。背が低いからモデルやれないそうですけどね。とりあえず彼女は、俺の好みとは大分違います。俺は、俺じゃないとダメみたいな、そういう人が好きなんで」

今度は浩也が呆然として、高取を見つめた。

「今の話聞いて総合すると、実は浩也さんの夢って、どれも決定的なものがないじゃないですか。これだって、写真撮影か本当の未来か判別はつかなかった。ただ浩也さんはこういう光景を『見た』だけなんでしょ？」

「それは……そう、だけど」

「事故の映像にしても、ハッキリ見ているのはこけるとか、ガラスが刺さるとかっていうレベルで、お父さんが亡くなられた夢は、後から判別すればそうだったと言えるけど、夢の中でお父さんが死ぬところ自体は見てない。そうですよね？」

「——それは、そう」

浩也が見たのは、玉突き事故になった車の姿だけだ。それも、自分の家の車かどうかはハッキリ分からなかった。

「あんたにこの力を与えたのが神様かどうかは分かりませんが、もしそうだとしても、俺が思ったのは神様はそんなに意地悪じゃないってことです。浩也さんが気に病むほどの未来は、見せてないんじゃないですか？」

そんなふうに考えたことはなかった。眼をしばたたくと、高取はまた続けた。

「今回の俺たちの事故の夢も、結局明確に状況判断できるほどの材料がなかったから、浩也さんは俺が死ぬと思ったわけですよね。でも俺は死ななかった。つまり、夢の解釈はこっちに委《ゆだ》ねられてる。ていうか人の生き死になんて、どうこうできるほどの力じゃないと思いますけど」

「でも、俺、高取くんに好きになってもらえたらって思ったら、告白の夢見て……正夢になって。遊園地の時も同じで」

慌てて言うと、高取が「そのことですけど」と浩也の言葉を遮った。

「俺が浩也さんを好きになったのは、浩也さんがその夢を見るよりずっと前からですよ。だからあんたには、夢で人を操作する能力なんてない。浩也さんのその予知夢の力は、実は相当無害な力じゃないですか」

——無害な力。

母親にひどい子と言われ、父を死なせて、ずっと予知夢を見るのが怖かった。この力に自分が押しつぶされて、生きている意味が分からなくなっていた。それが、無害な力?

「じゃあ全部、俺の、思い込みだったってこと?」

運が悪かったんです、と、高取が言い、少し、悲しそうな顔になる。

「それと、浩也さんが優しすぎたんですよ」

「……まさか」

「いえ、そうですよ。それに夢を見始めたのは、ご両親と、一緒にいたいと思ったからでしょう?」

「だからそれは、好きになってほしいっていう身勝手な気持ちで……」

「どこが身勝手ですか? 好きな人に、好きになってほしい。好きでいたい。普通のことですよ。なのにたまたま、そういう力を授かってしまった」

浩也は言葉を失い、力強く言う高取を見た。

「それでも浩也さんのお父さんが亡くなられた事実は変わらないし、そのことで浩也さんが辛いのも分かります。でも、一人で荷物を背負い込むのは、もうやめてほしい。十字架は下ろしてください」

高取の眼に、真摯で必死な感情が宿る。

「結局は心の問題なら、浩也さんが強くなればいい。それは、俺がそばで支えます」

言い切ると、高取が身を乗り出してくる。テーブルの上に置いていた手をぎゅっと握られて、浩也は眼を瞠った。どこか緊張した顔で、「いいんですよね」と言われた。

「俺のこと、好きなんですよね？　夢のことさえ問題ないなら、俺と付き合ってくれますよね？　もう、嫌だとか言ってもききません」

「た、高取くん……」

浩也は慌てた。高取はその間にも、テーブルを回って浩也のすぐ隣にまで移動してくる。

「俺に好かれたくて、告白される夢、見たんでしょう？　そのくらい、俺が好きだってことですよね。だからひどいこと言ってまで、俺を守ろうとした」

浩也は思わず、慌てた。

「ま、待って。俺、きみと一緒にいればまた、きみの夢を見るかもしれないし……」

「それって俺が離れていきそうで、不安に思ったら、でしょう？　そう思ったら、その時点ですぐ、話してください。そしたらちゃんと、浩也さんを好きだって言います。何度も言って、安心させます。それに俺には、他の誰よりあんたの気持ちを理解できる自信がある」

「そういう問題じゃ」

「そういう問題ですよ」

高取は強く断定した。

「そういう問題でしょ？　他のヤツじゃそこまでできなくても、俺はあんたを安心させられる。約束します。もう夢なんか見させない」

「で……でも」

「あんたね、まだ俺に、我慢させるんですか？」

イライラと、高取が言った。強い眼で見つめられ、なにも言えなくなった浩也の肩を、高取が乱暴に掴む。そしてそのまま、抱き寄せられた。

「もうこれ以上、待たせないでくださいよ……」

苦しげに言う高取の声に、浩也は息を詰めた。高取の体は大きく、温かい。けれどこれ以上ないほど、震えている。

「浩也さん。俺を好きだって……言って」

高取が、乞《こ》うように言ってくる——見上げると、切れ長の黒い瞳が潤んでいて、高取が泣き出すのではないかと思った。いつも大人びた高取。でも誰かを好きな気持ちは、みんな変わらない。それなら浩也と同じように、高取だって、好きだという気持ちゆえに傷つく。

(……こんな俺が好きだって言うだけで、高取くんが幸せなら、もう)

それだけで、いいのではないか？　そのためだけに、生きてみても。怖いけれど、自分の心一つですべて変えられるなら……高取と一緒なら、夢を見ないでいられるかもしれないと——そう、信じてみたい自分がいる。

「俺といて、怖くない？」

「あんたに逃げられることのほうが、怖い」

拗ねたように言う高取が、少し可愛かった。愛しさがこみ上げてくる。もしかしたらいつか、高取も浩也の夢で傷つき、離れていくかもしれない。その前に、結局は浩也が不安に押しつぶされて、離れるかもしれない。

けれどその時の傷つきも、今ここで別れる傷つきも、同じ苦しみなら、一度くらい信じてみたいと思った。高取の愛情と、自分の強さを。

（我慢、させてごめんね）

浩也は高取の頬を両手に包み、眼を見て、そっと言った。

「俺、高取くん、好きだよ……本当は、最初からずっと、好きだった」

声は小さくなったけれど、腰に回っていた高取の腕には力がこもった。

顔が近づき、唇が重ねられる。最初は優しかったそれが、次第に激しくなっていく。浩也は眼を閉じ、体から力を抜いて高取の胸に凭れた。甘い陶酔が、心の中を満たしていく。

こんなに魅力的な高取が、どうして自分なんかを好きでいてくれるのかは分からない。分からないけれど、浩也も、高取が好きだ。

今はただ、この気持ちに素直でいたい。高取がそうしていいと、言ってくれた。自分の罪が消えるとはとても思えないけれど。

それでも、浩也が幸せになることで、高取が幸せになってくれるなら。もう一度だけ、願ってみてもいいのかもしれない。

大好きな人と、もっと一緒にいたい。一緒に生きていきたいと思う、そんな生き方を。

八

「あ……あ、た、高取《たかとり》くん……っ」

安いパイプベッドの上で高取に組み敷かれ、浩也《ひろや》は思わず声を出した。

「なんですか?」

「あっ、く、口に入れたまま、しゃ、喋らな、いで、あ……っ」

浩也はシャツを脱がされ、さっきから胸をまさぐられ、乳首を捏《こ》ねられ続けている。恥ずかしいことに、今まで意識したことすらない場所でもだえるほど感じてしまい、もう、押しのける力も出ないほどだった。

「た、高取くん、だ、大丈夫、なの? あ、頭の怪我……」

こんなこととして、という言葉が、恥ずかしくて小さくなる。すると高取は「大丈夫です」と本当か嘘か、断言した。

「それより今、浩也さんを食べないほうがどうにかなる」

高取が一際強く乳首を吸ってきて、浩也は思わず腰を震わせた。

「あ……っ、あ、あっ」

「それに、浩也さんも……ここ、こんなにしてるじゃないですか」

不意に、ズボンの上から硬くなった性器を握りこまれ、ぐにぐにと揉まれて、浩也は声をあげた。

「あ……っ、あ、あ……」

性器が布に擦《こす》れ、浩也は腰にじんじんと甘いものを感じて、声が出てしまう。

「や、あ、あ、た、高取く……」

「浩也さんて、感じやすいですよね……」

「あっ、だか、口に入れたまま、喋らな…いで……っ」

高取に、口の中で乳首を転がされ、浩也はもう泣きそうな声を出した。と、高取が浩也のズボンに手をかけてくる。

「あっ、わ、待って……」

制止の甲斐《かい》なく、浩也は瞬く間に下着もズボンも脱がされてしまった。恥ずかしくて慌てたけれど、高取は構ってくれず、浩也の膝の裏に手を入れると、ぐいと開いてきた。

(あ、は、恥ずかしい……っ)

浩也は思わず、手で顔を覆っていた。股を大きく開かれて、体のすべてを高取の視線に晒《さら》すような、いやらしい格好。羞恥《しゅうち》に震えていると、高取が、頭の上でふっと笑う声が聞こえた。

「……浩也さん。顔だけ隠しても、全部見えてますよ。俺に舐《な》められて、尖《とが》った乳首も……勃《た》っちゃったここも」

からかうように言い、高取が浩也の、むくりと立ち上がっている性器を指先で弾いた。性器に走る甘い痺《しび》れに、浩也はびくっと震え、喘《あえ》ぐ。

開かれた股を閉じようと内股に力を入れたけれど、高取の腕に力がこめられ、浩也の抵抗はまるで通じない。そればかりか、高取はぐっと浩也の膝を押し、膝頭を浩也の胸につけてきた。さらに、浩也自身の膝頭で、浩也の乳首をちょんちょん、とつついてくる。

「あっ、や、やめ……っ、あっ、んんっ」

もうすっかり尖っている乳首は敏感で、ただそれだけの刺激でも、感じてしまう。

浩也は思わず顔から手をはずし、膝を摑む高取の手にかけた。けれど、高取の力は強くて、とても退けられない。

「ほら、乳首を弄《いじ》られたら、もっと硬くなっちゃった。浩也さんのここ……」

高取の膝でぐいっと性器を擦られ、浩也は「あぁぁ…」と甘い声を出しながら、仰《の》け反《ぞ》った。力がぬけて、ぐったりと腕を投げ出す。

涙眼で高取を睨むと、高取は頰を上気させ、興奮した顔で微笑んでいた。どこか意地悪く、熱っぽい眼で、浩也の感じている顔を見つめている。

やがて高取の視線は舐めるように、尖った乳首、濡《ぬ》れて膨《ふく》らんだ性器、そしてその奥の窄《すぼ》まりへと移り、そのたび、触られてもいないのに、浩也はひくんと腰を揺らしてしまう。

「そ、そんなに見ないで……」

こんなことで感じている自分が恥ずかしく、浩也は思わず眼をつむった。

「どうして？　見られるだけで、感じちゃうから？」

笑い含みの声で、高取はまた浩也の膝頭で乳首を、自分の膝で性器を擦ってきた。

「あ……や、あ……っ」

何度も何度もそれを続けられ、浩也の前はしとどに濡れていく。甘くとろけるような感覚が続くと、もう押しのけることもできず、されるがまま、浩也は腰を揺らしてしまう。

「浩也さん、可愛い……」

不意に高取から、ごくりと息を呑む気配がした。余裕のない、上擦《うわず》った声だ。眼を開けると高取の瞳も、興奮で濡れて見える。浩也の奥まった場所に、高取が下半身を押しつけてくる。ズボン越しでも、石のように硬くなった高取の性器が感じられた。

――自分の体を見て、高取が欲情してくれている。

そう思うと、浩也の胸が、痛いほど大きく鼓動を打つ。

(高取くん、本当に俺を……好きでいてくれてるんだ)

高取の好意が夢のせいではないと思えて、浩也は体の芯《しん》が、甘やかに満たされていく気がした。

「……奥も、触りますよ」

その時不意に、高取が言ってきた。

「え……っ、あ」

性器を握られ、擦られる。腰が甘く崩れ、浩也は「あ……」とため息をつく。性器を濡らす先走りをすくうと、高取は、浩也の奥へなすりつけてきた。

「た、高取く……ま、待って」

慣れない刺激に思わず声をあげた浩也へ、高取が「待ちません」と、即答した。

「もう、待てない……待たせないでください。痛く、しませんから」

切羽詰まった声で言われ、浩也はそれ以上、制止できなくなった。

高取がベッドの脇に置いてあったハンドクリームを手に取り、さらに浩也の後孔へ塗《ぬ》ってくる。そのまま指を中へ潜らされ、浩也は震えて、高取の背中にしがみついた。

「ん……っ」

「怖い……?」

訊かれて、首を横に振る。ただ後ろに異物を入れられているという、違和感はあった。時折、浩也のその違和感を宥《なだ》めるように、高取が性器や乳首を弄る。すると中が、悦楽で緩む。その緩んだ隙に、二本目の指が入ってきた。

「ん、ん……ん」

「浩也さんのいいとこ、すぐ見つけてあげますからね」

空いた手でいい子いい子と頭を撫でられているうちに、浩也はぼんやりしてきた。やがて、中で高取が指を折り曲げ、腹側のある一点を擦った。とたん、浩也の体には鋭い快感が走り、知らず、腰が跳ねる。

「あ……っ」

「ここ?」

「あ、あ、あっ、ちょっと、や……ああっ……!」

何度もそこを擦られていると、強烈な快感に下半身が襲われ、浩也の腰も勝手に揺れてくる。見ていた高取が、薄く笑った。

「……浩也さんの中、すごくうねってる。ここが気持ちいいんだ」

「あ、や、違……っ」

「違わないでしょ?」

上半身を折った高取にキスをされ、喉の奥まで舐められる。下肢にはとろけるような快感が走り、声まで塞《ふさ》がれると、感じすぎて苦しい。

いつしか高取も上着を脱いでいた。きれいに鍛えられた腹筋で、高取はいやらしく、浩也の性器を擦った。浩也の性器からはとろとろと精が溢れて、尻まで濡らされる。

「見て。浩也さん。窓……」

その時耳元で囁かれて、浩也は眼を開けた。と、指を中に入れられたまま、高取に抱き上げられた。

高取は器用に体勢を変え、浩也を後ろから抱くと、後孔を刺激しながら、部屋のサッシ窓を示す。

「あ……っ」

とたん、浩也は羞恥でまっ赤になった。浩也の部屋は一階で、窓の向こうは高い塀になっている。すっかり忘れていたけれど、浩也はカーテンを一部、閉め忘れていた。戸外は暗いので、電気を点《つ》けた部屋の様子が、鏡のように窓に映っているのだ。高取の胸に抱かれて、中に指を入れられて、感じている自分の姿。かあっと眼をつむった時、空いた手で、高取が浩也の乳首を弄ってきた。

「あ、や、ひゃっ、ん、ああ……っ」

「もう見ないの？　すごく可愛いのに」

「や、やだ、カ、カーテン閉めて……っ」

浩也は、体中じんじんするほどの快感と、恥ずかしさで涙ぐみ、懇願した。

窓の外は人が通れるほどの幅もないから、人目につく心配はない。ないけれど、恥ずかしくてたまらない。同時に、恥ずかしいのにひどく感じて、高取の指を後孔できゅうっと締めつけてしまう。

けれどそれよりなにより、さっきからなんだか高取の意地が悪い気がして、つい、泣けてきてしまった。

「大丈夫ですよ。見えないから。泣いてるの？　怖かった？」

ぽろぽろと涙をこぼし始めると、高取は笑いながら、優しい声で、浩也の体勢を仰向《あおむ》けに戻してくれた。

「い、意地悪……っ、な、なんで……さっきから」

涙声でなじったら、高取に、額へそっとキスをされた。優しい、子どもにするようなキスだ。

高取は囁くように、「お仕置きです」と言った。それから、目尻に唇をあて、涙を啜《すす》ってくれた。

「……俺、めちゃくちゃ我慢したし、フラれたと思って落ち込んだんですから。それに好きって気持ちも信じてもらえてなかったの、ショックだし。そういうの諸々合わせて、ちょっと意地悪しちゃおうかなと」

「……っ」

ひどい、とも思ったが、分かる気もして唇を一文字にしていると、

「そんな顔しないで。……泣かせてごめんね？」

高取が、困ったように微笑んで、浩也の頭を撫でてくれる。その声があんまり優しいから、結局怒れなくなる。高取の眼差しには、もう意地の悪い色はない。あるのはほんの少しの後悔

と、熱っぽい欲情だけだ。

ここにね、と言って、高取が浩也の中をぐっと押してきた。

「俺のを、入れたい。もう意地悪しないから……いい？」

甘えるような声。けれどどこか、すがるような瞳で懇願される。

こんなふうに訊かれて、ダメだなんて言える人間がいるのだろうか？

「……意地悪しないなら、いいよ」

小声で言い、浩也は恥ずかしくて、眼を伏せた。

「高取くんの、入れて……」

言葉の最後は、高取のキスに吸い込まれていく。

やがて中から指が抜かれ、硬く大きなものが、後孔に押し当てられる。それは、浩也の中にゆっくり、ぬるっと入り込んできた。

「あ。あ、熱い……、た、高取くんの……？」

「そう。俺のです。まだ先だけです。これから、最後まで入れますからね」

思わず、浩也は息を呑んだ。

高取のものは、とても先端だけとは思えない質量だ。けれど浩也は最後まで受け入れたくて、自ら足を広げた。

「……あっ、あ！」

とたん、一気に根元まで入れられる。高取の腰にぴたん、と尻があたると、中にある快感のツボにカリの部分が擦れていき、浩也は仰け反って喘いだ。

「ぜんぶ……？」

かすれた声で訊くと、全部です、と返ってくる。高取が、自分の中に収まっている。

そう思うと、どうしてか不思議な全能感が浩也を包んだ。空いていた心の隙間や、傷にまで、高取が染み渡って満たされていくようだ。

「高取くんの、お、おっき……い、ね」

胸を上下させながら呟くと、中で高取のものが、脈打った。

「あんまり、煽《あお》らないでください。あんたの中だってだけで……俺、イキそうなのに」

ちょっと怒ったように言われ、浩也は思わず、微笑んだ。

「イっていいのに……」

「だから煽らないでと……」

不意に中を擦られ、浩也は「あっ」と喘ぐ。初めは緩く、いい場所を集中的に擦られる。浩也の腰は揺れて、中がきゅうきゅうと締まった。

「あ……っ、だめ、そこ、あ、あ、あ」

「俺がとろけそう……」

うめくように言い、高取は浩也の足を持ち上げると、自分の肩にかけてきた。そのまま、今度は激しく揺さぶられる。とろとろになった中を高取のものが出入りして、いやらしい音がたつ。浩也の眼には、勃ちあがった自分の性器までもが揺れて、蜜が飛ぶ恥ずかしい光景まで映ってしまう。

「浩也さん、好きです。好き。すげえ好き……ほんと可愛い」

「あっ、あー、あっ、あ……ぁっ、んっ、ひゃあっ、あっ、ん、あー……っ」

気持ちよすぎて、浩也はなにも考えられなくなった。胸を反らして一際高く叫ぶと、中が締まり、高取が「く」と息をつく。瞬間、腹の中でなにか生温かいものが弾け、同時に浩也の性器も、震えながら精を放っていた。

「どこも痛くないですか？　捻挫した足は？　痛み止めとかいりますか？」

——高取がおかしい。

と、浩也は思い、ベッドに横たわったまま、くすくすと笑っていた。

さっきからずっとこうなのだ。セックスしたあとになって、高取は急に慌て始めたらしい。している間は強引で、意地悪だったくせに、終わってみると捻挫をしている浩也に無理をさせたと落ち込んでいるようだった。

浩也の体を拭《ふ》き、服を着せ、寝かしつけて飲み物まで持ってきてくれる高取の、慌てようというか看病ぶりというか、が、可愛く見えて、浩也のほうは笑ってしまう。浩也だって望んで高取に抱いてもらったのだ。それなのに、高取はそれを忘れたような感じだった。

「俺は大丈夫。……ちゃんと足、痛くないようにしてくれたし。高取くんの頭の傷は、平気？」

「平気ですよ」

ちょっと怒ったように、高取が言った。

「なんで俺の心配なんですか。こんな時まで……あんたって人は、もう……」

ベッドの脇に、どこか悲しそうに座っている高取が、なんだか耳を垂らした大型犬のようで、浩也には可愛かった。それを見ていたら夢のことを憂える気持ちや、これからの不安も消えて、ただもう高取を喜ばせてあげたい気持ちばかりになる。それが浩也は、自分でも不思議だった。長い間一度も晴れたことのなかった心が、今は優しく、明るくなっている。

「……高取くんは、気持ちよかった？」

少し緊張気味に訊くと、

「よすぎて、死ぬかと思いました」

やけに真剣に言われて、浩也はホッとして頬を染め、微笑んだ。

「よかった。俺も、嬉しかった」

「――浩也さん」

なんだか困ったような顔で、高取が名前を呼ぶ。なにかおかしなことを言ったかと不安になると、高取は、なぜだか自分の胸を押さえている。

「胸、痛いの？　大丈夫？」

思わず心配になる。すると、高取が「いえ」と否定した。

「……なんか今、めちゃくちゃドキドキしてるんです。あんた、本気で可愛いんだもん」

(だもん……)

高取の語尾が小学生のようだ。可愛いなあと、浩也のほうこそ思ってしまう。そのうち高取はぐっと身を乗り出して、浩也の手を握った。

「一生、俺のものでいて。いいですよね」

一生、などとすぐさま言えてしまうのは、高取が一歳とはいえ、浩也より若いからだろうか？

けれど浩也も同じ気持ちだった。

一生、高取と生きていけたら……。

それはどんなに幸せな人生だろう。

そうしてそう言われると、一緒になって胸がドキドキする。見つめ合うと、高取もうっすら頬を染めた顔で、そっと浩也のほうに身を屈《かが》めてくる——。と、その時、浩也の携帯電話が鳴った。

「……あ、ごめん」

「……いえ」

キスが中断されてしまい、なんとなく気恥ずかしい気持ちになりながら、浩也は上半身をベッドの上に起こして、高取が渡してくれた携帯電話を覗《のぞ》いた。すると、意外な人物からメールが入っていた。中川《なかがわ》だ。

携帯電話は替えていたから、どうやってアドレスを知ったのかと不思議に思っていると、大学の浩也の学部の名簿係に訊いて、送ったのだという。

大学前の事故で浩也が救急車に運ばれたと知り、心配している内容だった。そういえば中川は、浩也と同じ大学に通っている。メールの最後には、木島《きじま》も心配していると書かれてあり、必要なものがあれば自宅まで買っていくよ、とまで言ってくれていた。

浩也は胸がほっこりと温かくなる気がして、微笑んだ。

「……誰からですか？　嬉しそうな顔して」

「うん。中川さん。事故の心配してくれたみたい」

そう言うと、高取がなぜだか眉を寄せた。

「へえ……中川さん。へえ……」

「同じ大学だから、事故のこと知ってたんだね」

浩也が言ったとたん、高取がベッドに乗り上げて、浩也を抱きしめてくる。

「……やっぱり、実は狙《ねら》ってたんだな。前からそんな気はしてた」

ぼそっと独りごちる高取の真意が分からず、浩也はきょとんとして高取を振り向く。すると高取は「いえ、やっぱり俺、志望大学、浩也さんのとこにします」と突然に言う。驚いたものの、嬉しくなり、浩也は「本当?」と訊き返した。

「はい。家から近いし、評定足りてるし、考えてはいましたけど、もう絶対そうします。じゃないといろいろ危ないし」

「じゃあ一緒に通えるね。あ、参考書、まだあげてなかったね」

なにが危ないのかは訊かずに、浩也が緩みきった笑顔で言うと、高取もどこか気が削がれたような顔で、笑った。

と、また浩也の携帯電話が鳴り、「中川さんですかっ?」と、高取が身を乗り出した。けれどメールは、母からだ。添付ファイルを見た浩也は、思わず頬をほころばせた。

義父は気を遣い、まだ母には事故のことを話さないでいてくれたらしい。それがよかったのかどうか、とにかく、そこには生まれたばかりの、顔をくしゃくしゃにして泣いている、元気そうな男の子が映っていた。

『思ったとおり、浩也に似ています。早く、浩也にも抱っこしてほしいです』

と、書かれた母のメール。不器用な愛情が、ほのかに伝わってくる。

「ど、どうしたの?」

写真を見せると、高取も眼を細めて優しい顔になった。

「……おめでとうございます。休みになったら、会いに行くんでしょう？」

その言葉に、浩也は「うん」と頷いていた。本当はもう、実家には帰るまいと思っていた。けれど、弟の写真を見たら、すぐにでも会いたくなった。会って抱き上げて、そして、弟を好きになってみたい。そう感じる。

弟だけじゃない。

（お義父《とう》さんや、中川さんや木島さん、それから高取くんの、大事な家族みんなのことも）

好きになってみたい。きっとすぐに好きになれるし、もうとっくに、好きになっているとも、知っている。

そしてそう思える自分が、浩也は生まれて初めて、愛しいような気がしている。

「俺が不安になったら、高取くんが、大丈夫って言ってくれるんだよね？」

振り向くと、高取は眼を細めた。

「もちろん」

そう言う声に迷いはなく、身を委ねても大丈夫だと、そう思える強さがあった。

好きな人に、好きだと伝えながら、生きていきたい。

誰かを好きになれば淋しさが生まれ、淋しさは愛されたさに、愛されたさは夢に繋がる。

けれど愛されたさを、もっと強い愛情で包む強さを、浩也はきっといつか持てるはずだ。そうなっていきたい。

自分が好きになった人たちの優しさを、たとえ見えない時でも信じていられる。そんな人間に。要領が悪く、諦めの悪い、浩也そのままで。そうしたら、辛い夢はもう見ない。

神様はそれほど、意地悪ではないのだ……。

浩也は高取の腕に体を預けると、幸せな気持ちでそっと眼を閉じた。

心地よい眠気が、ゆっくりと浩也を包んでくる。

けれど眠ることは、もう、怖くはなかった。

予言者は未来を知らない

一

「あ、相原《あいはら》くん、ここにいた。まーた杉並《すぎなみ》さんに仕事押しつけられたの？」

「断ればいいのにー！　相原くんて、ほんとお人好しなんだから」

矢継ぎ早に話しかけられ、浩也《ひろや》は長めの睫毛《まつげ》をパシパシとしばたたきながら、困ったような笑みを浮かべて振り返った。

国道沿いに位置するファミリーレストラン、『オーリオ』の従業員控え室。もう既にシフト時間の終わっている浩也は、けれど、社員である杉並に頼まれ、食材の在庫整理をしているところだった。そこへ、夜からシフトに入る同僚の中川《なかがわ》と木島《きじま》がやってきて、話しかけられた。

一度辞めたこの店のアルバイトに、浩也が再び戻ってから、この光景はすっかり馴染《なじ》みのものとなりつつある。

「十分くらいのことだし……それに俺、こういう仕事、好きだから」

人と話をするのは、まだ苦手だ。それでも最近は、きちんと相手の顔を見て、自然な笑顔で話せるようになってきた。頻繁《ひんぱん》に構ってくれる中川と木島には、かなり慣れたと思う。浩也の

要領の悪さを心配してくれる二人の気持ちが嬉《うれ》しくて、

「心配してくれて、ありがとうございます」

小さな声で、精一杯気持ちを伝える。こういう時は謝るより、お礼を言ったほうがいい、と教えてくれたのは高取《たかとり》だったが、素直な感謝を表すのにはまだ照れがあって、はにかみ笑いを浮かべてしまう。すると、木島はほうっとため息をつき、中川は心持ち眼を見開いた。

「可愛《かわい》いなー、相原くん」

「もう、分かった。今度からあたしたちが、杉並さんに文句言ってあげる！」

なぜだか突然騒ぎだした二人に、浩也は半ばびっくりしつつも、楽しかった。

自分の勝手で辞めた職場に、また戻ってこられたのは、ひとえに中川と木島が店長に掛け合ってくれたおかげだ。以前勤めていた頃は折り合いの悪かったこの二人と今はどちらかというと親しくできているのだから、人生なにがあるか分からない。

「中川さん、木島さん。いつまで油売ってるんです。早く着替えてホール入ってください」

その時控え室のドアが開き、背の高い男が一人、仏頂面で入ってきた。高取だ。きつい言い方だが厭味《いやみ》な感じはせず、感情的でもないからか、言われた中川と木島も、特に怒らない。

「相原くん、また明日ね。気をつけて帰るのよー」

まるで子どもに言うような猫なで声で、二人は更衣室へ入っていく。ペット扱いされて浩也が苦笑していると、横に立っていた高取が「まったく」と呟《つぶや》いて息をついた。

見上げると、高取の顔は相変わらず端整だ。高校生とは思えない、男らしく完成された体に、ファミリーレストランのウェイター服がなんとも映えてストイックだった。

（やっぱり高取くん、かっこいいなあ……）

ほぼ毎日見ているのに、思わず見とれてしまう。

シャツの上からは、バランス良く鍛えられた男っぽい体つきが分かる。仕事には真面目で、受験生として勉強も怠らない。そしてストイックな容姿や性格とは裏腹に、高取は、ベッドの上ではとても情熱的だ。時に意地悪く、時に優しく抱いてくれる高取に、浩也は年上なのに翻《ほん》弄《ろう》され、体の芯《しん》まで蕩《とろ》かされてしまう。まさに理想的な彼氏だ——と、考えてから、浩也は自分の想像に赤面した。

（もう俺、バカだな。最近すぐ、そっち方面のこと考えてる）

そっち方面。つまり、高取とのセックスについて、浩也はこの頃しょっちゅう思い返しては一人で困っていた。恥ずかしくなり、高取から視線をはずす。

「ところで浩也さん。中川さんたちじゃないですけど、時間外労働は程々にしろって言ったでしょう。便利に使われてどうするんですか」

と、それまで黙っていた高取に、じろりと見下ろされた。甘さの欠片《かけら》もない実に厳しい視線だ。おかげで、浩也の浮ついた気分も、一気に冷める。

「……ご、ごめんなさい」

浩也は細い声で謝った。アルバイトに戻ってから二週間。積極的に働こうと頑張っている浩也に、社員の杉並が雑用を頼んでくることは以前より増えた。しかし時間外労働をしていると、高取にはいつも怒られる。曰《いわ》く、あんたの人が好《い》いからつけあがるんですよ、他の人の悪《あ》しき前例になったらどうするんです、云々。正論なので、返す言葉もない。

（こういう厳しいとこは、ほんと、付き合ってからも変わらないなあ）

むしろ感心してしまうくらいだ。恋人になる前から、仕事ではしょっちゅう叱《しか》られていた浩也だが、何度も同じことで叱られているのはまずい。改めるべきだと分かりながら、浩也がついつい雑用を引き受けてしまうのは、お人好しだという他にも、別の下心があるせいだ。

（……高取くんと一緒に帰りたくて、待つ口実にやってた、って言ったらもっと怒られるかな）

シフトのあがり時間がずれている時、高取と一緒に帰るには口実が要る。素直に、一緒に帰りたいと言えればいいけれど、相手は受験生。迷惑になることや、重たいと思われることが怖くて、「待っててていい？」の一言が言い出せない。それで浩也はついつい、時間外労働をしてしまっていた。けれどその言い訳が理由で嫌われては、元も子もない。落ち込んでいると、高取が小さく息をつき、ぽん、と浩也の頭に手を置いてくる。

「……俺を待っててくれたんでしょ？　だったら外の、いつもの場所で本読んでてください。今日はもう暑くないし。あんたが店の中にいると、みんながあんたを構うじゃないですか」

気が気じゃないんですよ、と囁《ささや》かれて、浩也はドキッとした。眼をあげると、高取に、顔を覗《のぞ》きこまれる。その顔には、浩也さんの真意などすべてお見通しです、とでも言いたそうな表情が浮かんでいる。下心がバレていたことに気まずくなりながら、

「め、迷惑だった?」

不安になって訊《き》くと、「そんなわけないでしょ」と即座に返ってくる。

「嬉しいですよ。あんたのことだから、受験がーとか、昨日も一緒にいたしーとか考えて、待ちたいって言えないんでしょ? そういう不器用さ、すげー愛しいですけど」

次々と内心を当てられ、浩也は顔を真っ赤にする。

「でも俺は、あんまり他の人に、可愛い姿見せないでほしいの」

可愛い姿とはなんのことだ。浩也が首を傾げるのと、高取が高い背を屈《かが》めてきたのは同時だった。額に軽くキスをされ、浩也は取り乱した。

「た、高取くん……っ」

ここは職場だ。しかも自分たちは男同士、いつ更衣室から中川たちが出て来ないとも限らない。けれど高取がこうしてバイト先で軽いスキンシップをしてくるのは、実は日常茶飯事で、浩也は困っている。そんな浩也を見て、高取はおかしそうに笑っていた。

「着替えが終わったら、いつものとこで待ってて。すぐ行くから。待ってたら迷惑かなとか、よけいなこと心配しちゃダメですよ」

そう言うと、人差し指で浩也の唇をつつき、さっと身を翻《ひるがえ》してホールへと戻っていった。

浩也はその場に棒立ちになっていた。額にはまだ、今しがたのキスの感触が残っている。近づいてきた時の高取の体の大きさ、伝わってきた熱や、鼓膜をくすぐるような甘い声の記憶も。

高取と付き合い始めてから一ヶ月。浩也は一生経験しないだろうと諦《あきら》めていた恋の喜びや快感を知って、ずっと舞い上がっている状態だった。自分でも、地に足がついていないのを自覚している。

それにしても高取は、本当に年下だろうか？

いつでも浩也の不安を見抜き、先回りして「よけいなこと心配するな」と、言ってくれる。いきなりキスして、浩也を翻弄する一方で、浩也の不安を確実に取り除いてもくれる。理解してもらえているし、気遣ってもらえているし、大事にもされている。そんな安心感を、高取はいつでも浩也に与えてくれる。心も体も包容されて、浩也は付き合う前よりずっと、高取にのめりこんでいた。

(俺も、高取くんに相応《ふさわ》しい人間になりたいな)

同じようにかっこいい男にはなれなくても、浩也なりに近づきたいと、だからこそ思う。控え室の鏡には、自分が映っている。相変わらず、浩也には地味に見える容姿だが、にっこり笑顔を作ってみると以前と違って自然に笑えた。

そんな自分が、浩也は前より、好きになっていた。

季節は七月半ばを過ぎ、その間に浩也の通う大学も、高取の高校も夏休みに入っていた。一度は辞めた『オーリオ』に、再度アルバイトとして入ってから、話しかけられれば眼を合わせて笑顔で会話し、仕事に手が回らず困っている同僚がいれば、こっそり助けるのではなく、「手伝おうか？」と訊くよう、心がけている。

要領よく立ち回ろうと考えたり、なにも言わずに相手を避けようとするのも、やめた。できるだけ素直に、できないことはできないと伝えるようにしている。

自分のために中川たちが企画してくれた二度目の歓迎会にも、ものすごく緊張したが、出た。心が揺れてしまったら、なにか悪い夢を見たらどうしようと心配したが、出てみると楽しくて、多くの同僚が「前から相原くんと話したかった」と言ってくれ、客に対しても自然に笑顔が出るようになった。そしてなぜだか、周りを避けていた頃よりずっと、悪夢を見るのではと心配することは減った。

そのせいなのか、高取と付き合い始めて、浩也は一度も予知夢を見ていない。

店を出ると外はもう日が暮れ、空には月が浮かんでいた。

団地前の花壇に腰掛けて待っていると、やがて「遅くなってすいません」と声が聞こえてきた。見ると店のほうから高取が走ってくるところだ。浩也は腰をあげ、慌てて自分からも高取に駆け寄る。

「そんなに待ってないから走らないでいいよ。高取くん、疲れちゃうよ」

額に汗を浮かべた高取に申し訳なく、けれど急いで来てくれた気持ちが嬉しくて言うと、立ち止まった高取は眼を細めて微笑《ほほえ》んだ。

「走ったら疲れるのは浩也さんもでしょ？」

不意に、高取が「あー、我慢した！」と言って、がばっと浩也に抱きついてきた。力強い腕に体を強く抱きしめられて、浩也は息を止めた。

「高取くん、ひ、人がきたら……」

いつも浩也は高取のこういう大胆な態度に驚かされ、まごついてしまう。高取は浩也と付き合っていることを、あまり隠そうとしない。けれど浩也はもし周囲にバレてしまったら、高取の迷惑になるのではと、気が気ではなかった。

「高取くんは職場でも平気でするけど、バレたら後が大変だよ……」

うつむいた浩也に、けれど高取は眉《まゆ》を寄せてため息をついた。

「なに前提ですか、それ。大丈夫ですから。俺は世界で一番、浩也さんが好き。今日もその気持ちは変わってませんから。分かりました？」

そういう話をしているわけではないのに……と、浩也が返事に困っていると、高取はしょうがないなあ、と呟いた。

「この小さい頭の中で、こちゃこちゃ、またなんか悪いこと考えてるんですね」

「こ、こちゃこちゃ？」

よく分からなくて眉を寄せると、ニュアンスです、ニュアンス、と言って高取はなぜかおかしそうにしている。

やがて高取が腕の力を緩め、浩也の瞳を覗き込んできた。切れ長の高取の眼に、甘やかな愛情が宿っている。こんなところで……と困っているのに、ついその視線に負けて、浩也は眼を閉じていた。優しくキスをされ、やがて熱くねっとりとした高取の舌が、浩也の口の中に滑り込んでくる。

「……ん、ん」

舌を絡ませられ、喉の手前の敏感なところを刺激されると、それだけで腰に甘いものが走る。体から力が抜けそうになり、高取の腕にしがみつくと、すかさず腰に手を回されて強く抱きかかえられた。高取の胸が、浩也の薄い胸にくっつく。とくとくと脈打つ高取の鼓動が、肌を通して聞こえてきそうだった。

「これから、家に行っていいです？」

膝《ひざ》を屈めた高取に、耳元で甘く訊かれて、浩也は心臓が逸《はや》るように感じた。家に来てもらえる日は、高取に抱いてもらえる日でもある。さっきのキスで、体の奥にはもう火が点《とも》っている。高取に触れられると思うと嬉しくて、「い、いいよ」と蚊の鳴くような声で呟くと、「よし」と高取が満足そうに言うのが、おかしかった。こんな自分を相手に、高取が喜んでくれることが嬉しい。

思わず笑う声が我ながらころころと弾んでいて、自分は恋をしているのだなあと、思う。

控えめに、こっそりと、勇気を出して高取の手を握る手に力をこめると、気づいた高取が身を寄せてきて、浩也の頭にこつんと額を寄せてくれた。

それだけで、心が蕩けるような気がした。

ふわふわした気持ちのままアパートへ帰り、部屋に入ったとたん、背中から、きつく高取に抱き締められた。

まだ靴も脱いでいない玄関先だったが、腰に高取のものが当たっている。それは既に硬くなっていて、浩也は体の奥からむずがゆいような熱が昇ってくるのを感じた。

「た、高取くん、げ、玄関」

「うん。早くベッドに行きましょ」

耳たぶを甘噛《あまが》みされ、浩也はぞくぞくと背に走る快感で、体から力が抜けていく。たったそれだけで自分も息が乱れ、興奮しているのを感じた。

なんて淫《みだ》らなんだろう。

恥ずかしくてたまらないのに、高取に服を剝《は》ぎ取られ、靴とパンツを脱がされて、体をまさぐられながら部屋の奥へ引っ張られている間に、下半身に血が集まっていく。

「あ……っ、あ、ん」

二人一緒にベッドに倒れ込み、貪《むさぼ》るようなキスで口の周りをべとべとにされながら、乳首をきゅっとつままれる。甘い快感が背を走り、腰から下半身へ抜けて浩也は声をあげてしまった。

「や、高取く、ま、待って、あ、あ……っ」

両方の乳首を捏《こ》ねくられ、浩也はびくびくと震えた。

高取に触れられるまで、乳首など存在さえ忘れていたのに、今ではここを弄《いじ》られるだけで、体の芯が熱くなり、甘く崩れそうになる。

「浩也さんここ、好きだよね」

からかう言葉に思わず高取の胸をぽかっと叩《たた》くと、高取はおかしげに笑っていた。

「可愛い、浩也さん」

笑っている高取に、抗議をしたいのだができない。下から睨《にら》みつけても、高取は上機嫌でこたえた様子はなかった。浩也の性器はすっかり勃《た》ちあがり、先走りで下着が濡《ぬ》れている。高取は楽しげに、下着に浮き上がった浩也の性の形を指でなぞった。

「あっ……や、あ、んっ」

「もうこんなに濡れてる……」

意地悪く言われると、恥ずかしさに顔が赤くなる。それなのに、下着越しのもどかしい高取の手つきでは足りず、つい腰が揺れてしまう。

「お尻《しり》、揺れてるよ。浩也さんの、えっち」

からかうように囁かれ、「ちが……」と抗議しかけた瞬間、下着ごと、性器をぎゅっと握られて浩也は甲高い声をあげた。

「あっ、ああっ」

可愛い、浩也さん。可愛い、と何度も言いながら、高取が浩也の下着をはずす。そのまま両足を高く持ち上げられ、股を開かれた。

「ここ持って、浩也さん。ね、浩也さんの可愛いところ、全部俺に見せてください」

「や、やだ……」

口ではいやだと言いながらも、高取に言われると断れない浩也は、素直に言うことをきいた。膝の裏に手を入れて持ち上げると、局部を高取の眼に晒《さら》す、あられもない姿になる。

「は、恥ずかし……、み、見ないで」

こんな男の体、と消え入りそうな声でつけ足すと、高取が「どうして」と首を傾げた。

「こんなに可愛いのに……」

指を一本、浩也の鎖骨に乗せると、高取はつつ、と肌をなぞりながら下へ下ろしてくる。

「ちょっと弄くっただけで、ぴんと勃っちゃう乳首も」

そう言って、浩也の乳首を指先で弾く。浩也は「あっ」と震えた。

「擦《こす》ってもないのに、ぐっしょり濡れてるここも」

「あっ、んっ」

性器の尿道口をくりっと指先で撫《な》で回し、高取は更に下、会陰を通過して浩也の窄《すぼ》まりに触れる。

「小さいのに、俺のを美味《うま》そうに飲み込んでくれる、ここも、全部健気で可愛いよ？」

高取がそこで指をぴたぴたと動かすと、こぼれた先走りがはねて、水音がたった。羞恥《しゅうち》で、全身が熱くなる。膝を抱えた手が震えてしまった。それさえ愛しむように、高取が眼を細めて、浩也の奥へ指を潜らせてきた。

「浩也さんは可愛い。俺がしてって頼んだら、なんでもしてくれちゃうでしょ……？」

「そんなこと……あっ、ひゃ」

ない、と否定する前に、指が増やされて浩也は喘《あえ》がされる。何度か繋《つな》がるうちに、高取は浩也のいいところを見つけているようだ。今も中の、感じやすい部分を擦られて、浩也は「あっ、あっ」と甘い声を抑えられなくなってきた。

「一昨日入れたばっかりだから、ここ、まだ柔らかいね。もう三本入っちゃったよ。浩也さんの体、こんなにいやらしくして、ごめんね」

「や、やめ……あっ、あんっ」

ごめんと謝りながら、恥ずかしい言葉を言い続ける高取に、もうやめてと言おうとして、言えない。中で指をぐりっと動かされると、鋭い快感に背がしなり、腰が跳ねた。

「でも責任はとりますから。俺がずっと、浩也さんのいいところ、良くしてあげる」

頬にキスを落とすと、高取は浩也の中から指を抜き、自分のズボンを脱いだ。硬く大きく屹《きっ》立《りつ》した高取の性器が、ぴたりと浩也の後ろにあてがわれる。

浩也はハァハァと息を乱しながら、その瞬間を待った。入り口が、期待にひくつくのが自分でも分かる。入れますよ、と高取が言うのと同時に、浩也の中に熱く重い質量が入ってくる。

「あ……は、う……」

肉をかき分けられ、圧迫されて、浩也は呻《うめ》いた。

「大丈夫？　苦しい？」

最後まで入れてから訊いてくる高取に、浩也は横に首を振った。苦しいが、すぐに体が慣れていく。痛みがひくと、体にじんわりと広がってくるのは、狂おしいほどの快感と、そして万能感――。思わず、浩也は高取の背に腕をまわし、腰に足をからめてぎゅっと抱きついていた。

体の中の足りないところすべてに、高取が流れ込んでくる。そんな気がして、切ないような悦びに、心が満たされる。

「……うご、いて、高取くん」

無意識に、甘えるように言っていた。高取がこくりと喉を鳴らす。

やがてゆっくりと高取は動きだす。しばらくして、それは激しい動作に変わり、浩也は下から打ちつけられながら、甘い快楽に声をあげ続けた。

「体痛くないですか？　すいません、ちょっとがっつきすぎた……」

ベッドの脇で甲斐甲斐《かいがい》しく浩也の世話を焼きながら、高取が肩を落としている。

結局、高取は二度、浩也の中で達した。浩也は三度もイカされ、体は疲れ切っているし、頭の中はふわふわとしていて、強烈な眠気に襲われていた。

ついさっきまでは、高取が風呂に入れてくれていた。今はベッドに横たえられ、うつらうつらしながら、体の痛みと一緒に、慌てている高取への愛しさに、幸福な気持ちを味わっていた。

本当は一度で止めるつもりだったのに、と、高取は悔しそうだ。

「でも……気持ち良かったし」

寝ぼけた声で応えると、高取は目許を染め、ベッドの脇に腰を下ろして、手を握ってくれた。

「今日一日、なにも心配なことはありませんでしたか？」

やがて高取はいつものように、浩也にそう訊いてくれた。今日なにがあって、誰と話して、どう思ったか。事細かに質問され、浩也は訊かれるまま他愛のない答えを返す。

聞いている間中ずっと、高取が空いた手で、浩也の頭を撫でてくれた。温かな、優しい手だ。撫でられるくすぐったさと嬉しさに、安心して、つい笑う。話が終わると、顔を寄せた高取に、そっと囁かれた。

「あんたの心の中に、今一ミリも、不安ない？　俺があんたを好きだって、信じてる？」

「うん、信じてる」

子どもに返ったような、甘えた声が出た。そんな自分が恥ずかしいけれど、幸せでもあった。

「眠るまで、信じてられますね？」

あやすような声に、浩也はニッコリ笑った。

付き合い始めてからずっと、一度も夢を見ないですんでいるのは、高取が毎日眠る前に、浩也の不安を解消してくれるからだ。今日のようにすぐ傍《かたわ》らでそうしてくれる日もあれば、叶《かな》わない日はメールや電話で。そのことに、浩也はとても救われている。

（一年かな、二年かな）

ふわふわした頭の隅で、浩也はそう思う。それとも三年、四年。もし、五年続けば奇跡だと思っている。

（高取くんが俺を好きでいてくれる、残りの、何年か）

眼が眩《くら》みそうなほど幸せだけれど、この関係が永遠だとは、さすがに思っていなかった。男同士。しかも高取は、自分にはもったいないくらい魅力的だ。さらに、浩也は予知夢つきのわけあり。今好きでいてもらえることさえ、夢みたいなことだと思っている。いつかは別れの日が来るだろう。それは不安とは少し違う。今この瞬間、高取が自分を好きでいてくれていることは、迷いなく信じている。そうしてそれだけで、もう十分すぎるほど幸せで、それ以上、望んではいけない。そう思ってしまう。

愛されたさは淋しさに、淋しさは夢に繋がる。夢を見ないために、ことさら自分の感情を折り曲げることは、もうやめた。けれど必要以上に愛されたいと思うこともしないよう、心がけている。

残りの何年かを大切にしたい。同時に、それ以上を期待もしないのだと、浩也は決めていた。

二

午後四時頃は、二十四時間開店している『オーリオ』の営業時間内で、もっとも客の少ない時間帯の一つだった。昼シフトのメンバーと、夕方シフトのメンバーが重なって、ちょうど従業員数も多いので、比較的仕事が少なく暇だ。普段、夕方シフトと夜シフトを中心に入っている浩也《ひろや》は、この午後四時に店内にいることが多い。

その日、かねてから決まっていた新人アルバイトが入ってくると連絡があり、浩也は社員の杉並《すぎなみ》に呼ばれて控え室に向かった。

「今日からの新人さん、浩也さんがコーチャーなんですか?」

控え室に入る途中、ちょうど今からシフトの高取《たかとり》と合流した。高取はまだ着替えておらず、高校の制服姿だ。本来今は夏休みだが、午前中は受験のための補講に出ていたらしい。

「うん。高取くんも挨拶《あいさつ》?」

「一応、教育係の総まとめ役なんで」

そうなんだ、と頷《うなず》きながら、浩也は少し不安だった。自分に、他人の教育係が務まるだろうか。それに比べて高取は、最古参というわけでも最年長というわけでもないのに、コーチャーのとりまとめ役を任されているくらいなので、素直にすごいと思う。

「お、相原《あいはら》、高取。来た来た」

中で待っていた杉並が、小太りの体をパイプ椅子《いす》の上で仰《の》け反《ぞ》らせた。と、杉並の奥に立っていた男の姿が見え、浩也は足を止めた。

「こちら、新しく入ってくれた倉橋和宏《くらはしかずひろ》くん。相原と同じ大学で、同期らしいぞ」

杉並の背後で、浩也を見た男が一瞬、眼を瞠《みは》った。

男の背は高かった。もしかすると、高取より高いくらいの長身だ。体つきも男らしく、肩幅がある。明るい色の髪は猫っ毛で柔らかそうだし、甘く整った顔にかけた、洒落《しゃれ》たフレームのメガネが、よく似合っている。全体的に人好きのする雰囲気をまとい、虹彩の明るい瞳は快活だが、同時に知的な光を宿してもいる。

「……相原？」

その時、倉橋と呼ばれた男が、驚いたように呟いた。

浩也は、体に電流のようなショックが走ったのが、自分でも分かった。

「相原……浩也だよな？」

頭の奥が、ジンと痺《しび》れたように痛んだ。動悸《どうき》が強まり、浩也は息を呑《の》む。

倉橋和宏。

それは浩也の、幼馴染みの名前だった。小学生の頃、父が死ぬまでは毎日一緒に遊んでいた。父が死んでからも、中学高校と、倉橋が転校してしまうまでは同じ学校に在籍していた。そして浩也にとっての倉橋は、忘れていた古傷でもある。

「和ちゃん」

聞こえるか聞こえないかの声で、思わず倉橋の言葉に応えてから、浩也はハッとした。親しげに呼んでしまったことを、後悔した。もう十二年も前に、呼ぶのをやめた名前だ。見ないようにしていた罪悪感が胸の中に押し寄せてきて、心はしまい込んだ過去へ飛んでいこうとする。隣で高取が訝《いぶか》しげに眉を寄せ、浩也を振り向く。

なんだ、お前ら本当に知り合いだったのか？　と笑う杉並の声だけが、どこか遠くから聞こえてきた。

——俺は待ってるから。浩也が本当のこと、話してくれるの。浩也が苦しんでること、俺だけは知ってるよ。

まるでたった今聞いたように、耳の奥に響いてきた声が、「じゃあ九時からはこっちが喫煙スペースになるんだな」という言葉にかき消され、浩也は我に返った。

「あ、うん、夜からは、会社員の男性客が増えるから……」

店内の説明をする声が、どうしても小さく細くなった。相手の顔を見られずうつむく浩也に、「分かった」と倉橋は頷いている。

「あとは実際にやってみて、分からないことがあったら訊くよ。正直、春までイギリスにいたから、ファミレスってほとんど入ったことないんだ」

真新しいウェイター服を着た倉橋が、長身の体に似合わず、ちょっと恥ずかしそうに笑って言う。と、横に立っていた木島《きじま》が、「ねー、倉橋くんて、英語ぺらぺらなの？」と、我慢しきれなくなったように話しかけてきた。

「俺があっちに渡ったのは十六からだから、ネイティブとはいかないですよ」

「あっち行ってから苦労した？」

「最初の、学校に編入するテストは、問題文が読めなくて落第点でしたよ。でも、前日に調べておいた英文を書き添えておいたので、ごり押しで入学できましたけどね」

「なんて書いたの？」

木島が興味をそそられたように、身を乗り出す。周りで、聞いていないような顔をしていた他の従業員も、気になったらしく倉橋を振り返る。

「半年後、私は満点をとることを誓います。英国の英国たるゆえんは寛大さとユーモアにある。私を入学させることは学校中を愉快にさせるでしょう——って」

倉橋はみじめぶった口調で軽口を叩く。

「それで入れたの？　嘘でしょ！」

周りで聞いていた他の従業員も、どっと笑った。気がつけば倉橋は話題の中心だった。アルバイト一日めにして店に馴染んだようだ。

その時新しい客が入ってきた。倉橋は誰に言われるでもなく、

「俺、行ってみるよ。実地でやらないと覚えないから」

と、浩也に断り、さっさと案内に行く。後ろで見ていたが、その対応は完璧だった。一度浩也の接客を見ただけで覚えてしまったらしい。続くオーダーとりから、水出しのタイミング、戻ってくる時、動線上にある食器類を片付けてくる機転のききようといい、とても初めてとは思えない仕事ぶりだった。

そのうえ、女性客の一人がトイレから戻ってくるところにぶつかった倉橋は、ごく自然な動作でチェアー席の椅子をひき、女性をエスコートした。甘い笑顔でにっこりと微笑まれた女性客が、頬を染めてお礼を言っている。仕事にそつがないのは高取も同じだが、倉橋の接客にはどこか甘やかさがある。

「ひえー、今の見た？　日本男児にあれはできないわ。さすが英国仕込み」

「女性客増えちゃうわね、これは」

見ていた木島と中川《なかがわ》が、感心したように言う。

（昔から、ああだったっけ……なんでも器用で、みんなに好かれるっていうか……）

「浩也さんの知り合い、仕事できるタイプみたいですね」

ちょうど厨房《ちゅうぼう》奥からカウンターのほうへ出てきた高取が、ホールの倉橋を見てそう言った。

うん、と浩也は頷く。

ホールから戻ってきた倉橋は、人並み以上の接客をしたというのに、特に偉ぶることもなく自然体だ。言葉や態度も柔らかく、それは浩也に対しても、他の従業員に対しても同じだった。浩也のほうは倉橋と眼があうたび、話をするたびに動揺しているというのに。それに倉橋が気づいているのかどうかは、分からなかった。

(……倉橋はもう、俺のしたこと、気にしてない? それとも本当は怒っているけど、大人だから、態度に出さないだけ?)

疑問が消えず、浩也はじれていた。かといって「どう思ってるんだ」と問いただせるような立場ではない。そんなことも、もう許されないかもしれない、と思っている。

「ね、相原くんと倉橋くんて、仲良かったの? 幼馴染みなんだっけ」

と、横にいた木島が、浩也にとっては地雷のような質問をしてくる。どう答えたものかとまごついていると、倉橋が「まあ学校は、小中高と一緒だったけど」と返答した。

「俺がイギリスに行ってからは全然連絡とってなかったから」

さらりと、笑って答える倉橋に、浩也は息を詰めていた。

心臓が、ぎゅうっと締め付けられるように、痛む。

「まあそっか……相原くんてもともと、おとなしいもんね」

言葉を選んで、中川が倉橋の言葉をフォローする。

それにクラスも小学校の、三年生からは違いましたし、と返す倉橋は、あっけらかんと笑っている。けれど浩也は上手く笑えず、愛想笑いを浮かべながら、顔が強ばっているのを感じていた。足の先が、震えている。倉橋の言葉は明らかな拒絶だった。浩也とは仲良くなかったし、大した繋がりもなかった。ただ学校が同じだっただけの知り合い。そう言われたのだと、分かったせいだ。

その日の仕事を終え、更衣室のドアを開けたところで、浩也は固まった。

ちょうど同じ時間であがった倉橋が、着替えている最中だった。

「おー、お疲れさん」

タイをほどきながら、倉橋は明るく声をかけてきた。見ると、部屋の中には浩也と倉橋、二人きりだった。「お、お疲れさま……」と返しながら、浩也はドッと冷たい汗が噴き出てくるような気がした。心拍が跳ね上がり、緊張で胃が痛む。

（どうしよう、どんな顔して、なに話せば……）

横に並び、制服を脱ぎながらも、頭の中では思考がぐるぐると回った。

――いつイギリスから戻ってきてたの？　同じ大学だったなんて驚いた。それより、昔のことだけど……。

言うべきことはたくさんある。言うべきことというより、謝るべきことか。

倉橋はなにか言ってくるだろうか、としばらく待ってみたが、なにも言われなかった。それどころか、気がつくともう着替え終わっている。

「まさかバイト先に浩也がいるなんて、びっくりしたよ。また次のシフトでも、よろしくな」

鞄《かばん》を肩にかけると、倉橋はニッコリ笑って言った。けれど、それだけだった。じゃあなー、と手を振り、あっさり更衣室を出て行く。閉まった更衣室の扉はもう開かず、倉橋は戻ってはこなかった。

（俺、やっぱり避けられてるんだな）

「今までどうしてた？」「明るくなったんだな」

以前の倉橋ならきっと、浩也にそう言ってきただろう。浩也は倉橋が、もう自分と関わらないようにしているのだと、気づかされてしまった。

「浩也さん」

更衣室の扉をノックして、まだ勤務時間の残っている高取が、入室してくる。どこか心配そうな顔をしている。

「大丈夫ですか？　倉橋さん、今出て行きましたけど……あの人って、浩也さんが以前は避けてきた一人なんでしょう?」

　率直に訊かれ、どう返すべきか迷った。

　そうだった。七歳から、倉橋が渡英する十六までの九年間、浩也は倉橋を避け続けてきた。予知夢の事情を知っていて、つい一ヶ月前までの浩也が他人とどう付き合ってきたかも見ている高取なら、そのことは容易に想像がつくだろう。うつむいていると、高取の手が伸びてきて、浩也の頭を撫でてくれた。

「大丈夫ですよ。大丈夫。過去がどうでも、今の浩也さんなら、適度な距離で付き合えます。中川さんや木島さんとも、そうでしょう?」

　高取の声は温かい。ゆっくりと、言い聞かせるように励ましてくれる。それに、少しだけ顔をあげられた。浩也が夢を見ないですむよう、高取は心を砕いてくれているのだと、分かる。

「大丈夫、かな?」

　そっと確認してみる。大丈夫です、と高取が断言して笑った。いつものからかうような笑みではない。浩也を安心させ、包んでくれる優しい笑顔だった。高取が年より何歳も大人びて見えるのはこんな時だ。

「俺の言うことだけ、信じていればいいですから」

　強く言われると少しだけ気持ちが楽になり、浩也はようやく、笑顔を返すことができた。

――どうして和ちゃんは、一人だけ諦めないんだろう？

七歳の浩也は困っていたし、友人の倉橋和宏のことを、うっとうしく思い始めていた。

父親が事故で死んで、三ヶ月が経とうとしていた頃のことだ。最初は腫《は》れ物に触るようだったクラスメイトも、たった七歳。二週間もすれば、浩也の身の上に起きた不幸を忘れたようだった。

それなのに、浩也だけはいつまで経っても父の死を忘れられず、以前のようにみんなと遊ぶことができなくなっていた。

誰とも話さずに、教室の隅で暗い顔をしているのが気に入らないと、クラスメイトは次第に、浩也を無視するようになってきた。時には、教師の眼の届かないところで、あからさまな意地悪をされることもあった。浩也はそんな時もただひたすらに声を潜め、下を向いて、自分の中に引きこもっていた。そうするしか、誰の夢も見ない方法が、分からなかったからだ。

父が死ぬ前、まだ夢が恐ろしいものだと気づく前までは、浩也は友達に、予知夢のことを何度か話していた。神様のくれた魔法だと思いこんで、不思議なことがあったと面白がっていた。それも父が死んだ後にはひどく後悔したが、友人たちはみんな、浩也の夢の話など忘れているようだったので、ホッとした。もし知られたら、軽蔑《けいべつ》されると思って怖かった。

彼らはただ、「浩也くんは、お父さんが死んじゃってから、変になった」と不思議がっていて、浩也に以前と変わらぬ態度で接するのは、ただ一人、倉橋和宏だけだった。

「浩也、ひーろや、なあ、外で遊ばないか?」

昼休みの時間、いつもどおり声をかけてきた倉橋に、浩也はおずおずと眼をあげた。

同じ七歳でも、倉橋は飛び抜けて背が高く、顔も整っていた。噂《うわさ》では、倉橋の祖母はイギリス人だという。本当かは分からないが、大らかで穏やかなうえ、勉強も運動も人一倍できることから、倉橋はクラスの人気者だった。父が亡くなる前までは、浩也はそんな倉橋と、一番といってもいいくらい仲が良かった。

「……行かない」

蚊の鳴くような声で答えると、倉橋は悲しそうに眉を下げた。他のクラスメイトが、「カズっ」と倉橋のあだ名を呼ぶ。

「相原は遊ばないんだろっ、もうほっとけよ!」

誰かがそんな暗いヤツ、と続けた。

「本当の浩也は、暗いヤツじゃない。みんな知ってるだろ」

倉橋はのんびりした調子で、けれどきっぱりと言い返した。クラスメイトが顔をしかめ、不愉快そうにしてもどこ吹く風だ。それでいて倉橋は、絶対に誰からも嫌われない。

けれど浩也には、倉橋の屈託のなさが辛《つら》かった。

(なんでぼくに構うの。もうやめてほしい……)

暗いヤツとか、変になったと責められるほうがよほどましだ。優しくされても返せないし、気にかけられればかけられるだけ、自分が嫌な人間に思えて落ち込んだ。

諦めない倉橋を避けるため、浩也は立ち上がり、背を向けて教室を出る。いつも、倉橋とやりとりをすると、浩也が逃げる格好になる。

「浩也」

倉橋の声が、背中を追いかけてくる。

「グラウンドで待ってるから。気が向いたら来いよ」

最後まで優しい倉橋が、振り向かなくても少し悲しそうな顔をしていると伝わってきて、浩也は幼い唇を噛みしめた。

(行けないってば、和ちゃん。……ぼく、和ちゃんの夢を、見たくないんだよ)

閉じこもり、拒み続ける浩也と、追いかけてきて、殻を開こうとする倉橋。

その関係は、二人が十六歳になるまでの九年間、ほとんど変わることなく続いた。

八歳以降はクラスが離ればなれだったので、毎日というわけではなかった。それでも倉橋は、教室の前を通るたび浩也に話しかけてきた。

「昨日のテレビ見た?」

「浩也のクラス、数学どこまで進んでる?」

「国語の教科書借りていい?」

「さっき、浩也走ってたな。窓から見えたぞ。お前って結構、足速いよな」

にこやかに近づかれると、邪険にするのも限界があった。教材の貸し借りなどは、貸さないとは言いきれずに、貸したりした。

他にも仲の良い友人は山のようにいるのに、倉橋はなぜか毎回、わざわざ浩也に借りに来る。

「他の人に借りればいいだろ」

中学生の時、たまらなくなって言うと、

「だって俺、浩也に借りたいんだもん。お前が貸してくれないなら、忘れたって白状して、先生に叱られるよ」

優しい顔で、さらりと脅された。怒られろとは言えずに貸せば、倉橋は太陽のように笑った。

「やっぱり、浩也は優しいな」

——なんて迷惑なんだろう。

そう思いながら、貸した教科書が戻ってくるのを、浩也は心のどこかで楽しみにしていた。返ってきた教科書には、その日倉橋が学習した設問の答えと一緒に、タヌキなのかクマなのかも分からない下手くそなキャラクター絵が描かれており、「ワンポイント！」とか「テストに出るぞ」といった吹き出しがついていた。時々は、「俺昨日、焼き肉食ったよ。浩也はカルビ派？　タン派？」などと、どうでもいいメッセージがついていた。

優しいけれど強引。強引に見えて、やっぱり優しい。

倉橋は十六になっても、七歳の頃からずっと変わらなかった。

教科書の端に残されたメッセージには、なんの感想も伝えないし、返事も書かない。それでも一人閉じこもる浩也にとって、倉橋のこの小さな遊びは、ふっと心を和ませてくれるものだった。教室の片隅。小さな机と椅子に座り、大きな背を丸めて、ちまちました絵を描いている倉橋の姿が、眼に浮かぶような気がしたからだ。

けれど気持ちが和らぐたび、浩也は罪悪感を感じた。父を殺した自分が、倉橋の優しさを受けていいはずがないと思った。

周りの生徒たちは、学年でも目立って人気のある倉橋が、どうして冴えない浩也に構うのだろうと不思議そうだった。

今でも浩也は、思い出すことができる。

長い廊下の先で、倉橋がいつもどおり、たくさんの友人に囲まれて笑っている。背が高いので頭一つ飛び出していて、すぐに分かる。大柄に似合わない猫っ毛が開いた窓からの風に揺れ、朝からつけたままなのだろう寝癖が、ぴょこぴょこと動いているのが間抜けだった。

浩也の横を通り過ぎていく女生徒二人が、くすくすと笑って言う。

「倉橋くんだ」

「また寝癖つけてる。なんの話してるのかな」

行ってみよ、と示し合わせ、彼女たちが少し足早になる。

ふとこちらへ、倉橋が顔を向ける。行き交う生徒たちの波に紛れている浩也を、倉橋はすぐに見つけだす。そうして浩也の眼を見て笑い、大きな手を振るのだった。

（和ちゃん……）

そんな時いつでも、浩也は細い喉がきゅうっと締まるように、息苦しくなった。倉橋に駆け寄って、笑いながら一緒に校庭に飛び出していく、七歳の自分が見えるような気がした。もし夢を見なければ。父を死なせなかったら。自分は今この瞬間、倉橋に手を振り返せていただろうか。横で笑っていただろうか。あの頃、何度も何度も思った。

そしてそう思う自分が疎ましく、倉橋が、怖かった。固く閉ざしている心の扉を、倉橋はずっとノックしてくる。いつかふと気が緩んで、扉を開けてしまったらどうしよう。一度許せば、自分はいともたやすく、友達として、倉橋を好きになる。そうして夢を見るだろう。

（だから絶対に、絶対に俺は、もう二度と和ちゃんと友達にならない）

ぎりぎりのところで、浩也はずっと踏ん張っていた。何度も負けそうになり、日に日に膨《ふく》れ上がっていく恐怖と戦っていた折、家の事情で倉橋の渡英が決まった。

十六歳の、秋のことだ。最初に聞いたのは教室で誰かが話す噂話でだった。

驚いたし、もちろんショックを受けたけれど、それ以上に浩也はホッとした。とうとう倉橋が、自分から離れてくれる。一番の脅威が、眼の前から去ってくれると。

翌日の放課後、浩也は帰ろうとしていたところを、倉橋に呼び止められた。

二人並んで外へ出ると、金色の銀杏《いちょう》並木が、黄金色の空に馴染んでどこまでも続いているように見えた。倉橋は浩也に渡英先の住所を渡し、手紙を書くと言ってくれた。

――俺は待ってるから。浩也が本当のこと、話してくれるの。浩也が苦しんでること、俺だけは知ってるよ。

その時倉橋は、そう言った。

浩也はふと思った。もしかしたら、夢のことを話しても受け入れてもらえるかもしれないと。けれど結局は、なにも言えなかった。それどころか迷惑だから、もう近づかないでほしいと言った。手紙も要らない。俺のことは忘れてほしい。俺も倉橋のことは忘れる。そう続けた。ひどい言葉だったと思う。振りかえると、あまりにも鮮明に、そう言った時の倉橋の顔が浮かんでくる。

銀杏並木を背に、倉橋は傷ついた顔をしていた。メガネの奥で、いつも穏やかに優しい色をたたえた眼が、痛みをこらえるように歪《ゆが》んでいた。

――それでも、手紙、書くよ。返事、待ってるから。

倉橋はひどいことを言われているのに、まだ浩也を気遣ってくれた。

イギリスから手紙は来たけれど、浩也は返さなかった。倉橋の気持ちを無視し続けた。

自分の罪悪感をなるべく考えないよう、考えないようにしながら、倉橋のことは浩也の負い目になった。それでもまさか三年後、再会するなどとは夢にも思っていなかったのだ――。

（できるなら、償いたい……）

倉橋と再会したその日の夜、布団に入り、天井を見つめながら浩也は思った。疲れているのに、眠気はなかなか来なかった。謝りたい、償いたい、倉橋を無視し続けた九年間を、どうにかしてあがないたい……そんな気持ちで、落ち着かなかった。

無茶な希望だ。ムシのいい話だ。自分勝手だと思うけれど、それでも一言でいい。三年間押し殺し続けた、たった一言の「ごめんなさい」を、倉橋に伝えたいと、浩也は思ってしまった。


その夜、夢の中で窓が開くのを、浩也は見た。

自分の姿は見えないが、眼の前にいるのは倉橋だ。それも昔の倉橋ではなく、今日再会したばかりの、十九歳の倉橋だった。倉橋はどこか辛そうな顔で言う。

「こんなふうには……会いたくなかった」

——会いたくなかった。

夢の中でか、それとも夢を見ている自分の意識の中でか、浩也はその一言が胸に突き刺さるようなショックを感じていた。

「どうしたんですか、その顔」

その日アルバイトに来た浩也を見るや、先にシフトに入っていた高取がぎょっとしたように眼を見開いた。

浩也は自分でも分かるくらい、青ざめた顔をしていた。朝からなにも食べる気がせず、自己嫌悪で落ち込んでいた。交替まではまだ少し時間がある。ちょうど忙しくない時間帯なのもあり、高取は控え室の隅へ浩也を引っ張っていった。

「……倉橋の夢、見ちゃったんだ」

浩也は懺悔《ざんげ》するように告白した。口にすると、それだけでも罪悪感がわき上がってくる。しかも見た夢の内容は、浩也にとってこのうえなく辛いものだった。

会いたくなかったと言われた。いつの未来か分からないが、倉橋の本心を覗いたように思う。

「あの……ちょっと状況が読めません。倉橋さんて、単に学校が一緒だっただけの人じゃないんですか？　俺は木島さんや中川さんみたいな立ち位置の人だと思ってたんですけど……」

眉を寄せた高取に、浩也はかいつまんで、過去のことを話した。父を亡くすまでは親友と呼べるほど仲が良かったこと。心を閉ざした自分から、周りはみんな離れていったが、倉橋だけは変わらず浩也を気に懸けてくれたこと。そして自分はそれをすべて、拒んできたこと。

話しているうちにだんだん、高取の表情が険しくなっていく。けれど浩也はそれに気づけないほど、動揺し落ち込んでいた。

「昨日の晩、倉橋に……謝りたいって、考えてたら、夢見てしまって」

「夢はべつに見たっていいですよ。あんたが見たくて見てるわけじゃないんだから。内容も解釈次第で、悪いことかどうかは起きてみないと分からないですし」

高取はそう言い切るが、浩也にはとてもいい夢とは思えなかった。あの優しい倉橋に、いつか「会いたくなかった」と言わせてしまう夢なのだ。

「きっと倉橋は、俺のこともう嫌いなんだと思う」

「それはべつにいいんじゃないですか。無理に仲良くしなくても。謝ることもないと思うし」

不意に言われた言葉に、浩也は驚いて顔をあげた。

「浩也さんがきついなら、俺がコーチャー替わりますよ」

さらに予想外なことを言われて、浩也は「え……」と口ごもった。

高取なら当然、「謝ったほうがいい」と言うものだと、どこかで思い込んでいた。そしていつものように、それでももし浩也が傷ついたら、その時は慰めてやるから大丈夫だと言ってくれる。そう期待していた。

「でも、俺がひどいことしたんだよ。なのに謝らないなんて……」

「でも過去のことでしょう。向こうだってなかったことにしたいのかもしれませんよ」

「そう、だけど……」

本音の本音を言うと、高取の提案はありがたかった。昨日一日、倉橋といて気詰まりだったし、せっかく自然に出せるようになってきた笑顔も凍ってしまった。できることならうやむやにして、逃げたい。けれどそれでは、九年間歩み寄ってくれた倉橋に、申し訳が立たない気もする。

「俺にとっての問題はむしろ、俺が大丈夫だって言っても、夢を見たってことなんですが」

黙り込んでいた浩也に、高取が苦い顔で、正直倉橋さんてちょっと、いい男ですし、と言う。

「浩也さんにとっては、俺の言葉より、あの人への罪悪感のほうが重たいってことですよね？ていうかそもそも、浩也さんはあの人に、会いたかったって言われたかったんですか？」

「え……」

高取の問いの真意が分からず戸惑っていると、控え室の扉が開いた。顔を向けて、浩也はどきりとした。ちょうど話題に乗せていた倉橋が立っていた。今日のシフトは浩也と重なっているので、今来たところなのだろう。

――会いたくなかった。

夢の中で言われた言葉が蘇《よみがえ》り、浩也は思わず顔をうつむけてしまった。緊張で、心臓がドキドキとし始める。

当の倉橋は、浩也と高取を見比べると、やがて穏やかな笑みを浮かべて「どうも、今日もよろしくお願いします」とだけ言って、更衣室へ入っていった。

浩也は顔を見られないまま「よ、よろしく」と頭を下げる。

笑ってはくれても、倉橋の態度はただの社交辞令のようにしか感じられない。どこか冷たさがある。いつも挨拶は大きな声で、とうるさく言う高取が、その時はどうしてか、しかめ面で返事をせず、小さく舌を打つのさえ聞こえてきた。

三

倉橋《くらはし》に過去の態度を謝るべきか、否か。

浩也《ひろや》は悶々《もんもん》としていた。

高取《たかとり》は掘り起こさなくていいと言っていたが、謝るべきではないのか?

そう考えてみたものの、実際には、倉橋と二人きりになって親密に話す機会さえないまま数日が過ぎた。

しばらくは浩也がコーチャーを担当するので、当然二人のシフトは重なっている。終業後にいくらでも話す機会はあるだろうと思っていたが、更衣室で一緒になっても、倉橋は簡単な雑談をするだけで、あっという間に浩也を置いて帰ってしまう。それなら勤務中にと思っても、忙しい時間帯は仕事で手一杯。暇な時間でも、フリーになった倉橋に近づこうとすると、倉橋が他の従業員に話しかけにいく。視線さえ合わせてもらえない。あるいは客の眼につかない裏などで、倉橋は従業員数人に囲まれ、その中心で笑っていたりして近寄れなかった。

(昔みたいだなあ……)

そんな時浩也は、つい思い出してしまう。廊下の先で、人に囲まれていた倉橋。みんなの頭の上に一つ頭が飛び出ていて、屈託のない笑顔が見えていた。あの頃と同じ光景だったが、違っているのは倉橋が振り向いて浩也を見つけたり、手を振ってくれたりしないことだった。

（俺と倉橋の関係は、もう昔とは違うんだ……）

振り返ってもらえないのだ。特別に構ってもらえるはずがない。

ただそれだけのことで、いかに自分が倉橋にひどいことをしたのか、痛感させられた。

最後の謝罪手段はメールしかないが、それはできれば避けたかった。倉橋のほうからなにもアクションがない以上、店の決まりでアドレスを知っているとはいえ、プライベートな連絡手段を仕事のこと以外で使うのは気が引ける。

（もう、大学で待ち伏せしようかなあ……でも大学でも、倉橋は人に囲まれてそうだし）

悶々と悩み、さすがに行き詰まった。時間が経つと最初の決心が鈍ってきて、意気地が消えそうになる。早いうちに話をせねばと思い始めていた時、新人アルバイト数人の歓迎会が開かれることになった。ちょうど大学四年生が就職活動でアルバイトを辞めたので、倉橋以外にも新人が多い時期だった。

飲み会は苦手だが、この頃はできるだけ参加するようにしていた。うまくいけば、倉橋と二人で話すこともできるかもしれない。浩也はそう思い、誘ってくれた中川《なかがわ》に行くと伝えた。

「相原《あいはら》くーん、こっちこっち」

仕事が終わり、指定された居酒屋へ行くと、既に集まったメンバーの中から、木島《きじま》が声をかけてくれた。

安居酒屋の座敷の席に、浩也が顔を見たことのない昼シフトのメンバーを含めて、十数人が集まっていた。既に酒も入り、座は賑《にぎ》わっている。

どこに座ろうか迷っていたので、呼ばれるまま木島の隣に行くと、ちょうど斜め向かいに、浩也より一時間先にあがった倉橋がいて、浩也はドキッとした。偶然ではあるけれど、かなり幸運なポジションだと思う。ただ、いざ本人を眼の前にするとあがってしまい、浩也は渡されたドリンクメニューをつい逆さにして読んでいた。

「相原くん、それ逆だよ。もー、ほんと可愛いんだから」

「未成年だからお酒はだめよっ」

いつものように中川と木島にからかわれ、浩也は赤くなってウーロン茶を頼む。

大体の参加メンバーが集まったところで乾杯になった。新人が一人一人挨拶をしていく。倉橋が挨拶をした時には、かけ声がかかったり、拍手が湧《わ》いたりした。

「そういえば今日、高取くんはなんで来ないの？」

木島に訊かれ、浩也は小首を傾げた。

「お母さんが夜勤の日だから……家にいないと、弟さんが心配だって」

前にちらっと聞いていたことを言うと、「さすが相原くん、詳しいなあ」とそれまで倉橋と話していた女性アルバイトの梶井《かじい》が、ニヤニヤして言った。

「相原くんと祐介《ゆうすけ》って、いつの間にか仲良くなってたよね。祐介なんか名前呼びしてるし」

木島がほんとほんと、と同意する。見ると、倉橋もなんとなくこの会話を聞いているようだった。倉橋にどう思われるかが気になり、浩也は「そんなこと……」ともごもご言った。

「ほんと、倉橋くん。相原くんてば以前は自分の歓迎会にも来なかったのよ。こうしてここに座ってるのが信じられないくらい」

中川が言うと、倉橋は「へえ……」と呟いたが、それ以上の反応はない。本来の倉橋なら、高校の時もそうでしたよ、と笑いそうなものなのに、やはり避けられている。

だんだん、みじめな気持ちになる。眼の前に浩也が座っているのさえ、倉橋には不快だろうか。そう思うと居心地が悪く、逃げ出したくなった。

その時不意に、「遅れてすいません」と、張りのある声が聞こえてきた。

顔をあげると、私服姿の高取が座にあがってきて、「どうも。ちょっとこっちいいですか」と言いながら他の人たちをかき分け、無理矢理、隣の木島を押しのけて、浩也の隣に座った。

「た、高取くん」

眼を見開く浩也の声を、「あっ、高取くん。邪魔しないでよ。あっちにも席空いてるでしょ」と木島の声がかき消した。

「ちょっとお、祐介。来ないんじゃなかったの？」

「そのつもりでしたけど、受験勉強のストレスがたまってるんで、夕飯食べにきました」

さらっと言い、高取はさっさと飲み物を注文してしまう。隣に高取が来てくれた。それだけで、さっきまでの居心地の悪さが消えていく。浩也は我知らず、ホッと息をついていた。

「大丈夫です？　浩也さん、いじめられてないですか？」

冗談なのか本気なのか訊いてくれる高取の眼が、本当に心配そうだった。浩也は高取が浩也を気にして、無理をして来てくれたのだと分かった。きっと倉橋のことで、浩也がずっと落ち込んでいるからだろう。弟のことが心配だろうに、その気遣いを感じると、やはり嬉しい。

「もう、なんなの。その、相原くんのことは俺だけが可愛がってます、みたいな態度」

高取と一番仲のいい梶井が言い、中川も面白くなさそうに同意する。

「倉橋くん、こんなだけどね、高取くんって相原くんにも相当厳しいんだから。店じゃいじめてるのは高取くんのほうよ。なのに、いっつも俺が一番守ってますって顔するの」

「そうそう。相原くんもなんでだか懐いちゃって」

「な、懐いてるんじゃ……」

うそうそ、懐いてる、と木島が騒いだので、浩也は頬が熱くなるのを感じた。黙って話を聞いている倉橋の反応が気になり眼をあげると、倉橋と、まともに視線がぶつかった。再会してから眼があったことは、初めの一回以外はないので、浩也は思わず身じろぎした。

「なるほど。高取くんは、浩也と仲良しなのか？」

落ち着いた調子で、倉橋はなぜか浩也ではなく高取に訊《たず》ねた。

「そうですね。仲良しです。俺たち、相性がいいんですよ」

はっきり言う高取に、周りの女性陣が「出た！　仲良し自慢」と騒ぎ始める。倉橋のほうはなにを思っているのか、ほんの少し眉をひそめた。とはいえ唇には、笑みを浮かべている。

「へえ、相性が」

「ええ、俺は誰よりも浩也さんのこと、理解してますから」

「いやーん、砂吐きそう」と騒ぐ女性陣を尻目に、倉橋は一瞬、黙り込んだ。

「……ふーん。なるほど。じゃあ浩也が、昔と比べて変わったのは高取くんのおかげなのかな」

　ぽつりと、静かに言う。その一言に、浩也は思わず息を呑んだ。

倉橋は今、浩也が変わったと言った。やはりそう思って見ていたのだ。

「あ、やっぱり高校の時の相原くんて、暗かったんだ？」

中川に訊かれた倉橋は「そうですね」と微笑んだが、すぐに高取に向き直った。

「でももっと昔の、本当の本当の浩也は、今よりも明るかったけどね。いくら理解してるって言っても、それは高取くんも知らないだろう？　覚えてるのは俺くらいだと思うよ」

　その言葉に高取が、眉を寄せる。突然倉橋の話題にのぼり、浩也は泡を食って返事ができない。眼を丸くしていると、「こう見えて、浩也は優等生だったんですよ」と、倉橋はニコニコと、中川たちを振り向いた。

「クラスの中心ていうか、学級委員に推薦されたりもしてたし、誰にでも優しくて。女の子が泣いてるとほっとけないから、一番人気。王子様キャラっていうか」

とんでもない昔話を持ち出され、浩也は慌てた。けれど口を挟《はさ》むより前に、倉橋はどんどん話を進めてしまう。

「でもそれでいてぬけてるところがあって、同級生の女の子に『お付き合いしてください』って手紙もらって、『月を愛してってどういう意味？』って俺に訊いてきたり。可愛いでしょ？」

「そ、そんなこと、話さなくていいだろ」

浩也はいたたまれなくなり、つい口を挟む。ものすごく昔のことだ。まだ父を亡くす前の、屈託のない頃。顔を赤くしてうつむくと、すかさず「かわいー」と女性陣にからかわれる。

「でも結構、二人話してたの？　前、仲良しじゃないって倉橋くん、言ってなかった？」

中川は不審に思ったらしく眉を寄せている。するとそうでしたっけ、と倉橋がとぼけた。

「浩也はいろいろあって、途中からは誰とも仲良くしなくなったから。でも俺とだけは、一応話してくれてたっていうか……」

急に静かな口ぶりになった倉橋に、女性陣も驚いたような顔をする。いろいろって？　と木島が好奇心たっぷりに浩也を振り返り、倉橋が「いろいろは、いろいろだよな」と浩也に笑いかけてくる。倉橋の態度はいかにも、すべて知っている、分かっている、というものだ。

これまでの拒絶などどこへやら、急に浩也への親しみを見せた倉橋に、浩也も動揺していたが、聞いていた女性陣も少なからず驚いている様子で、眼を丸くしている。

と、それまで黙っていた高取が、ちょっとびっくりするくらい大きな音をたてて、飲み干したウーロン茶のジョッキをテーブルに置いた。驚いて振りかえる面々を無視し、高取は不機嫌そうに言う。

「七歳の時がどうとか、どうでもいいですよ。今の浩也さんは、俺のいるここで変わった。それまでの十二年は、誰にも変えられなかったわけですから」

ちらりと倉橋を一瞥《いちべつ》した高取に、さすがに妙な空気を感じてか、梶井が小声で、「俺のいるここでって」と呟いた。盛り上がっていた場の空気は白けたが、高取は意に介さず大きな唐揚げを口に入れている。

「……ま、それはそうだな」

ぽつんと呟いたのは、倉橋だ。ハッとなって振り返ると、

「ちょっとトイレ行ってきますね」

倉橋が立ち上がり、座を抜けてしまう。どうしてかその時、浩也は追いかけねば、と思った。もし謝るなら、今がチャンスだ。昔話が出たこの流れなら言える気がしたし、言えるのなら、やはり謝りたい。それは自然な衝動だった。

「お、俺も行ってくるね」

上擦《うわず》った声で高取に言い、浩也は急いで、倉橋の後を追った。高取が眉を寄せ「浩也さん」と呼んだけれど、そのことにも気づかないほど、倉橋に気を取られていた。

倉橋の背中を途中で見失ったので、トイレに行ってみたがいなかった。おかしいと思い、店の中を一巡りしたあと、もしやと思って外へ出ると、どこへ出ていたのか、倉橋が店へ戻ってくるところだった。

「あれ、浩也。なにしてるんだ?」

いつもの、屈託のない様子で訊いてくる倉橋だったが、手に新品のタバコのケースが見え、浩也はドキッとした。

「和ち……倉橋、タバコ、吸うの?」

思わず訊くと、「あ、これ?」と倉橋が苦笑した。

「たまにな。たまーに。気分転換にな。内緒だぞ?」

意外だった。知らなかった一面だ。倉橋は教師の覚えも良く、健全な優等生のイメージしかなかった。成績も常に上位、中高では柔道部に所属して、わりといい結果を残していたはずだ。それでいて適度にラフな性格が人望を集め、中学では生徒会長にも選ばれていた。

「一本だけ吸ってくから、浩也は先に戻っていいぞ」

店のすぐ外に、ちょうど喫煙できる場所が設けられており、倉橋はそこへ歩いていく。ちょうど誰もいない。灰皿の前にたたずみ、一人タバコに火を点《つ》ける倉橋の仕草は慣れていて、もしかすると高校生くらいの頃も、倉橋は人知れず喫煙するようなことがあったのかな、と浩也は思った。黙ってタバコをふかす倉橋の横顔は、十九歳には見えないほど大人びていて、いつもの屈託のなさからはかけ離れて、なにか憂いを秘めて見える。

誰も知らない倉橋を見てしまった。そんな気持ちで一瞬後込《しりご》みしかけたけれど、話すなら今しかない。

——謝るんだ、今、謝るんだ。

浩也は自分を叱咤《しった》し、倉橋の隣に立った。拳《こぶし》を握りしめ、「あの」と口火を切る。

「……俺、今さらだけど、その、謝りたいと思ってて」

「なにを」

倉橋がおかしそうに笑う。まるで二人の間にはなにもなかったかのような態度。また決心が折れそうになる。浩也はそれを食い止めて、一気に言った。

「父さんが死んでから九年間、倉橋を無視したこと。もう忘れてって言ったこと。手紙の返事書かなかったこと。ひどいことをしたって、ずっと分かってた」

倉橋が、タバコを口から離す。優しい笑みが、その顔からすうっと消えていく。

「ずっと、本当はずっと後悔してた。でも……俺、倉橋が嫌いでそうしてたんじゃない。本当は応えたかったけど、できなくて……倉橋が」

浩也は顔をしっかりとあげ、必死になって続けた。

「優しくしてくれてるの、ちゃんと分かってた。俺が、あまりに惨《みじ》めだったから……倉橋は、優しいから、誰にでも優しいから、俺にも」

「ちょっと待って」

その時不意に、倉橋に言葉を遮《さえぎ》られる。

倉橋は持っていたタバコを灰皿に落とすと、息をついた。どうしてだか、自嘲《じちょう》するような笑みを浮かべている。

「……俺が誰にでも優しいから、浩也にも優しくしたと思ってる？　俺がお前を待ってたのは、優しさからだって」

硬い声だった。浩也はそうだ、と頷こうとして、頷けなかった。見上げた倉橋の眼の中に、これまで見たことのない深い怒りがあることに、気がついたからだ。

参ったな、と言って、倉橋は嗤《わら》い、頭をかく。

「それはちょっと酷《ひど》いんじゃないか、浩也。俺の気持ちを、踏みにじってる」

喉がきりりと締まるように、痛んだ。頭からすうっと血の気がひいていく。

「誰にでも同じようにはしてなかったよ。お前だからした。それで、傷ついた。まあ、勝手に傷ついたんだけどな」

淡々と、まるで他人事《ひとごと》のように倉橋が続ける。

「日本に帰ってきて、また会うつもりはなかった。お前に俺は必要なかったんだと、思ってたから。実際──そうだったんだな。お前は、俺がいなくても変われた」

よかったな、と倉橋が言う。その声は皮肉っているというよりも、本当にそう思っているように聞こえた。でもまあ、原因は男か。自嘲するように呟く声が、浩也にはよく聞こえない。

「正直、俺は俺の九年間を、否定された気でいるよ」

倉橋は持っていたタバコのケースごと、灰皿の下についたゴミ箱へ捨てた。

夜の繁華街、周りはそれなりの喧噪《けんそう》なのに、どうしてかケースの落ちる音が大きく聞こえ、浩也はびくりと肩を揺らした。

「先に戻るな」

そう言った時の倉橋はもう、穏やかに笑っていた。けれどその大きな体からは、これ以上近づくなと、拒絶するものが伝わってくる。ついさっき、みんなの前で一瞬だけ見せてくれた親しみも、上辺だけの愛想もなくなっている。横をすり抜けて倉橋が立ち去ったその瞬間、浩也の脳裏に、七歳の倉橋の笑顔が浮かんできた。

──待ってるから、来いよ。

何度も言われた言葉だ。十六歳になっても、倉橋はまだ言ってくれていた。イギリスからも、同じ言葉を書いて送ってくれた。

倉橋は優しい。その優しさに、甘えていた。今でも、もう嫌われているかもしれないと思いながら、どこかでは大丈夫だと考えていた。倉橋は優しいから、きっと許してくれる。また友人に戻れると。

(傷つけてた。俺が思ってるよりずっと、深く傷つけてたんだ……)

夢の中で言われた、こんなふうに会いたくなかった、という言葉がまた、頭の中でリフレインした。今はまだ言われていないが、やはりあれが倉橋の本心なのだろう。

今さら、大事な友達を失っていたことに気づく。その痛みが一気に、心を襲ってくる。

嫌われたくない。もう一度やり直したい。誘ってくれる倉橋に応えたい。一緒に時間を過ごし、無視し続けた九年の償いをしたい。

できることなら、友達に戻りたい——。

なんて都合のいい話だろう。倉橋の手をとり、友人としてやり直すチャンスは九年間、いくらでもあった。それを選ばなかったのは自分だったのに。

鼻の奥がつんとなり、気がつくと、泣きそうになっていた。

真っ赤な眼で歓迎会の座に帰るわけにはいかない。この後どうしようと、頭の隅で考えながら、浩也は深い後悔に、押しつぶされそうになっていた。

——夢だ。また、いつもの夢を見ている。

窓を開いてから、浩也は後悔した。どうしてこの窓を開けてしまったのだろう？

見えたのは、倉橋と、そして高取だった。二人とも『オーリオ』の制服を着ており、風景も店内のようだった。

けれど内容は、予想もつかないものだった。倉橋は殴られた後らしく頬が腫れ上がり膝をついているし、高取は倉橋の腕を摑《つか》んでいた。高取は背を向けているので、どういう顔をしているのか分からない。

その状況だけ見るならば、高取が倉橋を殴ったようにしか見えなかった。

……高取くん。どうして？

声にならない声をあげるのと同時に、浩也は眼を覚ましていた。

うっすらと眼を開けると、部屋の窓から朝の光が射しこんでいる。

自室のテーブルに顔を突っ伏したまま、浩也は寝入っていたようだ。

起きあがると、体のあちこちが痛くなっていた。テーブルの下に携帯電話が落ちており、見ると、着信があったことを知らせるランプが、ちかちかと点滅していた。

昨夜、居酒屋の外で泣いてしまい、座に戻れなくなった浩也は、幸い特に荷物もなかったので、幹事の中川に「実家から連絡があって、今から戻らなきゃならなくなった。このまま行くから、あとでお金払うのでいいですか？」とメールした。中川はよほどのことがあったのだろうと心配してくれ、了承してくれた。不自然な言い訳かとも思ったが、浩也の実家までは電車で片道二時間半。まだ終電になっていないので、信じてもらえたようだ。

高取には「先に帰るけど、家に着いたらあとで電話するね」とだけ連絡を入れた。悲しいことがあったから今すぐ来てくれ、というのは気が引けた。倉橋にひどいことをしたのは自分のほうなのに、直後に高取に慰めてもらうのは、なんだか卑怯《ひきょう》な気がした。

そして帰宅したあとは、倉橋に言われた言葉を思い返し、悶々と悩んでいるうちに寝てしまったのだ。高取への約束も忘れ――そのうえまた、倉橋の夢を見た。

（高取くんが、倉橋を、殴ってた）

たった今見た夢の内容が、浩也の頭の中に返ってきた。とたん、動悸が速くなってくる。

（なんであんな夢……もし本当に高取くんが倉橋を殴るんなら、それはきっと、俺が原因だ）

他に高取が、倉橋に暴力を振るう理由はないように思う。まさかとは思うが、浩也が倉橋に許してもらえなかったと聞いて、高取が怒ってしまうのだろうか？

それならば、高取には倉橋のことを相談しないほうがいいのでは？

ぐるぐると考えながら、浩也は携帯電話を確認する。着信は案の定高取からで、メールも入っていた。『なにかありました？』と一言だけ、心配そうな文面だ。

なにか返事をしなければ。そう思うのに、文字を打つ手が止まったまま動かない。返信画面を開いたきり、浩也はなにもできずに固まっていた。

（夢のこと、高取くんにどう話せば……？）

高取が倉橋を殴るなんて嫌だ。できることなら避けたい。倉橋から会いたくなかったと言われることも辛いが、自分の恋人がかつての親友を殴るよりはまだマシな夢かもしれない。

（正直に、夢の内容を言う？　でもそれで、高取くんが倉橋のこと、殴るきっかけを作ったら？　どうすれば回避できるんだろう……）

心臓が、キリキリと絞られるように痛い。夢は回避できない。そうと分かっていながら、やはり浩也はどうにかして、未来を変えたいと思ってしまう。

隠し事はしない。夢のことはすべて話す。

付き合いはじめの頃にした約束を、今初めて自分は破ろうとしている。話さないことで、未来を変えられるか確証もないまま、それでも言ってしまうのが怖い。

かといって敏《さと》い高取相手に上手に嘘をつく自信もなく、携帯電話を見つめたまま、浩也はしばらくの間まんじりともできずに、座り込んでいた。

四

その日の夕方、『オーリオ』に顔を出すのはたまらなく億劫《おっくう》だった。そもそも、嘘をついて歓迎会を抜けだしてきていたし、倉橋《くらはし》にどういう態度で接するかも決めきれていない。それになにより、高取《たかとり》から入ってきた連絡を、浩也《ひろや》はここまですべて無視してしまっていた。

『浩也さん、おはようございます。昨日電話、どうして出られなかったんです？　夢、見ませんでした？　倉橋さんとなにかあったんですよね？』

『なんで返信ないんですか？』

『いい加減にしてください』

『バイト先で』

最後の、文章がぶつ切りになったメールは、たぶん「バイト先で聞きます」の意だろう。どちらにしろ、返信しない浩也に、高取が怒っているのは眼に見えるようだ。

（ああ……どうしよう。なんて言えばいいんだろ……）

悶々《もんもん》としながら店の中へ入ると、先にシフトに入っていた木島《きじま》と中川《なかがわ》が、心配して寄ってきてくれた。

「相原《あいはら》くん、お母さん大丈夫だったの？」

「あ……は、はい。ただの夏風邪だったみたいで、手伝いに」

浩也は精一杯、ひねり出した方便を使った。二人は浩也の母親が、最近出産したことを知っているので信じてくれ、大変だったねとねぎらってくれた。

控え室に入り、シフト表を見る。高取も倉橋もばっちりシフトに入っていて、浩也は落ち込んだ。高取など受験生なのに、「模試ではA判定なんで」と余裕綽々《しゃくしゃく》でバイトもしっかりしているのだ。いつもならそれを嬉《うれ》しく思えるのだが、今日ばかりは別だ。できることなら顔を合わせたくない。深くため息をついていると、更衣室から着替え終わった倉橋が出てきた。浩也の心臓が、ドキンと鳴る。

「……おはようございます」

倉橋は一応、そう声をかけてくれた。朝でなくても、シフトに入った時はかならず「おはようございます」と挨拶《あいさつ》するのが『オーリオ』での決まりだった。

「あ、お、おはようございます」

けれど倉橋は、浩也が慌てて返すのを待たず、背を向けて控え室を出て行った。昨日の今日だ、仕方がない、と思ったけれど、気持ちがずぶずぶと沈んでいく。

（高取くんが励ましてくれたら……）

ふと、そう思ってから、ダメだと自分を戒めた。

（今回は、高取くんを頼れそうにない）

頼った結果、倉橋と高取がケンカになっては困る。夢の内容から、倉橋と浩也のことに、高取をあまり巻き込まないほうがいいのだろうと浩也は結論していた。

のろのろと着替えを済ませ、仕事に入ったけれど、小さなミスを続けてしまった。倉橋のほうはいつもと変わらず、そつなく仕事をこなし、従業員や客とも穏やかに笑いを交わしている。浩也とだけ眼を合わせてくれないが、それも、ごく自然にやっているので他の誰にもおかしく思われていない。昨夜倉橋が浩也に親しみを見せていたことを、不審がられることもない。避け続けた九年間より、避けられている今のほうがよっぽど倉橋が遠い。そんなふうに感じた。

もやもやしているうちに夜シフトの時間になり、浩也と倉橋より一時間遅れて、高取が入店してきた。

「あ、た、高取くん……」

浩也は、おはよう、と言う言葉を飲み込んでしまった。高取はあからさまに怒っていて、顔を合わせるやいなや、浩也をじろりと睨《にら》みつけてくる。

「ちょっと来てください」

客が途切れた時間だったのもあり、浩也は高取に腕を摑《つか》まれ、控え室に引っ張り込まれた。

「なんなんですか、あんた。なんでメール返さないんです？　大体昨日も連絡よこさないし。

なにがあったんですか」

語気鋭く訊《き》かれ、浩也はうつむいた。

なにを言えばいいのか、まだ考えていなかった。黙り込んでいると、高取は舌打ちし、「愚問でした」と吐き捨てるように言った。

「倉橋さんに謝ってみたけど上手くいかなかった。それで夢を見たんでしょ」

完全に読まれている。思わず顔をあげると、

「倉橋さん、あの時ちょっと苛立《いらだ》ってたから、まあそうかなとは思ってましたけど」

と、言われる。

「謝ったの、許してもらえなくて。……高取くんに話そうと思ってたけど、ね、寝ちゃって」

しどろもどろに話す浩也へ、高取が眼をすがめている。

「あとから連絡するってメールよこしてきたのは、浩也さんじゃないですか。一人で、気持ちの整理もしたいんだろうと思ったから、歓迎会終わるまでは待ったんですよ」

メールをしても電話をしても反応がなく、浩也の家に行きたくても、弟たちを置いては行けなかった。それなのに翌朝になっても連絡がとれない、やきもきしたと高取に責められ、浩也は返す言葉もなかった。

「ごめん。倉橋の言葉が、思った以上にショックで……」

言うと、高取が小声で「また倉橋さんに負けたんですか、俺」と呟《つぶや》く。

「……まあいいや。で、倉橋さんにはなんて言われたんです?」

「優しいから、親切にしてたわけじゃないって。そう思ってるなら、俺の気持ちを踏みにじってるって……」

繰り返すと、苦い気持ちになり、浩也はうつむく。誰かを傷つけたことに向き合うのは、こんなに苦しいものなのかと思う。聞いた高取は眉《まゆ》を寄せて、浩也を見つめていた。やがて「浩也さんさあ」と、どこかイライラしたように言った。

「倉橋さんと会った日も、俺が励ましたのに夢を見ましたよね。倉橋さんに関しては、俺じゃ助けにならない――そういうことですか?」

「そうじゃ、ないけど……あの、でも」

浩也はもごもごと、言い訳を口にした。

「この件は、俺が一人でなんとかしたほうがいいかも。これは、俺と倉橋の問題だし……」

弁解を口にした瞬間、高取が眼を剝《む》いた。

「なんですか、それ。立ち入るなって言ってる? だから俺の連絡無視してたんですか!?」

自分で決めつけておいて、高取は突然声を荒らげている。それに浩也は驚き、反応が遅れた。

「倉橋のことは、なんて話せばいいか分からなくて」

「普通に、正直に話せばいいだけでしょ? 今までそうやってきたじゃないですか。それとも俺には話せないような夢を見たんですか?」

図星を突いてくる高取に、浩也は狼狽《うろた》えていた。話せないような夢、と言われて、心臓がドッと大きな音をたてる。頬《ほお》に熱がのぼってきて、「変な夢じゃないよ」と言う声が震えた。

浩也の表情の変化を見ていた高取が眼を見開き、「ちょっと待って」と神妙な声を出す。

「その言い方……明らかに変な夢だろ。どういう夢だよ？　あんたまさか、俺の時みたいに、あいつに告白されるような夢を——」

両肩をぐっと摑まれ、引き寄せられる。違う、殴る夢なんて見ていない。つい言いそうになった時、控え室のドアが開き「お取り込み中悪いけど」と声をかけられた。倉橋だった。

「ホール混んできたから、早く戻ってくれないかな」

浩也はハッとして壁にかかった時計を見た。もう時間は五時を回っている。

「た、高取くん、遅刻になっちゃったよ」

高取はまだ、タイムカードを押していなかったはずだ。仕事には常に冷静で真面目な高取が、こんなミスをするのは珍しい。焦って言うと、高取は舌打ちして浩也を放し、倉橋には挨拶一つせず更衣室に入った。怒った背中を見送りながら、どうしたものかと思ったが、とりあえず仕事に戻らねばならない。急ぎ足で控え室から出ると、ちょうどすれ違う形になった倉橋が、

「しょっちゅう揉《も》めてるみたいだけど……あいつのどこが、浩也を変えたんだ？」

と呟いてきた。なんのことかと疑問に思って顔をあげたが、その時にはもう、倉橋は浩也を置いて、オーダーを取りに行ってしまっていた。

小さな事件が起きたのは、その後のことだった。

午後八時、夕方シフトのメンバーがあがっていく時間帯、客の波がひいた時にホールに入っていた新人アルバイトの女の子が、レジのところで「あっ」と声をあげた。カウンターでカトラリーを磨いていた浩也は、その声を聞いて不審に思い、レジのほうへ視線を向けた。新人の女の子は、青ざめて動揺している。心配になり、浩也はカトラリーを置いてレジカウンターのほうへ行った。

「どうかした?」

そっと話しかけると、彼女は突然涙目になった。

「お、お金が合わなくて……お、多いんです。お客様からもらいすぎてたみたい……」

浩也は驚いたが、動揺している彼女を落ち着かせようと、優しい声で問いかける。

「とりあえず、いくら多かったの? どのオーダーを間違って計算しちゃったか分かる?」

状況を聞いてみると、思った以上に悪いケースだった。今日はいくつかのテーブルでオーダーキャンセルが出て、他のメニューに入れ替わっていたが、どうやらそのキャンセル分を差し引かずにそのまま計上してしまったらしい。しかも、オーダーキャンセルを受けたのはどれも彼女だった。

「伝票には入れなかったの?」

「厨房《ちゆうぼう》にだけ連絡を入れて、後で書き換えるのを忘れてました」

本来は伝票の書き換えをしてからキャンセルを伝えるのが筋だが、急いでいる時には順番が入れ替わることもある。件数は数件にわたっていて、金額は六千円ほどだった。多くはないが、少ない額でもない。

「とりあえず杉並《すぎなみ》さんに報告しようか」

言わないわけにもいかないのでそう持ちかけると、彼女は大粒の涙をこぼして泣き始めた。

「あ、あたし、クビにされちゃうかも。すっごい、怒られるかも」

ぐずぐずと泣きながら言う彼女に、浩也は困った。女の子に泣かれると、どうにも弱った気持ちになる。とりあえずレジをいったんクローズして、裏に連れて行く。

「……じゃ、こうしよ。伝票の書き換えを忘れたのは俺。きみは伝票通り、打っただけ。ね?」

浩也が申し出たとたん、彼女の涙は嘘のように引っ込んだ。

「え、でも……いいんですか?」

「いいよ。俺もオーダーのキャンセルは聞いてたし、責任がないわけじゃないから」

実際には責任はなかったが、二重三重のミスを一人でかぶるだけの勇気は、彼女にはなさそうだった。

「そのかわり、混雑時のレジはしばらくやめようね。こういうことが起きるから、慣れた人に任せて、まずは空いてる時間だけ頑張ってくれたらいいから」

ね、と諭すように言うと、彼女は頬をうっすらピンクに染め、こくん、とおとなしく頷《うなず》いた。

ちょうどその時、あくびしながら歩いてきた杉並に「おーい、レジチェック終わったの？」と声をかけられた。

「あの、それなんですが……」

浩也が彼女のミスを半分自分の責任にして報告すると、さすがの杉並も渋い顔になった。

「相原くん、仕事の丁寧なきみがこんなミス珍しくない？　伝票書き換え忘れなんて、一番やっちゃいけないでしょ。少なくもらうならまだしも多くもらったなんて大問題だよ」

浩也が謝罪をして頭を下げると、女の子も慌てて下げる。杉並は腹を立てた様子で、レジチェックは自分がやると言い、カウンターへ戻ってしまった。

「あの、よかったんですか？　ごめんなさい」

女の子は青ざめた顔で訊いてきたが、もう報告してしまったものは仕方がない。彼女のシフト時間は終わっていたので、「大丈夫だよ」と慰めて、あがらせた。

口では強がったものの、浩也もやはり自分の対応は間違っていただろうか、と不安になりはじめた。とはいえ、打たれ弱そうな新人の子が、あれだけのミスを杉並に叱《しか》られては、バイトを辞めてしまうだろうという気もする。単純に、女の子の涙にほだされたのもあるが。

ため息をつきながらホールに戻ると、そこでももう一波乱あった。

「どういうことです」

怖い顔で浩也を迎えたのは高取だった。少し離れた場所に倉橋もおり、机上に置くシュガーポットに砂糖を足している。

「レジとオーダーキャンセルの件。伝票の書き換え忘れたのは彼女でしょう。俺は見てたんだから知ってますよ」

「し、知ってたのっ？」

浩也は思わず、声を上擦《うわず》らせた。

「二度、注意しましたからね。書き換え忘れないようにって。なのにやらないから放っておいたんです。金額もまあ、どうにかなる額だったし。それをあんたが泥かぶってどうするんですか。新人が育たないでしょ？」

「でも、泣いてたし……彼女、そこまで打たれ強くなさそうだから辞めちゃうかと思って」

「このくらいで辞めるようなら、初めから要りません」

正論すぎてなにも言えない。口だけをぱくぱく動かしていると、不意に横から「浩也の言うことも、一理あるんじゃないか」と、助けが入った。助け船を出してくれたのは、倉橋だった。

驚いて振り返ると、作業しながら、倉橋が続ける。

「彼女がこの仕事に入ってから三週間。ここまでにかかったコストを考えると、辞められるのは得策じゃない。高取くんの意見は正しいけど、人によって教え方を変えるのも大事だ」

　言われた高取が、じろり、と倉橋を睨みつけ、浩也は体が竦《すく》んだ。

「それに、浩也は昔からこうだよ。浩也らしくて、いいと思うけど？」

「昔がどうだったかは、今関係ありません」

　不意に、高取が語気を荒くした。ハラハラと二人の言い争いを見守っていた浩也は、高取が倉橋を殴っていた夢を思い出さずにはいられなかった。今にも高取が倉橋の胸倉を摑み、殴りかかるのではないか――。

　背筋がぞっとする。次の瞬間、浩也は二人のあいだに割って入っていた。

「高取くんは！　ここじゃ先輩なんだから！」

　高取の腕をぎゅっと摑み、わけも分からないまま、無我夢中で叫んでいた。

「倉橋には、優しく！　して！　ね！」

　一瞬、二人が黙り、場は沈黙に包まれた。高取は眉を寄せ、倉橋は心持ち眼を見開く。

「……なんですかそれ。俺が悪者ですか？」

　不機嫌な顔のまま、高取はどこか戸惑ったように言った。

「高取、ちょっとこっち来てくれるかー」

　その時レジのほうから、杉並が高取を呼んだ。レジチェックで問題の部分を確認したいのだろう。先ほどの報告の時、浩也が渡した書き換え忘れの伝票を片手に、杉並が高取を来い来いと手招きしている。高取はため息をつき、そちらへ向かった。

とりあえず、二人のケンカは回避できたと、浩也は一人ホッとした。顔をあげると、ちょうどこちらを向いていた倉橋と眼が合った。すると一気に気まずい気持ちが蘇《よみがえ》る。倉橋は今の浩也の行動をどう思っているのか、しばらくの間、静かな表情でじっとこちらを見つめていた。

「浩也の根っこは……ずっと、変わってないんだな」

と、独り言のように、倉橋が言った。その言葉が、良い意味なのか悪い意味なのか分からず戸惑っていると、倉橋は砂糖で満たしたシュガーポットを、一つ一つトレイに載せ始めた。

「クラスで、花瓶割った女の子がいたろ」

なんの話だろうと、浩也は眼をしばたたく。覚えのない話だ。

「クラスのみんなで、花壇から切ってきた花を活けてたから、クラス中怒っててさ。割っちゃった女の子はうつむいて、ぶるぶる震えて涙ぐんでた。あーあの子か、って俺は気づいてた。お前もたぶん、気づいたんだろうな。浩也、隣の席だったし。学活の時間に、先生が誰が割ったんですか、って訊いたら……お前、自分です、って立ち上がったんだよなあ」

倉橋は呟くように、「お前って、損得とか、考えないんだよな」と言う。

「眼の前で、大変なことが起きてる。どうにかしなきゃ。そのことで頭がいっぱいになる。俺は浩也のそういうところが、すごく……」

その先をどう言うつもりだったのか、倉橋は黙り込む。メガネの奥、長めの睫毛《まつげ》に縁取られた瞳が、物思いに揺れているように見えて、浩也は息を詰めた。けれど倉橋はそれ以上はなにも言わず、「昨夜は、悪かったな」と付け足された。

「謝ってくれたのに、受け止められなくて。ちょっと複雑な気持ちだったから」

昨夜、というのは、飲み会の時のことだろうか。

「あ、あれは……俺も、無神経だったんだろうから……あの、なんで倉橋を傷つけたのか、あんまり分かってないけど」

慌てて言葉を継いだものの、倉橋の真意を完全に理解しているわけではないので、妙な言い訳をくっつけてしまう。また怒らせるだろうかと思ったが、倉橋はそれを聞くと、思わずというように小さく吹き出した。

「分からないのに謝るのか？」

浩也らしいなあ、と呟いて、倉橋は気が抜けたように笑っていた。

「……明後日のシフト休み、空いてる？　一度、ちゃんと話そうか」

倉橋の笑みは、穏やかで優しい。しかも浩也と、話したいと言ってくれた。頬に熱がのぼり、胸が逸《はや》る。断るなんて頭はなかった。

「あ、空いてる！」

思わず大きな声で言うと、倉橋が眼を細める。ホールに出て行く倉橋の背中を見ながら、もう一度謝る機会を、償える機会を与えてもらえるのでは？　そう思った。

杉並に捕まったままの高取がこちらを見て、苦い顔をしていた。けれど浩也はそのことに気づかないくらい、眼の前に落ちてきたチャンスで頭がいっぱいになっていた。

五

　その日、更衣室を先に出たのは高取《たかとり》だった。高取のことは、新人アルバイトの女の子のことで怒らせたままになっていたので、てっきり待ってはもらえないだろうと思って落ち込んでいた浩也《ひろや》だったが、いつもの待ち合わせ場所へ行くと、仏頂面の高取が花壇に座っていた。

（高取くん、待っててくれたんだ……）

　それだけでもホッとする。このまま無視されてしまったら、他人とまともにケンカしたことのない浩也はおろおろして、どうしていいか分からなかったと思う。

「……倉橋《くらはし》さんと、なに話してたんですか」

　慌てて駆け寄った浩也に、花壇から立ち上がりながら、高取が訊いてきた。

　半歩先を歩き出しながら、

「俺が杉並《すぎなみ》さんとレジにいた時、倉橋さんと喋《しゃべ》ってたでしょう。なに話してたんですか？」

　と、補足する。浩也は胸の奥に喜びが湧《わ》き上がってくるのを感じた。高取の横に急ぎ足で並ぶと、にっこりし「仲直りできそうなんだ」と報告した。

「昨日のこと、受け止めなくて悪かったたって言ってくれたんだよ」

――そうなんですか、それは良かった。これで夢も見ないですね。

高取からは、そんな言葉が返ってくると思っていた。先月、実家に帰って、長年の母へのわだかまりを払拭《ふっしょく》した時にも、そう言って喜んでもらえたからだ。

けれど高取は眉をひそめただけで、あまり嬉しくなさそうだった。

「へえ……よかったですね」

ちっともよく思ってないような、テンションの低い声で言われる。ふと浩也はまた、高取が倉橋を殴っていた夢を思い出した。

「……た、高取くんは、倉橋が、嫌い？」

思わず訊く。

「好きなように見えます？　気に入ってはないですよ。当たり前でしょ」

なにがどう当たり前なのか、高取には舌打ちまじりに言われる。

「で、でもすごく良いやつだよ。できれば高取くんにも、倉橋のこと好きになってほしいな」

好きになってほしい。そうすれば夢のように、殴るようなこともないだろう。

ただそれだけの理由で、深い考えはなく言った言葉だったが、高取は歩みを止めて浩也を振り返った。その顔が、信じられないものを見るような表情をしている。

「なんで俺が、倉橋さんを好きになる必要あるんです？　わけ分からないんですが？　ていうか、なんで俺は恋人から、昔の男を好きになってとか言われなきゃならないんですかっ?」

ものすごい剣幕に、浩也はたじろいだ。昔の男とはなんのことだか、浩也には分からない。

「で、でも、倉橋みたいなタイプ、嫌いな人っていないでしょ?」

倉橋を好きじゃない人間など、過去の九年では出会ったことがなかった。高取自身もさばけていて裏表がなく、頼りになるので周りからは好かれている。だからこそ、倉橋のことを気に入らないというのが、よく分からない。高取は仕事には厳しいが、逆を言えば仕事さえきちんとしているなら誰に対しても公平だ。高取同様、アルバイトの中ではぬきんでて仕事のできる倉橋を、嫌いになる理由がない。

「あんたね……」

なにか言いかけた高取が、一度言葉を飲み込むのが分かった。頭が痛むのか、渋い顔でこめかみを押さえている。心配になって「大丈夫?」と訊くと、高取は深くため息をついた。

「……たく、面倒くせーな」

その時、ほとんど聞こえないくらいの声で、高取が呟いた。思わず、浩也は息を呑《の》む。

(ど、どういう意味? 俺がいろいろ相談するのが、面倒くさいって意味?)

額に冷たい汗が湧いてくる。そうかもしれない。とうとう、愛想を尽かされかけているのかもしれない。時折感じている不安が、胸の奥に押し寄せてくる。けれど団地を抜けて、街灯の少ない道へ入った瞬間、浩也は高取に腕をとられ強引に建物の陰に引っ張り込まれていた。

どうしたの？　と訊こうとして顔をあげたのと同時に、強く抱き込まれ、奪うようにキスされた。

「……っ、ん……」

強引に舌をねじ込まれ、口の奥まで舐《な》められる。驚いてひけた腰をとられ、逃げられないよう押さえられた。息さえうまくできず、口の端から唾液《だえき》がこぼれる。激しいキスに膝《ひざ》から力が抜けていく。やっと離された時には、浩也は自分でも分かるくらい蕩《とろ》けた表情になっていた。何度もねぶられた唇が、じんじんと痛いほどだ。けれど高取はようやく目許を緩め、いくぶん表情を和らげてくれた。

「……とりあえず今のでチャラにします」

なにをチャラにされたのかまでは、よく分からない。けれど高取がもう一度唇を寄せてきたので、浩也はおとなしく眼を閉じた。こんな往来で、恥ずかしいと思うけれど、さっきのキスで体は熱くなり、もう一度触れられて嬉しいと感じている。

「次の休み、どこ行きます？」

浩也の髪を撫《な》で、軽いキスを繰り返しながら、高取が訊いてくる。

「夏休みだし、受験もあるけど、一度くらいどこか行こうって約束してたじゃないですか」

そういえばそうだった。ずいぶん前だが、なんとなくそんな話をしていた。しっかりとした約束ではなかったので、忘れていたが――。

と、浩也は頭の中に、冷たいものが流し込まれたように感じた。

次の休みは倉橋と話す約束をしてしまったのだ。耳の裏から、血の気がひいていく。先に約束をしたのは高取だ。だが、倉橋は浩也が償うべき相手で、今度の約束は、やっと許してもらえそうなチャンスだった。

「……ごめん、俺、その、忘れて、倉橋と約束……しちゃった」

小さな声で言う。とたん、高取が固まったのが分かった。

「ほ、ほんとにごめんっ、ちゃんと約束してなかったから覚えてなくて……埋め合わせは、必ずするから」

高取なら、浩也の気持ちは分かってくれるだろう。約束を反故《ほご》にするのは申し訳なかったが、倉橋に負い目がある以上、あちらを優先するしかない。

「じゃあ次の休みは倉橋さんを優先するってこと？」

「倉橋が話をしたいって言ってくれて……これを逃したら許してもらえないかもしれないし」

しばらく呆気《あっけ》にとられていた高取だったが「……分かりました。もういいです」と呟き、浩也の体を放した。背を向けられ、さすがに怒らせたかと追いかける。

「た、高取くん。お、怒って、る？」

不安になって問う浩也に、高取は疲れたようにため息をついた。けれど大きな手を伸ばすと、落ち着かせるように、浩也の頭をぽんぽん、と叩《たた》いてくれた。

「怒ってはいませんよ。じゃあまあ、どうぞガンバッテキテクダサイ」

ため息まじりの高取の声は後半無感情だったが、とりあえず怒らせてはいないと分かり、浩也はホッとした。次の次の休みは、高取を優先しようと決める。高取がしたいこと、なんでもしようと心に誓う。そうして決めてしまうと、今度は倉橋のことが不安になる。

「あ、あのさ。倉橋とどこで話したら、いいと思う？　俺、お洒落《しゃれ》な店とか知らないし、でも倉橋も日本に帰ってきて日が浅いから、どこかいいところ連れていったほうがいいかな？」

おずおずと相談すれば、高取が、仏頂面で答える。

「デパートのトイレの前とかどうですか？　休憩用の椅子《いす》があるし」

「駅前の？　そういうほうが手軽でいい？」

真面目に受け取る浩也に、高取はもうなにも言わなかった。ただげっそりと、疲れた顔をして、ため息をついた。

倉橋との約束はそれから三日後の土曜、午後だった。

とりあえず昼食を一緒にとろうということになり、駅前の洋食店に入ることにした。浩也と倉橋が通う大学の学生御用達《ごようたし》とも言える、カジュアルだが洒落た構えの店だ。

店内は混んでいたが、たまたま席が空いたところで、浩也と倉橋は窓際に通された。店は大きめのファッションビルの二階にあるので、窓からはすぐ外の街路がよく見える。

浩也は緊張していた。正直、今日までいろいろ考えてはみたが、なにをどう話せばいいのか分からない。ただ夢で言われたように「会いたくなかった」とは言われないよう、そしてかつての償いができるよう、なるべく倉橋に楽しんでもらいたいと思っていた。

「それにしても、浩也がアルバイト先にいるなんて思わなかったな。俺はこっち地元じゃないし、知ってる人は最初からいないだろうって思ってた」

テーブルに腰を落ち着けると、倉橋が何気なく言った。

話に聞くと、イギリスから帰国したのは倉橋だけのようで、家族はまだあちらにいるらしい。

「国立がよかったからさ。でもさすがに数年日本から離れてたし、東京《とうきょう》の国立を受ける勇気はなかったから、低めに狙《ねら》ってこっちにしといた」

低めに狙ったとはいっても、浩也たちの通う大学は国立の中でも上位に位置している。しかしそれを突っ込んで笑いあっていいものか分からず、浩也が黙ると、しばらく沈黙が続いた。その間に注文した料理が運ばれてくる。

一体なにをどう話せば、倉橋への償いになるのか。浩也は分からず、困ってしまう。

「浩也、昔からそれ好物だなー」

と、しばらくして、倉橋が笑いながら言った。

「え……、そ、そうだっけ？」

極度の緊張状態にあった浩也は、自分がなにを注文したのかもよく分かっておらず、料理の味も感じていなかった。無意識のうちに頼んでいたのは、オムライスの上にデミグラスソースがかかったオムハヤシだった。

「給食で出たことあったろ。珍しくおかわりしててびっくりした覚えある」

浩也は、倉橋の記憶力に感心した。同時に倉橋が笑ってくれたので、張り詰めていた気持ちが少しだけ緩み、ホッとする。

「なのに、残り一人分しかないから、じゃんけんしてーって言われたら、お前譲っちゃうんだよな。……昔からそうだった」

そういう倉橋は、カレーを食べている。倉橋の好物もカレーだったな、と浩也は思い出した。昔から人一倍よく食べるほうで、給食のおかわりもよくしていた。七歳の頃の、そんな他愛のない光景がふっと脳裏に蘇ると、浩也の気持ちもどうしてか和んだ。

「和ちゃ……倉橋も、好物食べてるね。カレーなんて外で食べなくていいのに」

「あ、お前バカにするもんじゃないぞ。真のカレー好きは外でもカレーを食べるんだ」

子どもっぽい主張に、浩也は笑った。すると倉橋が眼を細め、眩《まぶ》しそうに浩也を見つめる。

「高取くんも……カレー好きなんだよ。やっぱり二人、気が合うかも」

できれば合ってほしいと思いながら、他意はなく、ついつい浩也は高取を話題に出していた。するとそれまで柔らかな雰囲気だった倉橋の表情が、ほんの一瞬硬くなる。その小さな変化に、あれ、と浩也は思った。

「……『オーリオ』に入ってしばらく、浩也のこと見てたけど。お前と高取くんって、ちょっと間に入ってけない雰囲気だよな。彼がそんなにいい男には、俺には思えないんだけど」

「あ、俺、しょっちゅう怒られてるから、そう見えるかもだけど、高取くんはいい人だよ、公平だし嘘つかないし……」

「そうだろうけど——俺ならもっと優しくする。お前、付き合ってるんだろ、高取くんと」

倉橋の質問は、直球だった。こういう時に、咄嗟《とっさ》に嘘がつける器用さを浩也は持ち合わせていない。動揺で頬が火照《ほて》り、言葉が出なくなる。その態度を見ただけで、倉橋には答えが分かってしまったらしい。やっぱりそうか、と呟かれ、浩也は冷や汗をかいた。

「あ、あの、そんなに俺、分かりやすい？」

火照っていた顔から、今度は血の気がひいていく。バイトに入ったばかりの倉橋にバレているということは、他のメンバーにも感づかれているかもしれない、と思う。

「まあ浩也が、というより、相手のほうが、隠す気あるのかっていう……。そもそも、バレたらまずいのか？」

イギリスでは同性愛などよくあることだと、倉橋は呑気《のんき》だった。

「……ここは日本だし、その、バレたら、将来高取くんの迷惑になる」

思わず言うと、倉橋が眉間《みけん》に皺《しわ》を寄せる。

「……どういう意味だ？　それ」

「どうって……高取くんと俺が付き合えてるのは、奇跡みたいなものっていうか……」

言いながら、気落ちして黙り込んでしまった。

いつ別れが来るのだろう。来年、再来年、それとも明日だろうか？　浩也は常にそう思っている。

「ずいぶん、後ろ向きなんだな。それで幸せなのか？」

「もちろん、今だけでも幸せだって思ってるよ」

訊かれた言葉に慌てて答えると、倉橋はふうん、と呟く。それから食べ終えてスプーンを皿に置き、頬杖をつく。なぜだかじっと探るように見つめられて、浩也は戸惑った。

「浩也を変えたのは高取くんなんだろ？　しかも出会ってたった数ヶ月で。俺の九年じゃできなかったことだ。……俺はダメで、高取くんはよかった。そういうことなんだよな」

ぽつりと言う声が、どこか痛々しい。浩也はハッとして、顔をあげた。

違う。倉橋の九年を否定したのは過去の浩也で、今の浩也は感謝している。それに、倉橋に構われた九年間がなかったら、きっと今の自分も存在していない。

それなのに、倉橋に自分の九年を否定しないでほしい。

そう言いたいけれど、うまく言葉が紡げない。おろおろし、胸が痛み、浩也はぎゅっと拳《こぶし》を握った。

「浩也には、俺は必要なかったんだろ――」

独りごちるように言う倉橋の顔を、まともに見られない。

倉橋の瞳の中に、傷ついた色が見えたらどうしよう。それが怖かった。傷つけたのは間違いなく自分だと思うからだ。

必要ないなんてことない。必要だ。必要だった。

浩也の記憶の中に、古い記憶の中の倉橋が返ってくる。

休み時間のたび、遊びに誘ってくれた七歳の倉橋。教科書を借りにくる倉橋。高校の廊下の先で、浩也に手を振っている倉橋が――。

「そんなことない」

気がついたら、浩也は必死になって言っていた。

「倉橋がいてくれたから、俺は高取くんに向き合えたんだ。だから……倉橋さえ許してくれるなら、あの頃の償いを、したくて……」

たどたどしく、それでも本心を伝えると、倉橋が眼を丸くする。

「……償いって、なにしてくれるの？」

一拍置いたあと、倉橋がわずかに首を傾げて、訊いてくる。浩也は勢い込んで、「なんでも！」と大きな声を出していた。言ってから、他の客の眼が気になり、慌てて口を手で覆う。

倉橋は「ははは」と声に出して笑った。それからふと優しい眼になる。

「じゃあ次の休みも、俺に使ってくれる?」

訊《たず》ねられて一瞬、浩也の脳裏には高取のことがかすめていった。今回約束を反故にした埋め合わせに、次の休みは高取のために空けておく予定だった。

しばらく返事に困っていると、倉橋が「あれ、なんか先約ある?」と首をひねる。

「もしかして、高取くん?」

「……約束ってわけじゃ、ないんだけど……」

実際、はっきりと約束をしたわけではない。けれどできることなら、次は高取と会いたい。かといって、償うためにどんなことでもすると言った手前、そうも言えない。

「ああ、やっぱり友達よりは彼氏が大事か」

「そ、そんなことないよ」

浩也は焦って、身を乗り出した。高取のことも倉橋のことも、どちらが一番か比べるような対象ではないのだ。倉橋は眼を細め、「約束してないんなら、いいだろ」と言った。

「今回は、俺に譲らないか?」

にっこり微笑《ほほえ》まれると、ダメとは言えなかった。倉橋には負い目がある。「そ、そうだね」と頷けば、嬉しそうにしてくれた。それはそれで、少し報われる。

(高取くん、ごめん。でも今だけのことだし……)

頭の中で、高取に謝る。償いが終われば、高取にも時間を使える。それにきちんと話せば、高取なら分かってくれるだろう。浩也はどこかでそう、高を括《くく》っていた。

『倉橋さんとの話し合い、どうでしたか？　今補講帰りなんですけど、家に寄っていいです？』

メールの画面を開いたまま、浩也はどう返事したものか、思案に暮れていた。

倉橋と別れ、家に帰ってからすぐ、高取からメールが入った。返事に悩んでいるうちにアパートのインターホンが鳴り、ドアを開けると案の定、高取が立っていた。こうなっては、打ち明けるしかない。浩也は次の休みを、倉橋に使うと正直に伝えた。

「は？　つまりなんですか。次の休みもあの人を優先すると？」

「つ、償うって言った手前、断れなくて……」

浩也が弁解すると、高取は全身から力を抜き、深く息を吐いた。

「ご、ごめん。でも、俺は九年間ずっと、誘いを無視してきたわけだから……また断るのは」

「まあそうですよね。そう思うんでしょうね、あんたは。向こうも分かって誘ってるだろうし」

舌打ち混じりの言葉に、黙る。事情はどうあれ、高取に不義理をしているのは自分だ。

しゅんとなって頭を垂れていると、浩也の様子を見ていた高取がため息をついて肩を落とす。

「たく……分かりましたよ。いいですよ。思う存分ツグナイとやらをしてください」

諦《あきら》めたように言う。受け入れてもらえて、浩也はホッとした。

「あ、ありがとう、高取くん」

笑顔でお礼を言うと、高取は疲れた様子で、

「はいはい……じゃあ俺、帰りますから」

とだけ言って、立ち上がった。あれ、と浩也は拍子抜けした。帰るの？　とは思ったが、口には出せない。慌てて立ち上がり、玄関で高取を見送る間も、そわそわした。

正直に言えば、少し物足りなかった。まだ十分に、『高取くん』を補充していない。なにしろ倉橋のことなどでごたごたしていて、高取が家に来てくれたのは久しぶりのことなのだ。

袖《そで》を引っ張って引き留めたい。もうちょっといたら？　と言いたい。けれどとても、そんな真似《まね》をする勇気がない。

「じ、受験勉強頑張ってね。そういえば、今日も補講だったよね。どうだったの？」

少しでも繋ぎ止めておきたくて、必死に話題を探す。

「べつに、話すようなことはなにも」

けれど高取からの返事は、素っ気なかった。

(最初にちゃんと、高取くんの話訊けばよかった)

自分の話ばかりしてしまったことを、今さら後悔する。なにか他に話題はないのか。一生懸命考えている間にも、高取は靴を履き、「じゃ」と部屋を出て行った。扉が閉まる音を聞きな

がら、浩也は少し、傷ついていた。

(いつもなら、帰る時キスしてくれるのに……)

それに部屋に寄ってくれたのだから、当然その後があるものだと思っていた。時間がある日は、高取は大抵浩也をベッドに連れ込む。内心期待していたらしい自分に気づかされ、恥ずかしくなるのと同時に、落胆した。

やはり怒らせたのかもしれない。倉橋との約束を優先したから――。

出際の高取のよそよそしさを思い出すと、心臓がずくんと鳴り、胸が締め付けられた気がした。けれど、それは無視した。あまり考えると、高取の夢を見てしまう。今の浩也は、倉橋の夢だけで手一杯なのだ。これ以上考え事を増やせない。

(先に和ちゃん……倉橋、に、埋め合わせしないと)

過去の九年を、取り戻さないと。それが終わったら、高取にもちゃんとしよう。

(まだ好きでいてくれる……高取くんは、まだ、俺を好きでいてくれてるよね?)

償いをすればいいと言ってくれたのだ。それは浩也のためだろうから、大丈夫。

無理やり、そんなふうに考える間も、心臓がドキドキと鳴っていた。

恐怖なのか、緊張なのか、とにかく嫌な鳴り方だった。浩也は拳をぎゅっと握り、頭の隅にちらつく不安を、かき消そうとした。

六

倉橋《くらはし》との約束の日は、朝から気持ち良く晴れた。

といっても気温は暑すぎず、夏にしては過ごしやすい一日という予報だ。

けれど青く晴れ渡った空を見ても、浩也《ひろや》は気分が上がらなかった。それというのも、ここずっと高取《たかとり》からのメールがなく、浩也が送っても返信が来ず、そんな時に限ってシフトが重ならず、もう三日も、高取とまともに話していないせいだ。

朝、高取からくる恒例のおはようメールも、今日は来ていない。浩也は待ち合わせ場所で倉橋を待つ間も、落ち合ってからも、携帯電話を気にしている始末だった。

「なんか連絡待ち？　携帯ずっと見てるけど」

午前十一時、まだ昼ご飯には少し早いと、待ち合わせた駅前の公園から、浩也は倉橋に連れられるまま郊外に向かって歩いている時、そう言われた。

倉橋は今日、長い足に形のきれいなコットンパンツを穿《は》き、仕立ての良さそうな麻のシャツを羽織っていた。紫外線避けの夏物のパーカーを、肩にさらりと巻いているのが、いかにも洒落て見える。高取も、そのルックスのおかげか、ジーンズにTシャツだけで十分映える男だが、倉橋の服装は雑誌から出てきたかのようにこなれている。

「あ、ううん。そんなんじゃないよ」

浩也は慌てて、携帯電話を鞄《かばん》にしまった。倉橋は追及してこなかったが、「ふうん」と言う眼はどこか探るような色があった。

（いけない。今は倉橋といるんだから、集中しないと……）

そうでなければ償いにならないと、浩也は気持ちを切り替えることにした。もっともそう器用な性格ではないので、高取のことは完全に頭から消えてくれない。

（そういえば……倉橋、どこに向かってるんだろ？）

住宅街を抜け、車どおりの少ない道路に出てから、浩也は首を傾げた。待ち合わせたところは駅前だったのに、いつの間にか、ずいぶん閑散とした場所に出てきていた。

その時、倉橋が「おー、見えた見えた」と言って、歩く速度を速める。見ると、眼の前に高い土手があり、幅広の階段が頂上に向かって伸びている。

「川？」

一緒に土手に上りながら、浩也は意外な場所に眼をしばたたく。登り切ると、すぐ下に広い河川敷が見え、その向こうに流れの穏やかな大きな川が横たわっていた。

「ああ、このへんの地図、ネットで見てたら河川敷があるみたいだったから。来てみたかったんだ」

倉橋が楽しそうに言う。たしかにそこは、気持ちのいい場所だった。

午前中の夏の陽射しが川面に反射してきらめき、爽《さわ》やかな風が草の香りと一緒に抜けていく。対岸には隣の区が見えており、遠目に、鉄橋を渡っていく電車の姿があった。河沿いの道はサイクリングロードにもなっており、ジョギングや犬の散歩でわりと人通りがある。

「浩也、あっち行ってみよう」

土手の斜面に生い茂った雑草の中を、下の河川敷へ、倉橋は少年のように駆け下りていった。浩也も慌てて、それを追う。

「お、サッカーゴールがあるぞ。ボールも忘れられてる」

普段少年サッカーをやっているらしい河川敷の一角に、ゴールと古ぼけたボールを見つけて、倉橋は嬉しそうに走っていく。

「今日は練習ないのかな？　向こうで野球もやってるね」

浩也はきょろきょろと、あたりを見回した。少し離れた場所では、少年野球のチームが集まり、監督らしき中年男性の話を聞いている子どもたちの集団が見えた。

「午後からなんじゃないか？　なあ、ちょっとこれ借りて、やってみようか」

ボールを器用に足の甲に乗せ、軽くリフティングしながら、倉橋が誘ってきた。浩也は少し慌てた。

「え、でも、勝手にいいの？」

「少しならいいだろ。ほら浩也」

ボールを足元まで転がされると、不意に浩也は草いきれと土埃《つちぼこり》、小学校の夏のグラウンドの匂いを、思い出した。

午後の教室、一人でぽつんと座って眺めたグラウンドの光景。

サッカーボールを追いかけて、楽しそうに笑っていたクラスメイトたちと、倉橋の横顔が蘇ってくる。

「俺からワンゴールでも奪えたら、昼、奢《おご》ってやる」

明るく笑う倉橋に、浩也もつい笑っていた。

「俺だって、そこまでヘタじゃないよ」

「よし、言ったな」

高校の体育以来、サッカーなどやっていないけれど、七歳で父を亡くすまでは毎日のように倉橋らクラスメイトと、校庭でボールを蹴《け》って遊んだ。それを体が覚えていたのかもしれない。

少し前傾姿勢になってボールを前に蹴ると、自然と体は動き、浩也はゴールに向かって走り出すことができた。様になっているかはともかく、なんとかドリブルはできている。

ゴール前になると、倉橋が飛び出してきて、浩也の足元からあっさりボールを奪っていく。

今度は浩也が追う番だ。けれど簡単なフェイクに引っかかり、すぐに得点された。簡単に勝敗がつくと、やはり悔しい。

「もう一本いく？」

「いく！」

気がついたら、自分からもう、ボールを取りに行っていた。邪魔な荷物を芝生の上に放り出し、倉橋と二人、ボール一つを追いかけ回して、汗みずくになっていた。あっという間に一時間が経ち、ようやくワンゴールしたところでもうくたくたになって、河川敷の芝生に座り込む。

「うわー、倉橋、強いっ、俺が一点とる間に十点もとられたー……」

ついつい、そんな悔しさが言葉になって漏《も》れる。

「俺イギリス仕込みだもん。でも浩也もわりとやるな、一点もとらせないつもりだったのに」

倉橋の強気の発言に、浩也は声を出して笑ってしまった。

「ひどい、俺昔はサッカー得意だったんだぞ。シュートだけなら和《かず》ちゃんより打ってたし」

心の中にあった屈託が、ほんの一瞬すべて消えた。父が死んでからの十二年が、その刹那《せつな》だけ、消えてなくなっていた。子どものように笑い、未来も過去もない、ただ一人の相原《あいはら》浩也として倉橋に向きあえた。

けれどすぐ、和ちゃん、と呼んでしまったことに気づき、浩也はバツが悪くなる。

それなのに隣に座った倉橋は、どうしてか、優しい眼をしてじっと浩也を見つめていた。

「九年間さ」

ふと、倉橋が呟くように言う。

「ずっと考えてた。もっと強引に、浩也の腕を摑んででも、グラウンドに引きずり出すべきなのかって。でも傷つけたらと思うと怖くて、迷って……」

独白のように続ける倉橋の頰に、風にあおられた横髪が打ち付けている。

「俺は九年、ずっと……昔みたいに、浩也に笑ってほしい。そればっかり考えてた。今も」

返す言葉が見つからず、浩也は息を詰めて黙り込んでいた。

汗ばんだ体を、ぬるく夏の風が撫でていく。遠く、少年野球チームのかけ声が聞こえてくる。

――今も、七歳の頃のように笑っていてほしい。

(お父さんが死ぬ前の、俺みたいに……?)

倉橋がそんなふうに浩也を想い、気にかけてくれていたことは、知っていたようで今初めて聞いた気がする。

待ってると言い、時に強引に、閉ざした浩也の扉をノックしながら、倉橋は心の奥で、これでいいのかと迷い続けていたのか。

もしかしたら今日河川敷に誘ってくれたのも、七歳の時の続きをすることで、二人の関係をやり直そうと考えてくれたからかもしれないと、浩也は気づいた。

一緒に走って、汗を流したほんの一瞬だけ、たしかに浩也は屈託を忘れられた。

けれどそんなふうになにもかも忘れて笑うというのは、とてつもなく難しいことに思える。

そう願ってくれている倉橋の気持ちを嬉しく思うのと同じくらい、そうはなれない自分に引け目を感じた。

一緒にボールを追いかけていた時には消えていた、弱くて不安ばかり抱えている十九歳の自分が、するすると体の中に戻って来るような、そんな感覚を浩也は覚えた。

倉橋が望んでいるのは、この自分ではないのだと感じながら。

と、芝生の上に放り出していた荷物から、携帯電話のバイブレーションが聞こえた。もしかしたら高取かもしれないと、浩也は急いで電話を取りだす。

けれど届いていたのは母親からのメールだった。夏休みが始まる直前に会いに行った、異父弟の可愛《かわい》い写真がついている。いつもなら嬉しく思える連絡なのに、今日は少しがっかりした。

ため息をついて鞄に電話を戻すと、見ていた倉橋がぽっつり、「そんなに、高取くんが気になるんだな」と言った。

「……俺といて、俺が努力しても、浩也にとっては高取くんが一番か」

倉橋は、さっきまでの優しい声音ではなく、どこか自嘲《じちょう》するように言う。突然の変調に、浩也は少しびっくりした。

「やっぱり強引にすればよかったんだろうな。彼みたいに……力尽くで、浩也を引きずり出していれば、お前を最初に変えたのは俺だったかもしれない」

独り言のように続ける倉橋の真意が、浩也にはよく分からなかった。メガネの奥で、倉橋はどこかいじけたような顔をしている。倉橋が、自分の九年間に自信をなくしていることは浩也にも分かったが、どう声をかければ自分の感謝と、償いたい気持ちを伝えられるのかが分からなかった。

「……た、高取くんと倉橋は全然違うし」

「そんなに違わないよ」

浩也のフォローは、簡単に覆されてしまう。倉橋はそっぽを向いて、「そう違わない」ともう一度続けた。

「単純に、タイミングだけだった。彼が知ってることを、俺も知ってる。俺でも支えられる。俺ならもっと――……俺なら、浩也を不安にさせたりしない」

きっぱりと言い、振り向いた倉橋の眼には強い光が宿っている。じっと見つめられると、とても眼を逸《そ》らせなくなり、浩也は固まった。手を握られ、顔を寄せられる。息がかかりそうなほど近く、倉橋の顔が間近に迫ってきた。

「今の浩也じゃダメだ。俺はお前から、罪悪感も不安も拭《ぬぐ》ってやりたいんだ――」

「……和ちゃん」

心臓が、どうしてか大きく跳ねた。熱っぽい眼で言われ、その真剣さについ絆《ほだ》されそうになったその時、「ちょっと、なに勝手なことしてるんですか?」と、怒気をはらんだ声がした。

「た、高取くん!?」

——なにしてるのここで。いつからいたの？　どうしてきたの？

疑問はいくつも浮かんだが、訊ねるより前に、土手から下りてきた高取に腕を摑まれ、引っ張られた。普段着姿の高取は、無理やり浩也を立たせると、自分の後ろに庇《かば》うようにする。高取の背に隠されて、浩也は困惑した。

「勝手なこともなにも……友だちの手握るくらい普通だろ？　それよりきみ、もしかして尾行してたの？　余裕ないなあ」

倉橋はしばらく呆気にとられたように高取を見ていたが、やがて小さく笑って言った。ニコニコしてはいるが、言葉には毒がある。高取は倉橋の言葉に、ぎくりとしたように一瞬言葉に詰まって見えた。

「べ、べつに、ただ通りがかっただけです」

「へえ？　それにしては、間がいいね。気になるんなら、メールの返事くらいしてあげたら？」

「だから通りがかっただけだって言ってますけど？　大体、余裕がないのはそっちでしょう。この人の罪悪感につけこんで」

「つけいる隙《すき》があるのは、高取くんにも原因があるんじゃないかな」

倉橋の言葉に、高取が眉を寄せる。

一体なんの話だろう。どんどん進んで行く会話についていけずにいると、倉橋が立ち上がり、脇にあったボールをひょいっと高取に向かって蹴った。

「浩也がきみのおかげで変わったのは認める。でも、幸せそうには見えない」

「どういう根拠で言うんですか」

ボールを足で止め、高取は険しい眼で倉橋を睨みつけた。

「分かってると思うけど？　きみと付き合っていても、浩也が不安なままだからだよ」

「く、倉橋？　なに言ってるの？」

わけが分からず、浩也は混乱した。話題にあるのは自分のことだ。そしてそれ以上に、倉橋に自分たちの関係を知られていることを、浩也はまだ高取に話していなかったことを思い出し、焦る。けれど倉橋は浩也を無視し、ただじっと高取を見据《みす》えている。高取は高取で、倉橋を睨みつけたままだ。

このままではもしや、高取が倉橋に殴りかかるのではないか――夢の内容が脳裏にフラッシュバックし、思わず倉橋に抱きついて高取から庇おうとした時、高取が浩也の腕を握る手に力をこめてきた。

「帰りましょう」

言われた言葉の意味を飲み込む前に、高取が浩也を引っ張った。高取は本気だ。本気で、倉橋を置いて帰ろうと言っている。浩也は驚き、急いで足を踏ん張った。

「高取くん、待って、か、帰らないよ、今日は倉橋と約束してるんだから……」

その時不意に、高取が浩也を振り向いた。

「俺の我慢もここらで切れますよ、償いごっこも大概にしてください！」

怒鳴られ、浩也は息を詰めた。怒りをむき出しにされて、足が竦む。

「俺が不安にさせてるって言われますけど、俺はあんたを好きだっていつも言ってるのに、これ以上どうしろって……」

言いながら、感情を抑え込むように高取が「くそ」と呟く。高取がなにかで怒っていて、焦っているのは分かった。どうにかしなければと思うが、浩也は頭を横に振った。

「と、途中で帰るなんて、できない」

震える声で言う。高取はしばらく無言だったが、やがて唾棄するように言った。

「償いがそんなに大事ですか。眼の前の相手の気持ちより」

ハッとして顔をあげるのと、手を離されるのは同時だった。倉橋は成り行きを見守るように、腕を組んで無言だ。高取は舌を打ち、怒ったように浩也に背を向けると、「帰ります」と言い置いて、大股に土手をのぼっていく。

このままではいけない、なにがどういけないかもよく分からないまま、本能がそう告げる声に従って、浩也は慌てて追いかけようとした。けれど土手にあがる前に、倉橋に腕を摑まれ引き留められた。

「倉橋、ちょっと、放して……」

「放さない」

強い声で言われ、浩也は驚いて振り向く。じっと自分を見つめてくる倉橋の顔は、それまで見たことがないほど真面目だった。手を摑んでくる力も、ひどく強い。

「そのうち別れると思ってる恋人だろう。その程度なら、追いかける意味なんてない。どうせいつか別れるなら、早いほうがいい。そうは思わないのか?」

それはいつだったか倉橋に、浩也が自分で言った言葉だった。

――どうせいつか別れる相手。

浩也は確かに高取を、そう思って見ている。けれどこうして他人から口にされると、思う以上のショックが浩也を襲う。

凍り付いていた浩也に、倉橋はすぐいつも通りの砕けた笑みを向けた。

「なんてな。せっかく来たんだからもうちょっと遊んでいこう。それとも高取くんがいないと、浩也は嫌?　俺と二人じゃ楽しくないのか?　……償い、してくれるんだろ?」

顔を覗《のぞ》き込まれ、浩也は二の句が継げなかった。ここで高取を追いかければ、倉橋との約束は反故にすることになる。負い目がある以上、それはできない――。

「た、楽しいよ」

笑顔を作り、なんとか言ったが、声が上擦ってしまった。倉橋はそれに気づいたのか気づかないのか、一拍おいてから、「よかった」と笑った。

「昼、奢るって言ったろ。駅前まで食べに戻ろう」

誘われて、おとなしくついていく。

いつもと同じように振る舞ってくれる倉橋に、けれど浩也は上の空になってしまった。高取のことが気になって、なにも考えられなかった。土手にあがって左右を確かめてみたけれど、高取はもうとっくにいなくなっていた。

駅前に戻り、レストランに入った後、トイレで高取にメールと電話を入れてみたものの、無反応だった。

(怒ってる。……謝りたいけど、なんて言えば……)

約束を反故にしたままでごめん?

優先しなくてごめん?

けれど、高取が怒っているのはもっと別のことのような気がした。

——そのうち別れると思ってる恋人だろう。

頭の隅でずっと、壊れたカセットテープのように、倉橋の言葉が繰り返されて聞こえてくる。

付き合い始めの時から、別れは覚悟してきた。もしかして今この瞬間が、別れの時なのではないか。

そう思うと、胃の奥が重たく痛み、浩也は鳴らない携帯電話を見つめて、長い間立ち尽くすしかなかった。

窓が見えた。あの窓はなんだろう？　開けようと近づきながら、浩也はどこかで不安だった。窓を開いた瞬間、ああ、また予知夢だと気がついた。予想通り、窓の向こうには高取がいた。どこかの路上。普段着姿の高取が、冷たい表情をしている。

「距離をおきましょう。そのほうがいいと思います」

突き放すような声。別れの宣告だと、浩也は思う。

ああそうか。こうして、俺と高取くんは別れるんだ——。やっぱり、高取にフラれるのか、とどこかで納得しながら、浩也は眼を覚ました。

眼を開くと、見慣れた自室の天井が、涙で歪《ゆが》んでいた。浩也は泣きながら眼を覚まし、フラフラと起き上がった。

ベッドの脇に放り出したままの携帯電話を見る。昨日、倉橋とは夕方まで一緒に過ごした。

浩也は高取のことが気がかりでずっと心ここにあらずだったが、倉橋は一応楽しんでくれたようで、また遊ぼうな、と言われ、浩也も笑って別れた。

家に帰ってきてから高取に電話を入れたが、出てはもらえなかった。今確かめても、高取からの連絡は入っていない。

(……見てしまった)

自分と高取が別れる夢を、とうとう見てしまったと、浩也は思った。いつか見るだろうと、心のどこかで思っていたのだ。それがこんなに早くくるとは、さすがに予想していなかった。

夢の中の高取は普段着だったが、年は今とそう変わらないように思えた。

ということはあの夢は、そう遠くない未来の出来事を示唆《しさ》している。

(もう頭、おかしくなりそう)

倉橋に会いたくなかったと言われる夢。

高取が倉橋を殴る夢。

距離を置こうと言われる夢。

いつどの夢が起きるのか。どれも嫌な夢ばかりだ。

落ち込みながらも、浩也は大学へ行った。

夏期休暇中だが、この期間、学内ではいくつか特別講義や学会の発表会などがある。浩也も興味のあるものに申し込んでいて、せっかく席がとれたのに出ないのはもったいないので、無理やり気持ちを持ち上げて出席した。

ただ、内容はほとんど頭に入ってこず、講義中も何度も携帯電話をチェックしてしまった。

相変わらず高取からの連絡はない。浩也は迷いながら、自分からメールをしてみた。

『おはよう。今日は良い天気みたいです。補講はあるの？　俺は大学で講義です』

何度も書き直し、書き直し、謝罪なら昨夜散々送ったのでさすがに鬱陶《うっとう》しかろうと、あえて軽い文章にし、それでもなかなか決心がつかずにためらい、結局九時半を過ぎて送信した。

これまでは、浩也のメールに対して、高取はよほどのことがないかぎり即座に返信してくれていた。けれど講義が終わっても、返事はないままだ。

浩也は購買でペットボトル飲料を買って、大学構内をフラフラと歩いた。途中で見つけたベンチに、適当に座る。すぐ隣に、誰かが乱暴に腰を下ろす音がどさっと聞こえてきた。けれど、ウツウツと考え込んでいた浩也はそれにも気づかなかった。

「青い顔ですね。ちゃんと朝メシ、食べたんですか」

ややあって、隣から不機嫌な声がする。聞き覚えのある声に、浩也はぎょっとなって顔をあげた。隣に座っていたのは高取だった。ラフな普段着で、仏頂面をしている。

「……た、高取くん、な、なんで」

高取が大学にいるなんて、予想もしていなかったので浩也は慌てた。高取のほうは、疲れたような顔だ。

「べつに。補講の前にちょっと寄ってみたんです。ずいぶん連絡くれてましたし」

自分のことを、気にかけてくれたのだろうか？　ふと思い、浩也は安堵《あんど》しそうになった。まだいつもの高取、今までと同じ高取ではないか——？

そんな期待が、ちらりと頭の隅をよぎる。

「それで、昨日は俺の夢見ましたか？」

不意に高取が浩也を振り向き、訊いてきた。高取の眼には、訊かなくても、浩也が夢見たことを知っているような確信めいた色がある。

そのことに、ついさっき芽生えかけた安堵が、簡単に散っていく。高取は、浩也が夢を見ると分かっていて、あえて電話をとらなかったのだと、そう思い知ったせいだ。

「見た、けど……」

答える声が、思わずかすれる。

「夢見たら、俺のこと優先する気になりました？」

「え……？」

「倉橋さんじゃなく、俺を優先できるかって意味です」

浩也は答えに窮した。

そもそも、友達と恋人、どちらを優先するかという考え自体、浩也にはよく分からない。倉橋には負い目があるし、なにより高取が平気で浩也に夢を見せたことに、ショックを受けていた。もちろん、悪かったのは自分だろうと思っている。

それでも、これまで毎日のように浩也の不安を取り除き、夢を見せないようにしてくれたのは高取なのだ。

（それなのに……どうして、平気で、俺に夢を見せるなんてこと……できたの？）

心を鋭い針で撃ち抜かれたようで、浩也は呆然《ぼうぜん》とした。

ずっと優しかった高取に、突然手のひらを返された。それも、友人と仲直りしようとしていることが、面白くないという理不尽な理由で。浩也からしてみれば、そんな感覚だ。ずっと信じてきたのに、あえて傷つけられたのだと思うと、高取の気持ちが分からなくなる。

「ど、どうして、そういうこと言うの？」

つい、浩也は反論していた。

高取と、別れたくない。嫌われたくない。好きでいてほしい。

けれど自分の本心を偽って倉橋とは仲良くしないとは言えないし、高取の仕打ちへの、怒りもある。

「高取くんは、俺が倉橋になにをしてきたか知ってるだろ？　謝りたいって気持ちも……友達より恋人をとれってことなら、それは違うと思うし……」

浩也の反論を、高取は鼻で嗤《わら》った。

「あっちも浩也さんを友達だと思ってるなら、こんなこと言いませんけど」

高取は独りごちるように言い、それからどっちにしても、と言葉を継いだ。

「あんたのやり方じゃ倉橋さんも嬉しくないと思いますよ。今のままじゃ、友達にすらなれてないと思うし」

「な、なんでそんなこと高取くんに分かるんだよ？　俺と倉橋は七歳からの付き合いなのに」

バカにされて、浩也は思わず言い返していた。いや、本当は自分でもまだ友達にすらなれていないという自覚があったからこそ、反応した。けれどそのとたん、高取の眼は険しくなった。

「七歳からの付き合いなんか、クソ喰らえですよ。大体、今の浩也さんじゃ幸せじゃないってなんなんですか」

それは倉橋が言ったことで、浩也が高取に言ったことではない。

「そうやって高取くんがずっと怒ってるから、倉橋は心配してくれて……」

「へーえ、俺のせいですか。それであんた、俺が怒ってる理由分かってんの？」

意地悪く言われ、実のところあまりよく分かっていない浩也は、あわあわと口を動かすだけで声が出ない。すると高取は、勝ち誇ったように笑った。

「やっぱりね。いろいろくだらないことは考えてるくせに、肝心なところは見えてないんだから。鈍いにもほどがありますよ」

辛辣《しんらつ》な言葉に、思わずムッとなる。

「た、高取くんはいつも俺のこと怒るけど……ほ、ほんとに俺が好き、なの？」

気がつくと、バカげたことを訊いていた。言った瞬間後悔したけれど、もう出したものは取り返せない。

「く、倉橋のほうがよっぽど、や、優しいよ。き、昨日だって、倉橋は俺のためにいろいろ、考えてくれてたのに、高取くんが急に怒り出したから……高取くんは、俺が自分の気に入らないことしたら、や、優しくしてくれないってこと」

高取がどういう顔をして浩也の言葉を聞いているのか、顔をあげて確かめるのが怖い。付き合い始めて、こんなに高取に不満を言ったのは今日が初めてだった。それはケンカをする必要がないほど、高取が浩也に優しかったからだ。けれど倉橋が現れてから、高取の優しさはだんだんなりを潜めて、今はあまり感じられない。

――この前、家に来てくれたのにどうしてなにもしてくれなかったの。

――俺のメールや電話に、どうして出てくれなかったの。

――どうして、俺の気持ちを一番そばで応援してくれないの。

溜《た》め込んでいた小さな、けれど浩也にとっては大きな不安が、胸の奥に膨《ふく》れあがってくる。

やがて高取が、「言わなきゃ分からないんですか」といつもの、淡々とした口調で言った。

浩也は突き放されたように感じた。ごめん、浩也さん。不安にさせて。言えないでいる自分の気持ちすべてを察して、高取がそう言ってくれることを、どこかであてにしていた。

「俺がどういう人間か、浩也さんだって分かってるでしょう。俺だって、あんたがどういう人か分かってる。分かってて、嫉妬《しっと》だってするし、腹も立ててる。こっちの気持ちだって、自分と変わらないとは思わないんですか」

（自分と変わらないって……高取くんと俺じゃ、全然違うだろ）

そもそも高取の分かっている浩也とは、どうせ面倒な人、という認識だろう。以前そう言われたことを、忘れたわけではない。いじけた気持ちで胃の奥がキリキリと痛み、うつむいた時、携帯電話が鳴った。見ると、倉橋からメールが届いていた。

『今日の午後、浩也バイト夜からだったよな？　昼メシ一緒にしない？』

誘いのメールに、浩也は迷った。今は午前十一時半。昼食となると、あまり長く高取と話してはいられない。

「……高取くん、補講って、何時から？」

訊ねると、高取が眼をすがめた。

「なに。倉橋さんから、昼食でも誘われた？」

どうして分かるのだろう。眼を丸くして高取を見つめると、高取は舌打ちした。不機嫌そうに頭を掻《か》き、「くそったれ……タイミング良すぎんだよ、あのメガネ」と口汚く言う。

（メ、メガネって倉橋のこと……!?）

たしかにメガネをかけてはいるが。高取がここまで人を罵《ののし》るのを初めて聞いたのと、そもそも浩也の語彙《ごい》には人を罵る言葉が乏しいので驚きつつも、反感も感じた。

「メ、メガネなんて、人のこと言ったらいけないよ」

震える声で叱ったが、高取は「はいはい」とわざと小馬鹿にする態度だった。と、高取が膝に頬杖をつき、じとっと見つめてくる。

「浩也さんさあ、俺が『三時からです。だから、俺とご飯食べましょう』って言ったら、そっち断ってくれんの？」

予想外の返事だった。高取は今日、夕方からシフトに入っている。だから補講は四時までには終わっているはずで、すなわち、遅くとも午後には始まるだろうから浩也と昼食をとっている余裕はないはずだった。それを見越して、訊ねていた。答えに迷っていると、高取は「だめだ、こりゃ」と言って立ち上がった。

「……そんなだから、あんたが幸せじゃないって言われて――俺はなにも言えなくなるんです」

独り言のように呟いたあと、高取が浩也を振り返る。

「しばらく距離を置きましょう。そのほうがいいと思います」

突然、頭を重たいもので叩かれたような衝撃を、浩也は受けた。

夢で言われたのと同じ言葉だった。

近い未来のことだと思いながら、今この瞬間言われるとは、まるで思っていなかった。まさか、と思う。耳を疑う。胃の奥が痛み、頭がくらくらする。全身が冷たくなり、足が震えた。

どうして？

そう言いたいのに言えない。喉《のど》の奥で言葉が蒸発していく。金縛りにあったように、動くこともできない。

「あんたは気が済むまで償ってください。向こうがそれを望んでるかは知りませんけど」

頭が冷えたら、とか、また話しましょうとかと、高取が言っている。

けれど浩也には、なんだかよく分からず、高取の言葉が耳に入ってこない。

（俺とはもう、別れるってこと？）

その一言が喉まで出かかって、けれど、出せなかった。高取の横顔が、夢で見たのと同じようにあまりに冷たかったからだ。

もしも訊いて、別れると言われたら、この場に倒れて死んでしまう。そんな気がした。足元から世界が崩れ去り、一人闇の中に放り出されたような孤独感に、浩也は襲われる。

いつか別れの日が来るとは思っていた。それでもまさか、今がその時だなんて――。

手の中から携帯電話が滑り、地面に落ちる。

その音でハッと我に返った時には、もう高取はいなくなっていた。

七

「ねーちょっと、相原《あいはら》くん。もしかして祐介《ゆうすけ》とケンカでもした？」

その日の仕事中、浩也《ひろや》は梶井《かじい》から訊《き》かれて、応えに詰まった。梶井は眉《まゆ》を寄せて、ホールの奥で仕事をしている高取《たかとり》を指さしている。

「暇さえあれば相原くんのこと構うのに、今日は全然じゃない。なんかあった？」

なんかあった、と言えば、おおありなのだが、浩也はそれを説明するわけにもいかず、いえ、なにも……と言うしかなかった。

高取と別れて――別れたのだろう、と思う。具体的にそういう話はしていないが、無視されているのだから――四日が経っていた。高取は職場では普段通りだった。仕事のことでは浩也にも話しかけるし、きちんとフォローもしてくれている。けれどそれは本当に必要最低限だ。用がなければ近づかれず、当然、メールも電話もなく、終わった後いつもの場所で待っていてくれることもなくなった。浩也は仕事以外の会話を、高取とはもうずっとしていない。

「ねえねえ、二人も参加しない？　来年のバレンタイン・オッズ」

木島《きじま》が、のんびりした笑みを浮かべ、浩也と梶井に声をかけてきた。手にはA4の紙を一枚持っている。覗《のぞ》き込むと、「高取」と「倉橋《くらはし》」の名前があり、「来年のバレンタイン、チョコを多くもらうのはどちら？　※従業員からの賄賂《わいろ》含」と書かれていた。

「なによ、このくだらない賭《か》け。大体なんで真夏にバレンタイン？」

「ほらぁ、今年、高取くん一人勝ちだったじゃない？　お客さんからいっぱいチョコレートもらってー。でも来年は倉橋くんも相当善戦すると思ってね。思いたったが吉日的な？」

「まあ確かに……増えてるわよねー、倉橋くんファン」

梶井がちらりとホールへ眼をやる。視線の先には倉橋がいて、女性客に椅子《いす》をひいてあげている。そつのない紳士的な態度に、椅子をひかれた女性も、同伴している女性も頬《ほお》を染めているのが分かる。

「ねえ、相原くんの名前も書いたら？　なにげにファン多いんだし。あんみつのおばあちゃんとか、クリームしらたまのおばあちゃんとか、あとティラミスのおばあちゃんとか」

不意に梶井が言い出し、木島も乗り気になる。

「そうそう、そういえば。おばあちゃん中心に、相原くんもダークホース」

二人は完全に面白がって、浩也の名前も紙に書き足した。

「でも祐介、来年の二月もここで働いてるかな？　あいつのことだから、大学受かったらさくっと時給高いところに変えそう。高校卒業する時って、なんとなく全部一新したくなるし」

梶井の言葉に、木島が「それもそうね」と頷《うなず》いている。

「私は断然、高三の夏休みに全部止めちゃいたくなったけどね。彼氏とも別れちゃったもん」

「ああ、受験の天王山プレッシャー。分かる、それまで熱があがってても、急に現実見て冷めちゃうんだよね。まあ大学入ってまで高校時代の彼氏と続いてる子のほうが稀《まれ》だったよ」

バレンタイン・オッズの話もどこへやら、二人の会話はそれぞれの思い出話に移行している。その内容に、浩也はドキッとした。まるで今の自分と高取のことを、言われているようだ。

もしかしたら高取も、梶井の言うように、「現実を見て冷めた」状態なのだろうか？

付き合うまではよかったが、付き合ってみると浩也は面倒くさく――実際、面倒くさいと言われたし、自分でも多少自覚している――熱が冷めたのかもしれない。

考えていると、胃がしくしくと痛み、息苦しくなってくる。

「三番のオーダーまだですか？　かなり前に通したはずなんですけど」

その時、ホールの奥からカウンターに戻ってきた倉橋が、キッチンへ声をかけにきた。振り向くと、眼が合う。倉橋は手をちょいちょいと動かして、浩也を手招いた。

「浩也さ、今日もメシ行けるか？」

訊かれて、浩也は一瞬迷ったが、結局「いいよ」と返した。本当は先日出た講義のレポート提出が明日で、バイトをあがったらすぐに取りかかりたかったが、負い目がある分、断りづらい。誘ってくれるだけでもありがたいと思ってしまう。

「お前、昨日も全然食べてなかったからな。今日は美味《うま》い店見つけといたから連れてくよ」

浩也の頭をぽんと叩《たた》き、倉橋は厨房《ちゅうぼう》から出された料理をとってホールへ行く。

「なあに～、今日も倉橋くんと約束？　いつの間にそんな仲良くなったの？　ていうより、もともと仲良かったんなら言ってよね～」

見ていた木島に言われ、浩也は誤魔化すように笑った。

河川敷で仲直りをしてから、倉橋は以前のように浩也を頻繁《ひんぱん》に構ってくれるようになった。それこそ、バイトに入ってきた当初とは正反対の態度だ。おかげで周りからは「なんだ、実は仲良かったの？」と驚かれている。

オーダーのベルが鳴ったので、浩也も続いてホールへ出た。

視界の端に倉橋と高取の姿が一緒に映る。この二人の仲はというと、特に進展していなかったが、二人とも仕事に関しては協力している。ただ雑談は一切しない。もっとも、高取はもともと雑談が少なく、倉橋は暇さえあれば人に囲まれているので、それをおかしく思う者はいないようだ。むしろ、二人の息はぴったりだという意見さえある。

「倉橋さん、八番オーダー、こっちで運んでおくんで、案内行ってもらっていいですか」

浩也の耳に、高取が倉橋に声をかけるのが聞こえてくる。

「あ、悪い。助かる。それと三番テーブルだけど」

「やっときます。案内する席ですが」

「五番でいいかな、待ってるの一人客だし」

あうんの呼吸もここまでかというほど、確かに二人の息はぴったりだった。みなまで聞かず、相手の考えが分かるらしい。

いつだったか、高取は席案内をパズルに譬《たと》えていた。効率よく仕事をすることが面白いのだと。たぶん、倉橋も同じなのだろう。

倉橋の返答に、高取が目元を緩めるのが見える。自分の望む答えが返ってきて、満足している顔。二人で数人分の仕事を回している充足感があるからか、同じホールにいる時の高取と倉橋は互いに頼りあうことが多く、仲が良いようにさえ見える。

一方で、自分と倉橋は、本当に仲良くなれたかというと疑わしいと、浩也は感じていた。

倉橋は相変わらず優しい。けれど会っても、話すことといったら昔話ばかりで、最近はそのネタも尽きてきた。『オーリオ』での話題となると、どうしても高取が絡んできてしまうので、つい避けてしまう。倉橋にはまだ、高取と別れたことを言っていない。口に出したら別れが確定してしまいそうで、言うのが怖かった。

そのため、倉橋が「さっき店でさ……」などと話を切り出してきても、浩也は「あっ、そういえば昔！」と言って、不自然に話題を変えていた。二人の共通の話題など、過去のこと以外だと店の話しかない。店の話を浩也が避けるとなると、自然、昔話しかできなくなる。

倉橋はそのことをどう思っているのか、一度だけ、

「どうして浩也は昔の話しか……」

と、言いかけたが、すぐにニッコリして、「いやなんでもないよ」と流してくれた。

(倉橋はたぶん、俺が高取くんのこと話したくないって分かって……合わせてくれてるんだ)

昔からそういう男だった。分かっていて、浩也のペースに合わせてくれる。それが高取との決定的な差かもしれない。

その優しさはありがたいのに、浩也は最近ずっと胃の調子が悪く、ほとんど食べられないでいる。倉橋と食事にいっても、一皿たいらげることさえできず、心配をかけていた。そして倉橋は心配しながらも、どうして食べられないのとは訊いてこない。

(気を遣ってくれてるんだろうなあ……)

鈍い浩也にも、さすがにそれくらいは分かる。

——今のままじゃ、友達にすらなれてない。

互いに気を遣って、本音が言えていない。

高取の言葉が、耳の奥に返ってきて、浩也の胃はまた痛んだ。

ではどうすれば、友達だというのだろう。十二年も人付き合いをサボってきた浩也には、それが分からなかった。

「来月のシフト、みんな休みの希望今日までに出してくれなー」

客の少ない時間になり、キッチンのほうから出てきた杉並《すぎなみ》が、バイトのメンバーに声をかけた。浩也はちらっと高取を見た。いつもなら、高取がいつシフトに入っているのかを聞いて、合わせるように調整していたが、今回は訊ける雰囲気ではない。

（そもそも別れたんだよなー……）

たぶん、きっと、別れたのだから同じシフトに入る必要もないのだ。落ち込んでいると、

「浩也、いつシフト入れる？　俺、合わせようかな」

と横から声がした。訊いてきたのは倉橋だ。浩也は眼をぱちくりとしばたたいた。

「もう二週間経つから、俺、コーチャーからはずれるよ？　べつべつに入っても、倉橋なら大丈夫だと思うけど……」

「あれ、合わせられるの、嫌？」

そういうわけではないが、なぜそこまでしてくれるのか分からず、浩也は混乱した。と、少し離れた場所から、ガシャン、と大きな音がした。見ると、高取がドリンクバー用のグラスケースを乱暴にカウンターに置いたところだった。

「うるさいよ、祐介」

「……すみません」

梶井に注意された高取が、仏頂面で謝っている。

「杉並さん」

その時、高取が社員の杉並に声をかけた。

「全体的にアメニティの在庫が足りてないので、至急、裏の確認お願いします。相原さんが早いと思うので、お願いしたいんですけど」

「お？　おお、そうだな」

訊かれた杉並が頷き、浩也は裏へ行く。間際に、高取が「倉橋さんは、油売らずにホール入ってください」と言っているのが聞こえた。

「高取くん、地味に妨害するねえ」

倉橋が苦笑気味に高取に言っていたが、それがなんのことかは分からない。

『オーリオ』ではおしぼりやマドラー、ストローや紙ナプキンなどの使い捨てのサービス品をアメニティと呼んでいる。一日に大量消費するそれらを、浩也は在庫表とにらめっこしながら取りそろえ、ホールへ出てすべて補充した。接客でも最近は頼られるようになってきたが、もともと、浩也はこういう裏仕事が他の従業員より早く、丁寧でミスがない。

と、一度カウンターに戻ると、ちょうどオーダーを通しに来た高取とかち合った。

「……た、高取、くん」

一瞬迷ったが、仕事のことなのだから、と勇気を出して声をかける。

「ア……ッ、メニティの補充しておいたよ」

言ったあとで、アッメニティってなんだ、と自分でも思い、頬が火照《ほて》った。

「どうも」

緊張で、声が震えている浩也とは違って、高取は実に淡々としている。もう、まったく関心を持たれていないのだと思い、しゅんとなった。けれどすれ違う時、高取がふと足を止めた。

「俺がいなきゃ倉橋さんとシフト合わせるんですか？　優しくされたら、誰でもいいんですね」

言われた言葉の意味が分からず、固まる。

「俺と距離置いてから、毎日あっちとメシ食ってるみたいだし、お気楽でよかったです」

それだけ言うと、高取は背を向けてホールへと戻っていく。

「ちょ、ちょっと待って」

浩也は思わず、追いかけていた。今のはどういう話だろう。

（俺が、倉橋に気移りしてるって、そういうこと？）

それは誤解もいいところだ。さすがに黙っていられない。

「ご、ご飯食べてるのは、誘われてるからで……シ、シフトも俺から言ったわけじゃ」

袖《そで》を摑《つか》み、高取を引き留めて弁解する。

「断ってないのは浩也さんでしょ。俺に対してひどいことしてるのは同じです」

低い声で、ぼそっと高取が言う。冷たい声に、胃がしくしくと痛みだし、浩也は腹のあたりをぎゅっと押さえた。言い返す言葉が見つからなくて、高取の袖を放す。高取は浩也のことなど忘れたように、ホールに出て行ってしまった。

「大丈夫か？　浩也」

後ろから、心配そうに倉橋が訊いてくれた。浩也は慌てて笑顔を作り「な、なにが？　大丈夫」と虚勢を張った。まだなにか言いたげにしている倉橋に、わざと気づかないふりをして、仕事に戻る。けれどその間にも、胃の痛みはキリキリと引き絞られるようなものに変わった。あまりに痛くて、額にじわっと脂汗が浮かんでくる。

（痛……）

痛みに耐えながらカウンター裏の掃除をしていると、だんだん理不尽な気持ちになってくる。

（だって……じゃあ、どうしろって？　九年、誘いを断ってきたのは俺で、償うには、できるだけ倉橋の言うことをきくくらいしか、俺にはないし……）

他に方法があるのかと考えても分からない。彼氏のほうが大事だから、誘われても無理だと断ればよかったのか？　そんなことが、できるはずもない。

高取になじられたショックと、ひどい言葉への悔しさで、目尻《めじり》に涙が浮かんできた。浩也はそれを慌てて、手の甲でごしごしとこする。

このところ寝不足なせいもあり、眼が乾いて痛い。それに胃痛もどんどん悪くなっていき、痛みのせいで頭もぼんやりしてきた。

それでも、あがり時間まであと残り十分のところまでは耐え、客にも笑顔で接することができた。緊張の糸が切れたのは、給仕を終え、一旦客の波がひいた時だった。足元が覚束なくなったきりもみされるような胃の痛みに、息が詰まり、酸欠状態になった。貧血を起こした時のように指がので、浩也はこれはまずいと思って、裏に引っ込もうとした。貧血を起こした時のように指が震え、体の感覚が一瞬遠のく。誰にも知られないように壁に手をついた時、視界が回った。

——あ、倒れるかもしれない。

体を支えていた糸がパツン、と切れたように感じた時、強引に誰かの腕が浩也の体をさらって、控え室に引っ張られた。後ろで、扉がバン！　と大きな音をたてて閉まる。ふわふわした意識の中で、どこかに横たえられるのを感じた。誰かが髪を撫《な》でてくれている。

——マジかよ。なんであんた、こんな、面倒くさいんですか……。

弱ったような声がしたと思い、眼を開けると、すぐに高取の顔が見えた。浩也が起きたことを確認すると、高取がムッと眉を寄せた。

気がつくと、浩也は控え室にあるベンチに寝ている状態だった。ハッとして身を起こす。壁の時計はこのたった数秒のうちに十分進んでいた。

「……たか、とり、くん」

一度倒れたせいか、少し体が楽になっている。高取が助けてくれたのだろうか？　なけなしの期待が胸に浮かび、高取を見たが、高取はなにも言おうとはしなかった。ただ眉をつりあげ、なぜか、コーラの入ったグラスと、レジカウンターで配っている飴《あめ》をいくつか押しつけてくる。浩也はぽかんとした。飲め、食べろということだろうか？　高取がなにも言ってくれないので、分からない。

やがて扉から、「浩也？　なんかあったのか？」と倉橋が顔を出した。ホールの奥で仕事をしていた倉橋は、浩也が倒れたことに気がついてなかったのだろう。

「倉橋……」

「低血糖ですよ」

高取が言い、倉橋が驚いたように浩也のベンチのそばにしゃがんだ。そこで浩也はようやく、自分が低血糖で倒れたのだと知った。コーラと飴は、糖を吸収しろということらしい。

「浩也さん、食事摂れてないでしょう。きちんと食えって言ったのに……」

高取が言うと、倉橋がムッと眉を寄せた。

「ちょっと待て。浩也がちゃんと食事摂れてないのは、きみのせいだろう」

倉橋が立ち上がり、高取に向き直る。

「きみが浩也を追い詰めてるから、様子がおかしいんだ。分かってるんだろ？」

「く、倉橋……」

浩也は倉橋の言葉にぎょっとして、腰を浮かした。自分と高取が別れたことを、倉橋は感づいていたのか、と思う。高取は心外そうに顔をしかめ、「俺はよかれと思って、距離を置いただけですよ」と突っぱねた。

「恋愛はバイトのコーチングじゃないんだぞ。この前の女の子のレジミスの時だってそうだったが、きみは人を試すところがある」

怒っている倉橋を、高取も睨《にら》みつける。

「どういう意味ですか」

「あの時も伝票の書き換え忘れに気づいていながら、注意しかしなかったんだろう。そうやってわざと失敗させて、彼女に気づかせようと思ったんだろう？　浩也にも同じようにしているんだろうけど……」

厳しい口調で言う倉橋に、突然高取が舌打ちし「んな余裕あるわけねーだろっ？」と、乱暴に言い放った。

「バイトと色恋が違うのなんか、分かってるよ。そんな簡単にいくならこんな面倒なことしてない。ちょっとは眼が覚めるかなと思ってたら、予想以上に、この人が自分に無頓着で、アホで、不器用なんです！」

高取が年上に敬語を忘れるのは珍しい。

（むとんちゃくで、あほで、ぶきよう……）

ひどい言われようだ。ショックを受けている間にも話が進み、高取の言葉に、倉橋が腹を立てている。

「好きな子に対してその暴言はないだろ？　だから言ってるんだ、きみじゃ浩也を変えられない。昔の浩也にはできないって……」

言われたとたん、高取の顔からかろうじて残っていた余裕が消えていくのが、傍目《はため》にも分かった。

「過去に戻すなんてこと、本当にできると思ってます!?　この人が眼の前のことですぐいっぱいになるの、分かってるでしょうっ？　いちいち目くじらたてるのも可哀相だから、離れただけで」

高取が悔しそうに言う。

「それに、そっちこそ毎日のように食事に誘って、この人を追い詰めてるんですよ。明日、レポートあるんですよ、浩也さんは」

高取が言うと、倉橋が黙った。浩也はぎくりとして倉橋を見上げたが、座った位置からは表情までは見えなかった。高取が、呆《あき》れたようにため息をついた。

「あんたの誘いを、この人が断れないって知ってるでしょう。倒れてるのはそういう理由もあるんです。この人の要領の悪さ、あんたが思ってる以上ですよ」

もう戻ります、と言って、高取が背を向けた。部屋を出る間際に、「糖分とってください！」

と浩也に一喝していく。浩也は慌てて、持っていたコーラを飲んだ。するとほんの少しだが、体が癒《いや》されるような、そんな気がする。

「……レポートって本当か？」

高取が出て行ったところで倉橋に訊かれ、浩也は我に返った。本当のことなので、気まずかったが「うん」と頷くしかない。高取が知っていたのは、ずいぶん前にちらっと話したからだろう。提出日時まで覚えていたのは驚きだが、もともと記憶力がいいほうなので、頭の片隅にあったのかもしれない。

「あ、でも、ご飯の後に徹夜すればいいかなって！」

明るい声であえて話をまぜっかえした浩也に、けれど倉橋は、

「——無理してくれてるのは、俺といたいからか？　それとも、俺に対する罪悪感から？」

と、訊いてきた。

罪悪感。

その言葉が、ずしっと重く、腹に響いてくる。咄嗟《とっさ》に言葉が出て来なかった浩也を、倉橋が振り返った。静かな、穏やかな顔の中に苦いものが走っている。

「訊くまでもないことなのに……バカなこと訊いたな」

やがて小さな声で言い、倉橋はため息をつくと、自嘲《じちょう》するように笑った。

「もう、やめようか。分かってたのに、誘い続けて悪かった。まさかそこまで浩也を追い詰め

てるつもりはなかったんだ。そのうち俺といるのが楽しくなる、そう思ってたけど……今の浩也は、俺といても、楽しくないんだろ？」

否定しようとしたけれど、その瞬間、図星を突かれたように心臓が鼓動し、どっと背中に汗がにじんだ。ああ、と思った。

楽しくない。倉橋といても、楽しくなかった。本当はそれを、自分が一番分かっていた。

七歳の頃、一人教室に閉じこもっていた昼休み。誘ってくれたのを断った浩也は、倉橋が、グラウンドでクラスメイトと駆け回っている姿を盗み見ていた。

十六歳の頃、廊下の先で大勢に囲まれて楽しそうにしている倉橋が、振り向いて手を振ってくれる。あの輪の中に混じったらどんなだろうと想像していた。

あの時、あの九年間、密《ひそ》やかに希求し続けていた楽しさは、今の浩也と倉橋の間にはなかった。河川敷で一緒にボールを追った一瞬だけ戻ってきた、屈託のない喜びは、けれどいつもほんの数瞬で失われていく。

父を喪い、長い長い自己嫌悪に囚われた十二年は、どうしても消せない。そして倉橋を無視した九年の罪悪感も、やはり消すことはできない。

それは浩也の心に、深く根を下ろして今の浩也自身を形成している。すべて忘れてなかったことにするなど、ありえない話だ。だからこそ浩也は、倉橋に嫌われないかとびくびくし続け、償いたくて誘いに応じ、けれど高取が気になって、いつも上の空だ。

「眼の前のことでいっぱいの人、かあ……確かにな。高取くんには、まいるな……」

ぽつん、と倉橋が呟《つぶや》き、それから近くにあったパイプ椅子を引き寄せて座る。

「子どもの頃……俺はお前が変わったのは、相当なことがあったんだろうなと思ってた」

不意に倉橋が言い、浩也は顔をあげる。

「みんなはただ、親父さんが亡くなって、それでお前がヘンになったと思ってたけど、俺は違うんじゃないかって……ずっと引っかかってた。なんていうか、浩也は人一倍、周りに気を遣うヤツだったし」

「そんなこと」

喘《あえ》ぐような声が出る。けれど倉橋は、「いや、そうだったよ」と断言した。

「子どもの頃、何度かお前の家に遊びに行ったけど、ご両親がいたことは一度もなかった。参観日に親御さんが来てなくて、どうしてだって訊いたらお前、『お母さんが忙しそうだったから、プリント渡してない』って。……七夕の時、学校で、短冊に願い事書かされたろ？　あの時だって、お前は、『お父さんお母さんのお仕事が上手くいきますように』って、書いてた」

倉橋は眉を寄せ、まるで自分の体のどこかが痛んだかのように、辛《つら》そうな顔をした。本人でさえ忘れていたことを、こうまではっきりと覚えている倉橋に、浩也は驚いた。

「仕事が上手くいったら、休みがとれる。休みがとれたら、一緒にいられるからって。なんで素直に『一緒にいたい』って書かないんだろう。俺はそう思って……ああ、こいつ、淋しいって言って、相手を困らせるのが嫌なのかって、気づいた。お前は、そういう子だった」

言葉を切り、倉橋は深く息を吐き出した。

――そうだった。自分はそういう子どもだったことを、不意に浩也は、思い出す。今と違ってごく普通の子どもだったけれど、淋しいと言えなかった。そもそもそれが、予知夢を見るようになった原因だった。

「浩也、予知夢を見るって言ってたろ。あの頃」

倉橋の言葉に、浩也は硬直し、二の句が継げなくなる。

背に冷たい汗がじんわり、滲《にじ》んだ。どうして、倉橋が知っているのか？

「なん、なんの、話……」

声を発して初めて、口の中がカラカラに乾いていることに気がつく。

「……やっぱり、俺の記憶違いじゃないんだな。お前、予知夢が見れるんだ。そうだろ？」

メガネの奥で、倉橋の眼光が一瞬、鋭くなる。なにもかも見透かしているような眼差しだった。浩也は否定できなくなり、そのまま固まっていた。

「ずっと思ってたんだ。お前がおかしくなった理由。最初は親父さんが亡くなったせいかと思ってた。でもそれだけじゃないんじゃないかって……それで、思い出した。まだ親父さんが亡くなる前、お前、言ってたことがあるんだよ。夢に見たことが本当になるって――」

頭の中に、古い記憶が返ってくる。予知夢に恐れを抱く前は、友達にも、ただの面白い話として聞かせていたが、誰も信じず、浩也のそれは作り話だと一笑されていた。

「でも俺はお前が、妙な作り話をするとは思えなかった。予知夢の話が本当のことだったら……親父さんが亡くなる夢を見てしまったのが、お前の変わった原因だったら……全部合点がいく。ある日、そう気づいた」

浩也は衝撃を受け、言葉をなくした。気持ちが、一気に過去へ引き戻されていく。いつ倉橋が気づいたのかは知らないが、浩也が必死になって隠していたことは、とっくに感づかれていたのだ。

(だから、イギリスに行く前、あんなふうに言ってくれたの?)

――俺は待ってるから。浩也が本当のこと、話してくれるの。浩也が苦しんでること、俺だけは知ってるよ。

倉橋のあの言葉は、確信から出たものだったのだと、今になって知る。

「直接訊いたほうがいいか迷いながら、でももし本当なら、話しづらいだろうと思って……ずっと、いつか言ってくれると思って待ってた。お前は、話してくれなかったけどな」

「……っ、ごめん」

他になにを言えばいいのか分からず、結局出たのは謝罪だった。

「ゆ、夢のこと、り、理解してもらえると思えなかったから、言えなかった……」

やっぱりそうなのか、と倉橋は一呼吸置く。それから、少しだけ厳しい声音になった。

「……浩也は、自分が傷ついたことで頭がいっぱいになって、周りがなにをしてくれたか、なにを考えてるかまでは見えなくなる。そういうところが、あると思う」

その傷が大きすぎたとはいえ、とフォローしてくれながらも、倉橋の言葉は身に覚えがある分、耳に痛かった。黙り込むと、倉橋はどこか淋しそうな眼でうつむいた。

「俺は、こういう形では、会いたくはなかったよ」

呟くように言われ、浩也は眼を見開いた。一拍おいて、心臓が鋭い針で貫かれたように痛んだ。倉橋が立ち上がり、困ったように微笑《ほほえ》みながら浩也の頭をぽん、と叩く。

「今日の食事はナシな。とりあえず、体治して、レポートあげてこい」

いつもの優しい声。けれど浩也は、倉橋を見あげることができなかった。恥ずかしさと情けなさで、顔が真っ赤になっている。手は震え、鼻の奥はツンと酸っぱい。

倉橋が離れていく気配があり、やがて、扉が閉まる音がした。

——言われてしまった。

夢の中で聞いた一言。「会いたくなかった」という言葉。

言われまい、言われまいと努力して、その努力の果てに空回りして言われた。

結局自分はまた倉橋を傷つけ、高取まで怒らせてしまったのだ。

情けない、みじめな気持ちだった。夢は自分ではどうにもできない。その無力感に、一気に襲われる。

一人取り残された浩也は、手の中のコーラを見つめた。炭酸の気泡が、底からあがってきては弾け、コーラは甘い匂いを放っていた。

もうあがりの時間だったので、フラフラしながら着替え、浩也は『オーリオ』を出た。高取と倉橋はあと一時間勤務が残っている。二人と顔を合わさなくてすむのが、せめてもの救いだった。

（俺は結局、友達と恋人……どっちも、なくしたのかな……）

ぼんやりしながら歩いていると、眼尻に涙が浮かんできて、慌てて拭《ぬぐ》った。店の階段を、滑らないようにちゃんと降りなければと思う。落ち込んでいるとそういう基本的なことがおろそかになるのだ。以前にそのことを高取に話したら、

「いやいやいや、ちゃんと降りなきゃって思わないと降りられないってどんだけですか」

と笑われたものだ。けれどその後高取は、まるで可愛《かわい》がるように浩也の頭を撫でてくれた。

その思い出は長い間浩也を慰め、温かな気持ちにさせてくれたが、今は辛く苦しかった。けれど降りたところで、浩也は足を止めた。店の下、駐車場に高取が立ち、仏頂面で浩也を見ていたのだ。

（高取くん）

緊張で、ざっと鳥肌がたった。高取の手には箒《ほうき》が握られているので、どうやら掃除で下に降りてきたようだ。仕事のできる高取は、客をさばくことを頼られていて、普段こうした雑用はしていないので珍しい。

ついさっき、上でいろいろと悪態をつかれたばかりだ。たぶんもう嫌われているのだろう。そう思うといたたまれなく、浩也はぺこりと頭を下げて行こうとした。けれど高取は近づいてくると、無言で浩也に、小さなレジ袋を差し出した。

「な、に……?」

訊いても答えてくれないのでおずおずと受け取り、中を見ると、胃薬と、コンビニエンスストアで買える一口サイズの黒糖菓子が入っていた。どうしてこんなものをくれるのか。高取の真意が分からずに、浩也は戸惑った。

「低血糖には黒糖がいいですから、食べられないならたまにこれ舐《な》めてください。あと、胃痛は放っておいたらダメですよ」

仏頂面のまま、淡々と高取が言う。

「あんた、俺の夢って見てるんですか?」

顔をあげた浩也に、高取が訊いてきた。浩也は小さく、頷いた。

この四日間、浩也は高取の夢を見続けている。けれどそのことは、もうさほど気になっていなかった。ケガなどの怖い夢ではなく、ごくささやかな内容のせいもあるが、それ以上に現実の高取と話せず、もう嫌われたのだろうと思うことが辛すぎて、夢のことなど頭になかった。

「……俺はきついけど、それ知ってて付き合ってるのは浩也さんでしょ。あと、俺が嫉妬《しっと》深くて独占欲強くて、いくら友達だって言われてもイライラする性格なのも」

「……うん」

高取に言われていることを、浩也は分かっているつもりだった。分からないのは、それをなぜ別れた今になって言われているのかということだ。うつむいたままの浩也に呆れたのか、高取はしばらくしてため息をつく。

「まあもう、難しい話はいいや。家に帰って休んでください。夢くらい見ていいから、それはあんたのせいじゃないんだから、それより一人で、きちんと頭の整理して」

「……うん」

素直に頷く。そうだ、もっとちゃんと、考えなきゃ、と思う。俺は心が狭いんですから、と高取が言っている。それが遠くに聞こえる。

「浩也さんのこと、全部は受け止めきれない」

そういう時も、あるんですから。

つけ足された声はあまり聞こえなかった。もう帰るように促され、浩也はぼうっと帰路についた。歩きながら、ふと今聞いた高取の言葉が脳裏に蘇《よみがえ》ってくる。

――浩也さんのこと、受け止めきれない。

一度立ち止まると、足が地面に張り付いたようになって、動かせない。

別れよう。そう言われたのだ。頭の隅で、誰かが言う。そんなはずがない、まだきちんとそう言われていない。もう一人の浩也が否定したけれど、「いや、そうだ。別れるって言われたんだ」ハッキリと、そう思う。

熱く、痛い固まりが喉《のど》の奥から迫《せ》り上がってきた。

(やっぱり俺、フラれた……フラれてたんだ)

ぽろっと、涙が頬を伝う。ぎゅっと眼をつむると、後から後から、とめどなくこぼれてきた。

いつかきっと別れることになる。それは覚悟している。

ずっとそう思ってきた。けれどそんなことは嘘だったと、いざ別れてみて初めて、気づかされた。覚悟などまるでできていなかった。

常夜灯の光が涙ににじみ、青い夏の夜の中で幽霊のようだった。

泣きながら、どうやって家に帰ったか覚えていない。

部屋に着くと、レポートのことなどもう頭の隅にもなかった。ベッドへ突っ伏し、浩也はぐすぐすと子どものように泣いた。

(なにしてるんだろう、俺……)

自分の愚かさを、痛いほど思い知った。

夢で言われたことを気にして、言われまいと夢に振り回されて、結局眼の前の倉橋や高取の気持ちを踏みにじっていた。

（……倉橋を殴る夢も、全部、きちんと高取くんに相談してれば……でもそんなこと、今考えたってもう遅い――）

――自分が傷ついたことでいっぱいになって、周りがなにをしてくれたか、なにを考えてるかまでは、見えなくなる。

倉橋に言われた言葉が、重く胸に突き刺さる。自分の愚かさを悔いても、もう起きたことは変えられない。

これからどうしていくか考えねばと思う。

思いながら、浩也は明け方まで泣き続けていた。

八

その日、浩也《ひろや》は眼を真っ赤に腫《は》らして職場に行くハメになった。

いつもなら真っ先に浩也に話しかけてくる中川《なかがわ》や木島《きじま》でさえ、浩也の顔を見てかける言葉を失ったようだ。それでいて、いつもより早めに休憩に入るよう言われたり、ホールに出なくてすむよう、ドリンク作りやパフェ作りの仕事ばかり回されたりと、気遣われている空気だけは伝わってきて、いたたまれなかった。

かといって、高取《たかとり》にフラれ、倉橋《くらはし》を傷つけて泣き明かしました、などと言えるわけもなく、浩也は与えられる仕事を一つ一つこなしていった。

せめて、仕事だけはきちんとしよう。

そう思った。このうえまた凡ミスを繰り返せば、それこそ二人に呆れられる。

高取と倉橋はというと、今日もシフトに入っており、二人ともいつもどおりきちんと仕事をしていた。

「相原《あいはら》ー、悪い。手が空いたら棚出し、やっといてくれ」

夕方、キッチンから出てきた杉並《すぎなみ》に声をかけられる。浩也がおとなしく「はい」と言うと、ちょうどオーダーから戻ってきた中川が腹を立てた。

「杉並さん、空気読んでよ。棚出しみたいな力仕事、相原くんにさせないで。あれ、男でも相当しんどいんだから。相原くん今日調子悪そうでしょ？　それに棚出しは社員の仕事じゃない」

中川の剣幕を、杉並が「相原が得意だからさあ」とのらりくらり、かわしている。けれどそれを見て、浩也はぐっと腹に力を入れた。

「杉並さん、いいです。俺、やります。棚出しですね」

「お、相原。やる気だなあ。今月忙しいから、しっかり頼むな」

杉並はここぞとばかりに浩也の言葉に乗り、ホールへ出て行った。

「相原くん。やることないよ。昨日から体調悪いでしょ？」

中川が気にかけてくれ、浩也は申し訳ない気持ちになった。女性にこうまで心配をかけるなんて、男としてもどうかと思う。

「……あのね、中川さん」

浩也は少し考え、それから精一杯、明るく微笑んだ。気力が必要だったが、なんとか笑えた。

「俺昨日、借りてたＤＶＤ、徹夜で見ちゃったんだ」

話が見えないらしく、中川が眉を寄せる。

「コウテイペンギンがね、子育てするドキュメント。見たことある？　すごい過酷な環境で……小さい、可愛いヒナが死んじゃったりして。それ見て、号泣しちゃって……」

それから他に、豪華客船が沈没する映画や、アメリカ大陸を走り続けた男の映画名をあげた。どれも泣ける映画だ。

「何時間も泣きっぱなしだったんだ。バカだよね」

「それで眼、腫らしてるの？」

「うん。だから、元気なんだよ。棚出しくらい大丈夫」

にっこり言うと、「そう？　でも無理しないでよ」と中川も笑ってくれた。

その後控え室に入り、浩也は頼まれた棚出しをした。スチール製の棚の上から、箱を下ろして在庫管理表と照らし合わせる作業だ。すべての箱を見ようと思うと、棚から下ろすだけで重労働で、時間もかかる。それでもなんでも、自分が必要とされる仕事は頑張りたい。それに大変なほうが気が紛れる。ホールで高取や倉橋と顔を合わさないだけ、マシにも思えて、浩也は頭を空っぽにして黙々と作業をした。

全部終わる頃には、汗だくになっていた。残っていた体力すべて搾《しぼ》り取られたようだ。

制服のポケットに入れていた、高取からもらった黒糖を取り出し、口に入れる。黒糖は、舌の上でじゃりじゃりと溶けた。懐かしく、ほの苦い甘さに、なんとなくホッとする。疲れもゆっくりと溶けていく気がして、浩也は頑張ろう、と思った。

（頑張ろう、せめて、仕事くらい）

甘い味にひたりながら眼を閉じていると、いろんな思いが次々に浮かんでは消えていった。

ふと振りかえれば、倉橋だって浩也の予知夢を知っていたというのだ。

二人にきちんと夢のことを話していれば、あんな妙な空回り方をしないですんだ。

とはいえそれも今になったから言えることだ。初めはとても、予知夢の話などできないと考えていた。

（それは俺が倉橋を……信じてなかったからで……そして夢に振り回されたのは、高取くんを信じてなかったから、なのかも、しれない）

倉橋にいくら浩也を理解していると言われても、夢のことを知られたら、軽蔑《けいべつ》されると思っていた。高取に夢くらい見てもいいと、それは浩也のせいではないと何度も言われても、やはり信じていなかった。

好きだと言われ、ずっと支えると言われても信じていなかった。

心の奥底、最後の最後では信じていなかった。

そのことがもしかしたら、今の現実を引き寄せたのではないか。

――結局、信じたようにしか、現実は変わらないのでは？

一晩寝て起きてみたら、浩也はそんなふうに、思うようになっていた。

口の中の黒糖が、完全に溶けて消えた。舌の先にはほんのりと、苦みが残っている。

（よし、戻ろう）

大丈夫、ちゃんと笑顔で仕事ができる。先のことが分かるほど、自分は賢い人間じゃない。高取や倉橋に言われたとおり、眼の前のことでいつでもいっぱいなのだ。だからとりあえず、仕事で頭をいっぱいにしよう。

（自分で少しだけ、自分のことが分かるようになったかも……な）

それだけは今回のことで、良かった点だ。とりあえず、仕事以外のことは後で考えようと、浩也は控え室を出た。

「ねえ、祐介《ゆうすけ》どこ？　十番テーブルのオーダーお願いできないかなー。なんかたちの悪い客で、ナンパしてくんのよ」

浩也がホールに出るのとちょうど同時に、ホールから戻ってきた梶井《かじい》が、しかめ面で高取を捜していた。見ると、そのテーブルにはややガラの悪い、二十歳前後の男が数名座っている。

「高取くんなら、十五番テーブルでいつものおばちゃん組に捕まってる」

中川が答える。高取は常連客の中年女性グループのオーダーを取っていたが、彼女たちは注文がころころ変わるので、誰が行ってもなかなか放してもらえない。

「えー、まいった。倉橋くんは……」

梶井が眉を寄せている間にも、十番の客は何度もオーダーベルを鳴らしており、店内にはピンポン、ピンポン、と連続してベル音が響いていた。これは確かにあまりよくない客だ。

「梶井さん、俺が行くよ」

浩也は声をあげていた。ホールへ出ようとすると、中川が慌てたように浩也を止めた。

「いやいや。相原くん。相原くんはここにいて。なんか心配だし！」

押しとどめられ、さすがに浩也は苦笑してしまう。

「俺も男だから大丈夫です。倉橋さんはまだ入って日が浅いし、俺が行くのが妥当です」

二人を押しのけて、浩也は十番テーブルに立った。

「お待たせしました、ご注文をどうぞ」

座っているのは男が四人。皆、チンピラ風のだらしない格好をしている。手前に座っている、口にピアスをした一人がガムをくちゃくちゃさせながら顔をあげ、「あ？　なんでさっきのお姉ちゃん来ねえんだよ」と凄《すご》んできた。

「俺らはさっきの美人さんとお話してーの。ヤローは呼んでねえんだけど？」

「申し訳ありません、他のテーブルを接客中ですので」

浩也は内心怖かったが、顔には出さず、笑顔で静かに答えるよう努力した。心臓は嫌な音を立て、足が震えていたが、女性従業員には絶対に手を出させるものかという、意地もあった。

「じゃあいいわ。他の子でいいから、女来させて」

いけしゃあしゃあと言う客に、恐怖と同じくらい、怒りを感じた。浩也は母一人、子一人で育った時間が長かったせいか、女性を女呼ばわりする男にはアレルギーがある。

「恐れ入りますが、ご注文は私が承らせていただきます。お決まりでしたらどうぞ」

マニュアル通りの言葉を繰り返すと、奥の男が「ふざけてんじゃねーぞォ！」と声を荒らげ、テーブルの脚を蹴《け》った。

「イケメンくんよお、俺の声聞こえた？　女寄越せって言ったの」

手前の男が立ち上がり、ニヤニヤしながら浩也の顔を覗きこんできた。背丈は浩也とさほど変わらないが、太っている分迫力がある。こってりとつけた香水と、タバコの臭いが入り交じって、ぷんと鼻先に臭った。睨みつけられて、浩也は笑顔がひきつるのを感じる。

「申し訳ありませんが……当店には、店員を指定するシステムはありませんので……」

「んーなこと分かってんだよォ！」

耳元で怒鳴られ、肩が揺れる。席についたままの三人は、ニヤニヤと事の成り行きを見ている。と、そのうちの一人が不意に言った。

「なあ、このお兄ちゃん、キレーじゃね？　俺、このお兄ちゃんでも抜けるかもしんね」

「あ？　なに言ってんだテメーは。まさかのホモか」

「いやいや、でもたしかに、悪くねーよ」

からかっているのか本気なのか、たぶん前者だろう——テーブルについていた他の一人も同意し、ゲラゲラと笑った。この展開にどう切り返せばいいのかと、一人固まっていた浩也の二の腕を、口ピアスの男が突然摑んでくる。

「おー、ほっせー腕、こりゃいいわ。イケメン君が、女のかわりにサービスしてくれんのか？」

ぐいっと引っ張られると、簡単に体が傾げて、浩也は慌てた。その瞬間、「おい、なにしてるんだ」と声がして、浩也の腕は逆に引っ張り返された。

気がついた時には、浩也は倉橋の背中に庇《かば》われていた。倉橋は眉を寄せて、あきらかに怒っている。自分の仕事を終え、こちらの様子に気づいて慌てて助けに来てくれたらしい。

「なんだあ、てめえ」

ついさっき、浩也がやって来た時には余裕そうに笑っていたチンピラ客たちが、倉橋を見ると色めき立った。体の大きな倉橋に、戦闘スイッチのようなものを押されたのかもしれない。

「こっちの台詞《せりふ》だ。女性を指名したいならそういう店に行け」

荒々しくはないが、はっきりとした声で、倉橋が言う。

「うるせえんだよ、クソメガネ！」

口にピアスをした男が、倉橋の胸ぐらを摑んで拳《こぶし》を振り上げた。倉橋の眼に瞬間、鋭い緊張が走る。同じように拳をあげた倉橋を見て、浩也は思わず叫んでいた。

「和《かず》ちゃん！」

客を殴ってはダメだ。そう思って咄嗟に出た声に、倉橋が一瞬反応した。その隙《すき》が命取りになり、倉橋の左頬に相手の拳が炸裂《さくれつ》する。

人が人に殴られる、鈍い音の後に、倉橋は隣の卓まで飛んだ。尻から突っ込んだ倉橋の体に押されて、テーブルが倒れる。幸い無人だったが、前の客の使ったグラスがまだ残っていたので、床にグラスが落ちて散らばり、鋭い音をたてて割れ、それまで、こちらの攻防に気づいていなかった店内の客からも悲鳴があがる。

「く、倉橋!」

顔から血の気が引いていくのが分かる。浩也は真っ青になって倉橋に駆け寄ろうとしたが、その腕を、口ピアスの男にとられて動けなかった。

「は、放してください」

「うるせーよ、元はと言えば、お前が言うこときかねーからだろ。ええ?」

男は倉橋を殴ったせいで、興奮状態にいるらしい。眦《まなじり》が赤らみ、その眼はギラギラしている。胸ぐらを掴まれ、浩也は固まった。殴られるかもしれない、そう思ってぎゅっと眼を閉じかけた時、男の手首を、大きな手がぐっと掴み返すのが見えた。

「……お客様、当店の従業員から手をお放しください」

押し殺したような低い声が、すぐ後ろから聞こえる。高取の声だった。他のチンピラ客三人が、割って入った高取に吠《ほ》える。

「引っ込んでろ!　殴られてーのか?」

けれどその間にも、高取は掴んだ男の手首をぎりぎりと締め上げ、男は耐えかねて浩也の胸ぐらを放した。自由になったとたん、高取が空いた手で浩也の腕を引っ張り、背中へ庇う。

「くそ……っ、て、てめえ、手を放せよ」

口ピアスの男は、締め上げられた手をなんとか高取から取り返そうともがいているが、できないらしく焦った顔だった。

「そちらがおとなしく店を出て、二度と迷惑をかけないとおっしゃるなら放します」

淡々と、けれど圧のある声音で言う高取に、男はカッとなったようだ。再び空いたほうの拳を振り上げるのが見え、浩也は息を呑《の》んだ。

(高取くん……っ)

高取が殴られたのは、その次の瞬間だった。背中にいた浩也にも、その衝撃は伝わってきた。けれどそれはほんの一瞬で、片足を後ろに反らして勢いを殺した高取は、刹那《せつな》、眼を見開いて殴られた反動そのままに、激しく相手に頭突きをかましていた。

石と石がぶつかりあうような、重く激しい音が聞こえた。突かれた男はうめきながらその場に沈み込み、高取も男の手を放す。

あたりはまるで、水を打ったかのようにシンと静まりかえっていた。

「先に殴ったのはそっちだから、正当防衛だな」

冷たく眼を細め、言い放った高取に店内はざわめきを取り戻した。社員の杉並が駆けてきて、警察に通報したと言う、その直後にパトカーの音が聞こえてくる。

「た……高取くん、だ、大丈夫……」

震える声で浩也が訊いた瞬間、高取が怒った顔で振り向いた。

「なんでこんなテーブルに来たんです。こういうことは俺に言ってください！」

いきなり怒られ、浩也は口を開け、呆然《ぼうぜん》としていた。

「どこもケガしてませんか？　擦《す》り傷とか……ていうか変なところ触られてないでしょうね。あんたを行かせるって梶井さんたちもなに考えてんだ。ほんとあんたってなんでこう……俺を心配させる機能でもついてんの？」

ぶつぶつと文句を言いながら浩也の体を検分しているが、高取のほうが、よほどひどいケガをしている。殴られた痕《あと》もそうだが、口の端は切れて血が出ている。

「あ、あの、高取くん、血が……」

「ああこれ。大丈夫です。わざと殴られたし、相手利き手じゃなかったし」

唇を拭い、高取は浩也の両手や頬を確かめて「よし」と呟いた。なにがよし、なのだろう。青ざめている浩也をよそに、高取は思い出したように倉橋へと手を伸べた。

「倉橋さん。平気ですか？」

浩也は自分も助けようと思ったが、倉橋は「いて……」と呻《うめ》いて、高取の腕をとった。

「高取くん、ボクシングでもやってた？」

「まさか。サッカー一筋。ヘディングの応用です」

高取の言葉に、倉橋が笑う。

「なんだそれ。ケンカに使えるなら、俺もイギリスで真面目にサッカーやっとくんだったかな」

「どういう動機ですか」

倉橋の軽口に、高取も笑っていた。腕を摑み返し、高取が倉橋を助け起こした。その瞬間、浩也はハッとした。

（あ……夢のシーンだ……）

頭の中で、堅く堅く、自分でも知らないうちにきつく結ばれていた緊張の糸が、その瞬間切れたのを感じた。一番の不安、一番の心配が、たった今消えたのだ。高取は倉橋を殴ったわけではない。あの夢の真実は、二人のケンカではなく店内でのもめ事だった。

分かってみれば、呆気《あっけ》なく、ばかげているとも言える内容――。

（俺の心配は、すべて思い込みだった……）

「ちょっと高取！　倉橋に相原も！　いや、バイトみんなだけども！　こういうケースの時は独断で動かずに社員に相談しろって言ってあるだろ！」

杉並が、泡を食った様子で言っている。その間にも店内に警官が入ってきて、チンピラ四人は外へ連れていかれた。

「忘れてました」

浩也も内心そうだったのだが、アルバイトとしては責任職にある高取があっさりそう言い、杉並は怒って顔を真っ赤にした。けれど高取は、すぐに開き直る。

「杉並さん、そう言うんだったら、先に社員の仕事してください。今日も浩也さんに押しつけてたけど、棚出しはバイトの仕事じゃないんですから」

「ほ、本当に嫌なところばっかり見てるな、お前はっ」

図星を突かれて、杉並は声を上擦らせた。

梶井や中川たちが、半分べそをかきながらやって来て、浩也や高取、倉橋に謝る。それからみんなでテーブルを直し、落ちたグラスを拾い、客に謝った。

けれどすぐに浩也と高取、倉橋は警察に呼ばれ、事情を聴取されることになった。浩也などは緊張でうまく答えられなかったが、その分を補うように高取と倉橋が、淀《よど》みなく状況を伝えてくれた。それでも、細かく聞かれたために聴取にはかなり時間がかかってしまった。

浩也はその間ずっと、ぼんやりしていた。緊張が切れ、疲れて、世界が一枚膜を張った向こうにあるような、そんな感覚が続いていた。

事情聴取は近くの警察署で行われたので、ようやく解放された三人は、徒歩で店まで帰らねばならなかった。

「あー、シフト時間過ぎてますよ。どうします？　このまま戻ってもいいけど、普通にもう帰れ、だろうし。なんか食ってきます？」

「だなあ、さすがに三時間も拘束されると思わなかったよ」

とっくに日が暮れた街路を歩きながら、無言の浩也と違って、高取と倉橋は二人であれこれ喋《しゃべ》っていた。本人たちは否定するかもしれないが、会話だけ聞いていると、非常に馬の合う友人同士のように思える。

「事情聴取って細かいんですよね」

「いや、日本の警察は真面目だよ。イギリスにいた時、家に空き巣が入って連絡したら、ちょうどランチタイムだから、食事と昼寝が終わるまで待っててくれって言われたもんな」

倉橋の話に、高取が吹き出す。

「マジで。そんなことあるんですか？」

「人間は神様がお作りになったものだから、不完全で当然、ていうのがあっちの考え。仕事を勤勉にやらないのは人間だから」

「失敗してもなにも損はしない……か」

高取の独り言に、倉橋は「モンティ・パイソン？」と少し嬉《うれ》しそうに訊いている。

「好きです？」

「イギリスにいる間、ハマって見てた」

それからも会話は途切れず、あのシーンが、とかグレアムが、と話しては時折二人でくつくつと笑い合っている。話題のＤＶＤを観たことがない浩也は会話に入っていきようがなかったが、それだけが理由ではなく、二人より一歩遅れた場所を歩き、楽しそうな高取と倉橋の背中を、ぼんやりと眺めていた。

街灯に照らされ、高取と倉橋の横顔が浮かび上がる。そのとたん、胸の中に熱くこみ上げてきた感情に、浩也は思わず立ち止まっていた。

「浩也さん？」

先に高取が気づき、足を止めて振り返ってくれた。まともに顔が見られず、浩也はうつむく。

「どうかしました？　どこか、痛いですか？　やっぱり怪我《けが》してたとか」

近づいてきた高取が、訊いてくれる。その声がいつになく優しくて、胸が苦しく、いっぱいになる。けれどそうではないと、首を横に振った。

浩也の様子を不審がってか、倉橋は眉を寄せている。

高取はしばらく黙って浩也を見ていたが、それから優しく、ゆっくりと訊いてくれた。

「じゃあ、ようやく、頭の整理がつきましたか？」

——そう。そうだった。やっと、少しだけ、自分がどれほど空回りしていたのか分かった。

どうして高取には分かるのだろう。

頷くと、とたんに後悔で、目頭に熱いものが盛り上がり、ぼろっと頰を伝っていく。うつむいた視界の先、暗い道路の上に、涙はポタポタと落ちて染みになる。

「……二人に、言わなきゃ、いけないと思って」

倉橋が不思議そうに近づいてきて、高取と顔を合わせる気配がある。

「俺の夢のこと……俺が、どんな夢見たか……それで、ちゃんと、謝りたいんだ」

話が長くなると踏んだのだろう。路上ではなんだからと言って、土地勘のある高取が先導してくれ、浩也は倉橋と高取と三人、近場の公園に入った。その道々で、「ていうか倉橋さん、夢のこと知ってたんですか」「ついこの間ちゃんと話を聞けたばかりだけど」とやりとりが交わされ、それぞれベンチや花壇などに適当に腰を下ろしたところで、浩也の話す段になった。

浩也はぽつりぽつり、言葉を選び選び、順を追って、話した。

まずは倉橋に再会した日、「会いたくなかった」と言われる夢を見たこと。それから謝罪をしても許してもらえず、今度は高取が、倉橋を殴る夢を見たこと——高取は「ええ?」と顔をしかめたが、すぐに、「まあ続けて」と促してくれた——それから高取に、「距離を置きましょう」と言われる夢を見て、自分は完全に動転していたと。

「倉橋に、あ、会いたくなかったって……い、言われたくなくて、償おうとして、高取くんに倉橋を殴らせたくなくて、夢のこと隠して……やることなすこと、全部裏目に出て」

話しながら、情けない気持ちでいっぱいだった。惨《みじ》めだった。十九年生きてきて、自分は同い年の倉橋や年下の高取よりも、十歳は子どもな気がした。

「な、殴ってる夢は今日の事件のことだった……殴ってたんじゃなかった。はじめから全部打ち明けてたらよかったのに……ごめん、ごめんなさい」

全部言い終わると、どっと涙が溢《あふ》れた。悔しいのか、苦しいのか、緊張が解けて安堵《あんど》したからなのか、それともそのすべてなのか、涙の理由は自分でもよく分からない。

高取が息をつく。

「なるほど……ていうか俺が倉橋さん殴るのは確定だったの？　あんたの中で俺、どんな暴力キャラですか」

脱力したような、呆れたような声。けれどどこか優しくて、浩也は泣きながらまた「ごめんなさい」と謝る。倉橋のほうは呆気にとられたように、口を開けて黙っている。

「倉橋さん、分かりました？　この人こうなんです。浩也さんて、面倒くさいんですよ」

高取がずばりと言う。倉橋が眉を寄せ、「身も蓋《ふた》もない」と呟いたが、「でも、そうなんです」と高取は決めつけた。

「とにかくネガティブなんです。夢を見ると、一番悪い未来を選び取って思い込むんです。四六時中、不安になることばっかり考えてる」

「だからこそ俺は、昔の浩也に戻そうとして……」

「だけど、その当時の浩也さんは、不安にはなってなかったんですか？」

高取に訊かれて、倉橋はなにも言えなくなったように、口をつぐんだ。

「不安症はたぶん、浩也さんのもともとの癖ですよね。誰に対しても優しいからこそ、たぶん不安になるんです。それはもう、治せるものじゃない」

きっぱりと言いながら、高取は少し大袈裟《おおげさ》にため息をついてみせる。

「大体ねえ、この人、俺とだって、別れることばっかり考えてますからね。付き合って一ヶ月で、ラブラブで、俺が毎日好きだって言っててもですよ。筋金入りだと思いません？　それを分かって付き合ってる俺も、結構かわいそうだと思うんですけど」

ため息混じりに続けられた言葉に、浩也はぎくりとして顔をあげた。泣き腫らした眼で、じっと高取を見つめる。

（……俺が、高取くんと別れると思ってたこと、分かってたの？）

それこそ、寝耳に水だった。ショックを受けて固まっていると、高取はふっとおかしそうに笑った。

「あんたのこと、俺が一番理解できる。付き合う時言いませんでした？」

高取の手が伸びてきて、浩也の目尻から涙を拭ってくれる。優しい手つきに、喜んでいいのか、謝らねばならないのか、分からなくて戸惑う。

「……理解してるから、浩也さんがよかれと思って空回りしていることも、倉橋さんを優先するのも、仕方ないって分かってました。ただ分かってても、嫉妬はするし、傷つくこともある」

──あんたを分かってる俺が、いつもどういう気持ちか想像したことありますか？

そう訊かれて、浩也は素直に、高取の言葉を受け止めようとする。

「毎日好きだって伝えて、大事にしてるつもりの相手に、いつか別れるだろうと思われてる。なにかあると、すぐにその不安を引っ張り出してこねくり回して、悲しそう。好きなのに、笑わせてたいのに、あーまたか。俺、好きだって言ってるよな？　なんか足りない？　どうすりゃよかったんだ？　どうしたら、あんたを笑わせられた？　そんなふうに俺が思ってるって、想像したことあります？」

なかった。一度もない。

いつか別れるだろう、別れるだろうと思うばかりで、好きだと、ずっと気持ちは変わらないと言ってくれている高取の心情を想像したことは、浩也には一度もなかった。

「自分が傷ついてる時、相手も傷ついてるかもしれない。そう思ったことはないですか？　あのね、大抵の場合、自分が辛い時は相手も辛いんです。そう思っておくくらいが、ちょうどいいんですよ」

高取が浩也に言い聞かせてくる。

──自分が辛い時は、相手も辛い……。

その言葉が、傷に染みるように痛みを伴って、浩也の中に落ちてくる。

「無視され続けて、再会したらごめんなさいって謝られた。いろいろ言いたいことはあるけど、あんたが好きだから飲み込んで許して、もう一度友達やり直しましょうってなった。なのにあんたは無理してる。本音をなにも言ってくれない。その時の倉橋さんの気持ちは？　想像したことありますか？」

高取が倉橋の気持ちを代弁したので、倉橋は少し驚いたように眼を瞠《みは》る。浩也は頭を、また、横に振った。想像していなかった。自分のことで、頭がいっぱいで。

「そういうの、想像してみたらどう感じます？　俺たちと浩也さんって、そんなに違いある？　みんな同じように、不安になったり傷ついたりしてる。分かります？」

「……うん」

優しい声音でゆっくりと諭され、浩也は素直に頷く。頷くと、まだ残っていた涙が、ぽろっと頬に落ちる。

「あんたが俺を好きなように、俺も浩也さんが好きで、浩也さんが倉橋さんを好きなように、倉橋さんも浩也さんを好きだとして……それでも距離を置きましょうとか、会いたくなかったって言う。その時、どんな気持ちがする？」

高取は浩也の前にしゃがみこみ、膝《ひざ》の上に作った浩也の握り拳を、そっと叩いた。

自分が高取に距離を置こうと言う。

倉橋に、会いたくなかったと言う。

想像すると、それは痛みになった。苦しくなった。そんな言葉は言いたくない。言えば相手を傷つけると、分かっているからだ。それでももし、言うのだとしたら、同じように自分が傷つけられた時、あるいは、そう言ったほうが、相手のためになるかもしれない時だろう——。

「……俺が、言わせたんだね」

かすれた声で呟くと、高取が優しい眼で笑った。

「まあ、でも俺は、嫉妬が半分ですから。倉橋さんばっかり優先されるのが癪《しゃく》で、少し冷静になってほしくて。……でも失敗しました。あんたが倒れるなんて思ってなかったから」

すいません、と謝られて、浩也は眼をしばたたく。

「それを言うなら俺だって、言いたくて会いたくなかったなんて、言ったわけじゃないよ」

すると、それまで黙っていた倉橋が憤然として口を挟《はさ》んできた。

「ただ一度関係をリセットしないと、浩也はもう思いこんでて手がつけられなさそうだったし。大体、本音はもう一度会いたかったし、会えて良かったと思ってるよ。浩也の良いところは変わってなかったしな。ただ俺とは、もっと肩の力を抜いて付き合ってほしくて……」

「そんな難しいことできる応用力、浩也さんにはないです」

高取が茶々をいれ、倉橋は眉を寄せてため息をつくと、「きみに代弁されるなんて悔しい」とつけ足す。

「……あの」

なんだかまた、二人の会話から置いていかれた気がして、浩也は高取と倉橋を見比べた。

距離を置きましょうは別れの言葉ではなく、会いたくなかったというのも、再会の全否定ではなかった？　今の二人の言葉からすると、そう思えるが――。

（でもそんな、都合のいいこと……）

むっと眉を寄せ、考え出した時だった。

「その小さな頭の中で、またこちゃこちゃ、悪いほうに考えてるでしょう」

高取が立ち上がり、浩也の頭に手を乗せると、髪の毛をぐしゃぐしゃとかき混ぜてきた。

「悪い夢を三つ見て、全部最悪のほうに考えたみたいですけど、結果はどうだったんです？」

結果は……？

会いたくなかったと言われたが、ついさっき、倉橋は会えて良かったとも言ってくれた。

距離を置こうと言われたが、高取は今、浩也を慰めてくれている。

高取は、倉橋を殴らなかった。

結果は浩也の想像ほど、悪くはなかった。

悪くはなかった――神様は、それほど意地悪ではない。そんなにひどい夢は、浩也には見せない……。いつだったか高取に言われた言葉が蘇る。

「なるほど、全部悪い確率にかけてるのか。浩也は……」

今初めてそのことに気づいたように、しみじみと、倉橋が言った。

「夢の未来の可能性は、かなりの数あるってことなんだろ？　お前、数学得意だったろ。自分が見た夢の一瞬から推測できる選択肢を、確率論から導き出してみたらどうだ？」

今まで考えたこともないことを言われ、浩也は眼を白黒させる。

「つまり、考え込んで落ち込むことじゃないって話だ。高取くん、そういうことだろ？」

なぜか高取に確認をとった倉橋に、そうですよ、と高取が同意している。

「起きることは起きる。起きることを起きなくできたら、それは人間じゃなくて神様です。誰だって、いつかこうなるかも、って悪い未来は考えますが、それが起きても仕方ないで済ましてます。浩也さんはたまたま、確率のいい夢を見るだけの話でしょ」

「……みんな、本当はそんなふうに生きてるの？」

浩也がおずおずと顔をあげると、二人は眼を丸くした。質問の意味が分からない、という顔をしている。だから浩也は、言葉を足した。

「本当は俺だけじゃなく、みんな、思い通りにならないまま、生きてるの……？」

訊いた言葉に、高取と倉橋は顔を見合わせた。少し驚いたような表情で。

「当たり前でしょ。大体思い通りになったら、俺はあんたの関心を俺だけに向けさせますし」

呆れた顔で高取が言い、

「俺だって、九年も浩也にフラれ続けてないよ」

倉橋は苦笑した。

頬に落ちていた涙が、風に乾いて消えていく。

そうか、自分だけではないのだ。自分だけが、未来に無力感を感じて生きているわけではない。みんな自分と同じ。自分と同じように傷つく。同じように苦しむ。同じように不安になる。

数ある選択肢の中の、悪い未来を考えることもある……。

それでも良いほうを信じようとするのは、それぞれの、勇気の問題だ。

そしてその勇気を出すのは、夢を見ても見なくても、同じように誰にとっても、必要なこと――ならば、少しずつでもいい。自分も、良い未来を選びとる。そんな勇気を持てるようになれたなら……。

「でもまあ、いいんですよ」

その時高取が言った。優しい声だ。眼をあげると、浩也の乱れた前髪の隙間から見える、高取は笑っていた。仕方ないなあという顔で。

「そのまんまの浩也さんで、べつに変わらなくても、俺はいいですから」

高取の言葉に、浩也は息を詰める。

「小さい頭のなかで、よけいなことばっかり考えて不安になって、変な行動とって……俺にフラれるかもって、一生不安がってても、べつにいい。だってどうせ俺はフラないし、離さないし、別れない。それだけのことですから」

変われなければ、変わらなくていい。高取はそう言う。

「不安なままの浩也さんごと、俺は好きですから。ただ、時々怒りますけどね。俺にも欠点はあるので、それはそっちも飲み込んでください」

冗談混じりに言う、高取の顔はもう屈託がない。怒っていないし、傷ついてもいない。

浩也の不安癖も、夢を見ることも、一つにからげて欠点と言ってしまえるのが、高取なのだと浩也は思った。そして高取のこういうところが、自分はたまらなく好きなのだと。

ついさっき、半分嫉妬だったと言われた意味が、ようやく理解できた。高取は倉橋と天秤《てんびん》にかけられて腹を立てていたのだろう。浩也が友達だと言い張っても、高取は他の男と浩也が親密にしていることが、嫌だったのだ。

別れたくて言ったわけではない。今の状態を変えたくて言っただけ……浩也と別れる気はない。離す気もないと、言ってくれた。

その言葉のほうを、信じたい。どんな悪い未来より。

（高取くんは今、俺が好き……）

そう胸の中で思うと、心臓がドキドキと、ときめいた。素直に嬉しかった。その気持ちが伝わったように、高取が眼を細めて、浩也のことを見つめてくれている。

「なんか俺は、お邪魔のようなんだが」

少し離れた場所で見ていた倉橋が、こほん、と息をつく。浩也はハッと我に返って、「く、倉橋」と呼びかけた。

「あの、俺……なんていうか、倉橋と友達に戻りたいっていうのは、ほんとで……」

あわあわと言うと、倉橋は「友達ねえ」と諦《あきら》め混じりの声で呟いている。

「今のまま変わらなくていい、か。初めはそれ、高取くんの独りよがりだと思ってたんだけど」

独りごちた倉橋は、浩也と眼が合うと、苦笑気味に肩を竦《すく》めた。

「今はちゃんと、幸せそうに見えるよ。浩也」

それだけ言うと、倉橋は背を向けた。

「先に店に戻ってるな。杉並さんには適当に言っておくよ」

さすがにそれでは悪いのではないか、と腰を浮かしかけた浩也だったが、倉橋がさっさと歩いていったので、そのまま留まることにした。きちんと謝罪ができていないし、話し合えてもいない気がしたけれど、倉橋は怒っているわけではなさそうだ。

(もう一度ちゃんと、時間もらって……倉橋と、向き合おう)

今度は本当に本当の、倉橋の心と向き合いたい。

そうしてもしそれが互いに望むことなら、友達になりたいと思う。七歳の時からの九年間、本当はそう、希求し続けてきたように——。

遠い過去にいた倉橋とではなく、今の倉橋自身と、今の浩也自身で。

公園の向こうに倉橋の背中が消えていく。すると高取が長い息を吐き出し、呟いた。

「とりあえず前半戦は、俺の勝ち越し、か」

さすがにその意味までは、浩也には分からなかったけれど。

九

倉橋《くらはし》と別れ、二人きりで『オーリオ』に戻る道すがら、浩也《ひろや》は高取《たかとり》と手を繋《つな》いだ。何日ぶりだろう。久しぶりで、これまで以上に照れくさく、浩也は高取の顔も見られないくらい舞い上がり、ドキドキしていた。

高取の話では、浩也が「眼を覚ました」ので、距離を置くのは終わりだという。頬を紅潮させ、始終ニコニコしている自分の顔は見れたものではないだろう。浩也は道々なんの話をしたかさえよく分からなかった。

店に戻ると、倉橋はもう帰宅していた。杉並《すぎなみ》に警察でのことを簡単に報告すると、タイムカードはそのまま押していいから、もう帰るように、と言われて、浩也は高取と更衣室に入った。

「あ、あの、そういえば……」

一緒に着替えながら、浩也はこれだけは訊いておきたいと思ったことを、もじもじしながら訊いた。

「た、高取くんは、い、一体俺のどこがいいの？　その……面倒くさいって言ってたのに」

よくよく思い返してみれば、先ほど高取が倉橋に言っていた浩也の性格というと、面倒くさいとかネガティブだとか、なんだかすべて欠点だった気がしてきたのだ。まだ舞い上がった余韻《よいん》があるうちなので、落ち込まないで済んでいるが、結局なにを好かれているのか不思議ではある。高取はうーん、と唸《うな》り、浩也は思わず真剣な顔になった。また以前、どこが好きなのと訊いた時のように、サッカーボールが、と話されるかもしれない、と思う。

「浩也さんてこう、面倒くさいから、簡単な話をややこしくするじゃないですか」

再び欠点を指摘され、浩也は「う、うん」としゅんとして頷く。

「そういうとこが、好きなんですよね」

「え？　欠点が？」

高取の真意が分からず、訊き返してしまった。高取はそれを無視して、続ける。

「ハムスターって、ひまわりの種渡したら、食べるのに夢中になってなにされてても気づかないんですよ。昔弟が飼ってたんですけど。こう手のひらに乗せて仰向《あおむ》けにしたり、つついたりしても……頭の中はひまわりの種のことしかないです、っていう、アホな感じが可愛くて」

（……俺今、ハムスターに喩《たと》えられてるの？）

それにしても褒《ほ》められているのか貶《けな》されているのか、よく分からない。

「浩也さんも、小さい頭の中を、目先のことで頭いっぱいにして、から回りしてくるくる動いてるのが、こう、見ててネズミみたいというか」

「あ……高取くん、もういいや。ありがと……」

浩也はこれ以上聞いていると、自分のダメージをどんどん増やすだけのような気がして、言葉を挟んだ。さっきまでの舞い上がっていた気分も、おかげで随分落ち着いてきた。

「まあ、あんたって面倒くさいけど、分かりやすいんですよ。つまり」

結論され、浩也は顔をあげる。もう既に着替え終わっている高取が、ニヤリと笑った。

「だけどだからって、みんなに分かってほしくはないんです」

次の瞬間、浩也は腕を引かれ、強く抱き寄せられていた。力強い腕。厚い胸。高取の匂いに、懐かしく浩也は包み込まれる。

「高取、く……」

「あんたの可愛い欠点、俺以外に可愛がらせないで……」

耳元で甘く囁《ささや》かれ、浩也は、黙った。

心臓が、破裂しそうなほど強く打つ。こんなことを言われて、落ちない人間がいるのだろうか？　先ほど欠点ばかりあげつらわれたことさえ、どうでもよくなってくる。

頬を寄せられ、唇を塞《ふさ》がれる。たった数日程度のことなのに、もう一年も二年も、キスをしていなかったような気がした。

「高取くん、ここ、し、職場……」

「うん。だけどちょっとだけ食わせて」

可愛くねだられると、拒めない。高取の唇は甘く、優しく舌でつつかれて、浩也はおずおずと歯を開いた。熱い舌が、浩也の中をそっと撫でていき、ゆっくりと出て行った。それはまるで、味わうようなキスだった。

唇を離すと、「あー……」と、高取が息を吐き、浩也の頭を胸に押しつけるようにして、抱いてくれた。

「一週間もキスしなかったよ……死ぬかと思った……」

——自分が辛い時、相手も同じように辛い。

高取から言われた言葉が返ってくる。

浩也が、高取と触れあえなくて淋しかった間、高取も淋しかったのだろうか。

「……高取くんも、俺の夢、見たりするの？」

どうしてかふと気になって訊く。すると高取はいじけたように、「見ますよ」と返してくる。

「特にこの一週間は毎日見ました。……知ってました？　予知夢じゃなくても、人って、淋しいと夢に見るんです」

倉橋さんに浩也さんが盗られないか、不安だったからだと、高取が呟く。

（そんなことありえないのに……）

けれどそうなのかと思うと、浩也はより一層、高取が愛しくなった。高取の夢も、浩也の夢が浩也にそうするように、高取を傷つけることがあるのだ。

「ごめんね」

できるだけ優しい声で言い、浩也は高取の背に腕を回した。

「高取くんも、不安になるなんて、知らなくて、ごめんね……」

これからは自分が不安な時、相手の不安も考えられる。そんな人になれたらいい。

高取の腕がゆっくりと伸びてきて、うなじを引き寄せられる。

「じゃあ今日は、家に行っていいですか？」

そっと訊かれ、浩也は頬が熱くなるのを感じた。いいよ、と言う声が、高取の唇の中に吸い込まれた。


「あ……た、高取くん……っ」

浩也は抑えた声で抗議したが、高取は聞いていないようだった。

仲直りのキスの後、浩也は高取と一緒に自宅へ帰ってきた。部屋にあがると靴を脱ぐのももどかしく、玄関先で性急に事に及ぶこととなり、浩也は少し慌てていた。

「……あっ、ちょ、ちょっと」

高取に覆い被さられ、壁に背を押しつけられた姿勢で、浩也はびくっと体を震わせた。高取が、浩也のシャツの上から二番目と三番目の釦《ボタン》を外したのだ。その隙間から大きな手を入れられ、胸を撫でられて、浩也の体は跳ねてしまう。

「高取くん……っ、せ、せめて、ベッドに……」

懇願するように言っても、高取は「待てない」と言いのける。

「俺もう、我慢しすぎて限界です。お願いだから、今すぐ、浩也さんを抱かせて……」

弱った声で言われると、浩也は言葉に詰まってしまう。その間にも、高取の手は浩也の乳首をきゅっと摘み、くいくい、と捏《こ》ねくり始めた。

「あ……っ、やっ」

右の乳首を弄《いじ》くられていると、恥ずかしいことに、左の乳首まで尖《とが》ってきた。

「すげ……、浩也さん。左の乳首、シャツの上からも立ってるの分かるよ？」

耳元で、意地悪く囁かれる。低音のいい声に、浩也の腰には甘いものが走った。ちらりと見ると、確かに左の乳首が突き勃《た》って、白いシャツを押し上げていた。

「浩也さんの乳首、ちょっと大きめで可愛いよね……」

右側を弄くりながら、左の乳首をシャツ越しに愛撫《あいぶ》し、高取が、変なことを言ってくる。

「お、大きくない」

「うそ。ちょっと大きいって。ね、じゃあ見せて」

シャツをはだけられ、浩也はいやいやと身をよじったが、無駄な抵抗だった。高取は浩也の胸をじっと見下ろし、ふうっと乳首に息をかけてくる。それだけで浩也は、ぴくんと反応した。

「うん、やっぱり少し大きめです。それに色もちょっと濃いめかな。白いシャツだと、透けちゃうでしょ？」

「あっ、なに、言って、あん……っ」

辱《はずかし》めるような言葉に怒りたいのに、両方の乳輪ごと、指できゅうっと摘まれてぐにぐにと刺激され、甘えたような声が出る。膝から力がぬけて、高取の腕にもたれかかるようにすると、

「可愛い」と笑われた。

「浩也さんの乳首が大きいのも、感じやすいのも、誰にも知られたくない……」

まだ乳首をなぞりながら、高取が浩也の股の間に膝を差し込んでくる。既に膨《ふく》らんだ性を、膝頭でぐっと擦《こす》られて、浩也は背を反らせた。

「……んっ、あ、んん！」

大きな声が漏《も》れそうで、慌てて唇を噛《か》む。ちょっとの刺激で、浩也の性器は完全に勃ちあがってしまった。

「たかとり、く、や、やだ……げんかん……」

息を荒くしながら、高取に懇願する。けれど我ながら説得力がない。浩也の腰は勝手に揺れ、押し当てられた高取の膝頭に、自分の性器を擦りあてていまっている。思えば、ケンカをしてからずっと、高取に触ってもらっていなかった。落ち込んでいて、自分ですることも思いつかなかったが、こうなってみて初めて、自分がいかに飢えていたのか思い知らされる。長い間性

には淡泊だったはずだが、高取と付き合ってからの一ヶ月間で、浩也は自分の体が作り変えられたような気がしている。

なんというか、身も蓋もない言い方をすると、高取とするセックスがとても好きなのだ。

（あ、あ、やだ……）

高取に乳首や性器を愛撫されていると、尻の狭間が、ひくひくと物欲しげに動きだす。恥ずかしさに、頭がおかしくなりそうだった。

「ん、ん、ん……っ」

高取の体にしがみつき、その膝に性器を当てながら、腰がくいっと上を向いてしまう。それに、耳元で高取が笑う。

「……浩也さんも、欲しいんだ？　お尻、揺れちゃってるよ」

「ち、ちが……」

否定しようとするより先に、高取が乳首から手を離し、浩也の尻をぐっと両手で摑んできた。そのまま揉《も》みしだかれ、思わず「あっ」と声が漏れる。後孔の奥の、肉と肉が間接的に擦られ、浩也は腰砕けになった。足に力が入らなくなり、高取の厚い胸板にすがりついた。

「入れてほしい？」

こめかみに、音たててキスをしながら、高取が訊いてくる。浩也は真っ赤になって、黙っていたが、体はぷるぷると震えて、後ろに刺激をほしがっている。かといって入れてほしいなんて、いくらなんでも言えないと思うし、それを言わせようとしている高取に腹が立った。

「ね、言ってください、浩也さん。入れてほしいって」

けれど高取は、今度は浩也の頬に口づけ、甘い声で囁いてくる。

「べ、ベッドがい……」

かすれた声で反論したけれど、それ以上はもう、怒れなかった。

「言ってよ。……俺がいいって。他の誰かじゃなくて……俺だけがいいって。これから先もずっと、俺がほしいって。そう、言い続けてください」

高取の声には、浩也の反応を面白がるような余裕はない。

むしろ切なそうな声だ。顔をあげると、額に額を押し当てられる。いつも大人びている高取の端整な顔が、今は自信なさげに見えた。そうすると年相応の、ごく普通の高校生に見えるから不思議だ。

(高取くん……)

浩也は高取が、自分の不安や怒りを、情事中の意地悪で解消する癖のある人だったことを、思い出した。なんでも未来を悪く考えがちな浩也の癖と同じように、これが高取の悪い癖。そう考えると、どんな恥ずかしいことでも高取の不安が晴れるならできそうな気がしてくる。

「……いれて」

とうとう、浩也は小さな声で、甘えるように言った。伏し目がちだった高取が、その言葉に眼を開く。額を離され、まっすぐ見下ろされて、浩也は頬を火照らせた。

「いれて。高取くんの……。高取くんのがいい。早く、して」

高取の首に腕を回し、もう一度お願いする。たぶん人生で一番、恥ずかしい台詞を言ったと思った。その次の瞬間、高取が浩也の体を抱きしめてきた。まるで折られそうなほどの強い力に、思わず「わっ」と声をあげる。

「浩也さん、大好き」

可愛く言われると、胸がときめきにきゅっと窄《すぼ》まる。けれど可愛い高取は、そこまでだった。浩也は膝頭に腕を入れられ、簡単に抱き上げられていた。そのまま、ベッドへ投げ出される。あっという間に下着ごとズボンを下ろされ、「お尻あげて」と言われて、腰を引き寄せられる。それからすぐに、後孔に、ぬらりとしたものを感じた。

「あ……！」

気がつくと、高取が浩也の尻の狭間に顔を埋め、後孔をなめ回している。ぴちゃぴちゃと音がたつほど舐められ、やがて舌の先を中へ入れられて、浩也はひくん、と背を震わせた。汚いからやめて、と言いたくても、もどかしい快感に耐えるのがやっとで言えない。後孔が十分濡《ぬ》れると、すぐに指が挿入され、中のいいところを重点的に攻められた。

「あ、んっ、んんっ、んー……っ」

声が大きくなりそうで、浩也は慌てて口を閉じる。知らず腰が揺れ、後ろは恥ずかしいほど呆気なくほぐれていく。高取が、浩也のツボを既に熟知しているせいもある。

（だめっ、だめ、だめ……っ、もう、もう俺）

激しい悦楽に、浩也の後ろは高取の指をきゅうきゅうと締め付けている。もう指では足りず、浩也は「たかとりく、たかとり、くん」と舌足らずな声を出してしまった。

「おねが、お願い、早く、早く」

——高取くんの、いれて。

震える声で言うのと同時に、再び体を回転させられた。体を起こされ、対面に持ち上げられたと思うと、落とされる。とたん、緩んだ後孔に太く硬いものがズン、と入ってきた。

「あっ！　あ……っ、んっ」

下から突き刺されるように、浩也は高取のものを受け入れていた。鋭く甘い悦びが背を駆け抜けて、浩也は高取の首に腕を投げ出し、かじりついた。足を大きく開いた姿勢で、腰を支えられ、下から強く突き上げられる。

「あっ、ああ……っ、激し……っ」

激しく突かれながら、乳首を吸われ、屹立《きつりつ》した性器を高取の腹で擦られて、浩也はなけなしの理性が吹き飛ぶのを感じた。

「んんっ、あ、んっ、んっ、あーっ」

気持ちよすぎて、ぼろぼろと涙がこぼれる。

「浩也さん、可愛い。浩也さんの中、めちゃくちゃ動いてる……」

高取も、余裕がないようだ。腰の動きが一層激しくなり、安物のベッドがガタガタと音をたてて揺れる。「出しますよ」と言われたのと同時に、高取の性器が、浩也の弱いところを強く押した。

「んっ、あ、ああー……っ」

頭の中が真っ白になる。腹の中で高取が弾け、同時に浩也も、昇りつめていた。


「雨降って地、固まるってやつか？　俺はなんか、体《てい》よく当て馬にされた気分だなあ」

眼の前で笑っている倉橋に、浩也はごめん……と謝るしかなかった。穴があったら入りたいくらい恥ずかしい。

倉橋とは警察に事情聴取された翌日の午後、メールで待ち合わせて駅前のファミリーレストランで会った。『オーリオ』とは違う店だ。高取は現在補講中で、倉橋と会うと言うと、

「面白くないです。正直行ってほしくないけど、仕方ないんで許します」

と、なんとか了解してくれた。今はもう浩也も、倉橋との仲を無理やり応援してくれとは思わない。高取には、不満な気持ちがあって当然だと思う。

「あのさ、昨日から……もっとちゃんと倉橋のこと知りたいって、きちんと考えたんだ」

浩也は意を決し、言わねばならないと決めていたことを口にした。

「俺、前までは嫌われたくないとか、気持ちを踏みにじりたくないとか、そういうマイナス面だけで倉橋と向き合ってて。誘ってくれるのが嬉しいのに、気を遣って楽しくできなくて……」

「まあ、それはいいよ。俺も分かってて誘ってたし……今のお前には、高取くんがいるしな」

コーヒーに口をつけ、穏やかに言う倉橋に、浩也は「それは違うよ」と言って、顔をあげた。

「高取くんと倉橋は別だよ。倉橋のかわりは、誰もいない。倉橋は、俺の最初の友達で、九年間、俺を支えてくれた人だよ。俺を信じてくれて、理解してくれてた。その九年が、今の俺を作ってる」

浩也は自分の言葉を伝えようと必死になる。ちゃんとそのまま、伝わってほしい。

「だけど、過去があるからじゃないんだ。俺はただ……ただ、今の倉橋が好きだから」

倉橋はなにも言わず、じっと浩也の言葉に耳を傾けてくれている。

「まだ本当はよく知らなくても、きっと好きだって信じられるから、頼りたいし、一緒にいたいし……友達になりたい。できたら、たまには頼ってほしい。これからは対等な関係でいたい。過去の償いじゃなくて――ただ、倉橋が、好きだから。これで、合ってる？」

再会して、初めに謝った時。浩也は、倉橋が優しいから親切にしてくれたと言って、倉橋を傷つけた。今はそうは思っていない。倉橋もきっと浩也を特別に思ってくれていたから、待っていてくれたのだ。その愛情は、誰に対しても注がれていたわけではない。

「俺、倉橋の気持ち、踏みにじらないでいられた？　少しは理解できてる？」

まだ少し不安で、確かめる。聞いていた倉橋の口元に、ふと、優しい笑みが浮かんだ。倉橋は「うん」と頷いた。頷いて、「はは」と笑う。

「……もう、まいったな。こっちはまた、お前から手を退こうか悩んでたのに」

浩也はその言葉に驚き、眼を見開いた。

「それって、ま、またどこか遠くに、イギリスとかに行っちゃうってこと？」

「いや、そうじゃないけどさ……」

呟いて苦笑する倉橋の目元が、どうしてか泣いた後のようにほんのりと赤い。

もしかすると倉橋は、三年前の別れを思い出しているのかもしれないと、浩也は思った。きっと浩也と同じか、それ以上に辛く痛かった、別れのことを。

倉橋の内側には、浩也も知らない九年分の想いがある。なぜだか今になって急に、そのことを感じさせられた。それがどんなものか、浩也は知らない。知らないけれど……。

（……知らなくてもいい。そんな気がする）

ただ、「ある」ことを分かっていれば、それでいい。そんなふうに、浩也には思えた。

倉橋は小さな声で、「俺は覚悟がなかったんだなって、分かったんだよ」と言った。

「七歳の頃の浩也に戻すなんて、本当はできないって分かってた。それから、浩也は確かに不安になりやすいけど、だからって幸せになれないわけじゃない……」

高取くんは覚悟してた、と、倉橋は静かに続けた。

「俺は不安ごと浩也を受け止める覚悟をしてなかった。いつも明るくいてほしいと思ってた。……その時点で、負けたなと思ったわけ」

「高取くんと倉橋は、全然タイプが違うよ。勝ち負けとかない。だって倉橋は高取くんみたいに怒らないし、俺、高取くんは好きだけど、一緒にピクニックするなら倉橋のほうがいいし」

倉橋がなにを悩んでいるのか、よく分からないが浩也は元気を出してほしくて、そう言う。

たぶん、ピクニックに向いているのは高取より倉橋だ。と、本気で言う。

サッカーも、一緒にして楽しかった。あれが高取だと、きっとドリブルが甘いとか、シュートコースが丸見えだとか怒られるところだろう。

「サッカーなら、倉橋だよ。アウトドアは倉橋が向いてる」

浩也が断言すると、倉橋は「いや、そういう話じゃなくて」と言い、それから急にくつくつと笑い出した。その笑いはなんというのか、再会してからこれまでで一番晴れやかで、なにか憑《つ》き物が落ちたような、そんな笑いに思えた。

「あー……可愛いなあ、浩也。こんな子だったっけ。そうか、こんな子だったな。……これは、大変だ」

高取くんも、そりゃあ余裕がないだろうな、と倉橋は笑っている。

「仕方ないなあ。それでも俺はおまえが……」

倉橋はどこか遠くを見るような、優しい眼をしていて、それからにっこりと微笑んでくれた。

「いいよ。俺も仕切り直す。長い後半戦だと思って。……とりあえず友達見習いから？」

テーブル越しにそっと手を差し出され、浩也は胸の奥に、灯りが点《とも》るような気がした。

友達になれるかもしれない道を――倉橋が、残してくれたと知ったから。

瞼《まぶた》の裏に、不意に蘇ってくる。

廊下の先で、浩也を見つけて笑っていた倉橋。

背を丸めて、教科書に落書きしてくれた倉橋。

黄昏《たそがれ》の中、待ってるからと言ってくれた倉橋――けれどそれらはすべて、記憶の彼方で遠く、静かに浩也を見つめ、励ましてくれているだけのもの。未来はべつの場所にある。

倉橋の手を取ると、自然と笑みがこぼれた。

「そういえば、一度も聞いてなかった。倉橋って来年のゼミ、なにとるの？」

おかしな話だが、再会してからこれまで、思い出話ばかり、時に他の話をしても空白の数年を埋める話をしてきただけで、未来のことは、なに一つ会話にしなかった。

けれど今は、倉橋と未来の話をしたい。

今に繋がっている、いくつにも選択肢のある、まだ誰も知らない、未来の話を。

「ふーん、それで仲直りして……。仕切り直し……後半戦……そう言ったんですか、倉橋さんが。へー、なるほどね……」

浩也の横に立ち、高取は仏頂面で訊いている。腕を組み、いかにも不機嫌そうだが、倉橋の話なので仕方ないか、と浩也は自分でも不思議なほど落ち着いてそんな高取に接することができた。

高取のこれは、益体《やくたい》もない嫉妬なのだと分かったし、自分にとって高取が恋人で、倉橋は友達候補、という軸がぶれてさえいなければ、なにも問題ないと思うようになったからだ。

高取は補講の休憩時間で、途中で学校を抜けだして来たので高校の制服を着ている。浩也はこれからバイトだという倉橋と別れ、街中を一人でぶらついている時間だった。

一応報告したほうがいいだろうと、倉橋と話をした旨をメールすると、高取が今から行くと言って浩也がいるところまで来てくれたのだった。時間もないので、二人は昼下がりの街路で、立ち話をしていた。

「映画に誘われたんだけど、一応高取くんと予定があるかもしれないから、そっちが決まってから連絡するって言ったんだ。あ、もし好きそうだったら、高取くんもご一緒にどうぞって」

「……そんなこと言われたら、二人で行ってきていいって言うしかないじゃないですか」

「え、なんで？」

「倉橋さんが譲歩してるのに、俺がしなかったら心が狭いみたいじゃないですか！」

突然吠えられ、浩也は眼を丸くして、黙った。

そうなのか……と、思う。どうも、高取や倉橋の思考は浩也には読めない。二人には浩也の思考が手に取るように分かるらしいのに、この差はなんだろう、と不思議だった。

なにはともあれ、映画には行ってきていいらしいので、ホッとする。

「仲直りと仕切り直しと後半戦と映画と？　あとはもう、倉橋さん関連の話、ないでしょうね」

半眼になった高取に訊かれ、浩也はふと思い出して「あっ」と小さく叫んだ。

「そういえばさ、昨日、倉橋に好きだって告白される夢見たんだけど」

報告すると、高取が一瞬で硬直したのが分かり、浩也は思わず笑ってしまった。

「でも前後が分からなかったから、お好み焼きが好きだーとか、そういう内容なんじゃない？」

確率論で考えたら、そのほうがありうるだろう。浩也はそう思って、深く考えていない。考えるだけバカバカしいと思ったのだ。けれど浩也の言葉に、高取は若干青ざめた顔で、「いやいやいや、なんでお好み焼きですか」と呟いている。

「浩也さん、その夢、どういう状況で、あんた何歳くらいで、どんな服と場所なんです？」

ずいっと身を乗り出して訊いてくる高取に、浩也は首を傾げる。

「どうだったかな……あんまり覚えてなくて……」

言いながら、ふと眼に映った街路の時計で、高取の休憩時間が残り少ないことに気がつき、浩也は慌てた。

「高取くん、時間！　もう行って！」

背中を押すと、「今それどころじゃありません」と返ってきたが、なにがそれどころではないのか、浩也にはまるで意味が分からない。

「来年ちゃんと、うちの大学に来てもらわなきゃ困るんだから、行って！」

そう言ってやっと、高取は納得したようだ。周りの眼を盗み、浩也の髪に口づけると、「今夜、家に寄りますからね」と念を押し、浩也に背を向けた。

そのそつのない仕草に、本当に高校生なのか、と、思ってしまう。

腕時計を確認し、慌てたように走り出したその姿まで、なんだか颯爽《さっそう》としている。

見送りながらも胸がときめき、まるで初めての片想いをしているような心地だった。

夏の陽射しの中で、高取は一度だけ足を止め、浩也を振り返った。

雑踏の向こうで、高取が浩也に手を振る。浩也は自分も、満面の笑みで手を振り返した。すると高取が目元を緩ませ、少しだけ、微笑《わら》った。

それだけで、優しく温かな気持ちが、浩也の胸の中をいっぱいにする。

浩也が嬉しい時、高取もきっと、嬉しい。

相手の胸にも満ちている幸せを思うと、幸福は二倍になるような気がしながら、浩也はそっと、手を下ろした。

あとがき

初めましての方は初めまして。お久しぶりの方はお久しぶりです、樋口美沙緒《ひぐちみさお》です。

Ｃｈａｒａさんからの文庫、なんと一年ぶりです。待っていてくださった方、もしいらっしゃったらありがとうございます。こうしてまたお目にかかれて嬉しいです。

今回は、四年前に雑誌掲載したものを加筆修正させていただきました。恐ろしいほど増えていくページ数にどうなることかと思いましたが、なんとかまとめられてホッとしています。

予知夢ネタ！　ということで、浩也は最初、なかなか摑みづらいキャラだったのですが、一度「……天然か」と分かってしまうとあとは書きやすかったです。しかし周りから見た浩也像と本人の自覚している浩也像は天と地ほどもかけ離れてるでしょうね（笑）。高取くんは、たぶん商業誌では初めての年下攻めです。年下なのに横柄で、年下なのにシッカリしてて、強引で、でも正論！　みたいなキャラをやりたかったので書いてみたのですが、蓋《ふた》を開けてみるとかなりのくせ者に。高取くんに捕まった以上、浩也はもう逃げられないんじゃないでしょうか。

それにしても高取くん視点から見ると、浩也の行動って面白く、そして可愛く見えているんだろうなあ……。そんな感じでウェブ雑誌の『Ｃｈａｒ＠《キャラット》ＶＯＬ・11』に、倉橋くん視点の二人を書いてみました。浩也だけじゃなく、高取くんも大分楽しい人になってるはず。是非、ご一読くだされば幸いです。

今回挿絵を担当してくださったのは夏乃《かの》あゆみ先生です。雑誌掲載時の夏乃先生の挿絵も本当に眼福ものでした。とにかく浩也が色っぽく、高取くんはさわやか！　文庫ではどんなイラストを拝見できるのか、今からとても楽しみです。

そして実は、原作を担当させていただいている漫画、『ヴァンパイアは食わず嫌い』の作画も夏乃先生にしていただいてます！　電子書籍や単行本で、現在上下巻発売中。続編シリーズも連載中ですので、ぜひチェックしてみてくださいね。そちらの作画も本当に美しいです。

夏乃先生、いつもお世話になってます。今回も、本当にありがとうございました！

いつもご迷惑おかけしっぱなしの担当さん。今回も迷走する私にたくさんの蜘蛛《くも》の糸……ありがとうございました。感謝しています。

そしていつもわたしを見守ってくれ、応援し、支えてくれている家族と友人。特に今回は、母に感謝したいと思います。「Ｃｈａｒａ」を何度言っても、「レイチェル」と思い込んでいるお母さん。いつも、私の本が出るのを、楽しみにしてくれてありがとう。

そして今回、本を手にとってくださった方々にも、心から感謝しています。

また、できれば今度は一年よりは早めにお会いできるよう、頑張ります。よかったら感想などお寄せくださいね。

初夏に　　樋口美沙緒

この本を読んでのご意見、ご感想を編集部までお寄せください。

《あて先》〒105－8055　東京都港区芝大門2－2－1　徳間書店　キャラ編集部気付

「予言者は眠らない」係

■初出一覧

予言者は眠らない……小説Chara vol.24（2011年7月号増刊）
予言者は未来を知らない……書き下ろし

Chara

予言者は眠らない

……【キャラ文庫】

2014年6月30日　初刷

著者　樋口美沙緒
発行者　川田 修
発行所　株式会社徳間書店
〒105-8055　東京都港区芝大門2-2-1
電話048-451-5960（販売部）
03-5403-4348（編集部）
振替00140-0-44392

印刷・製本　株式会社廣済堂
カバー・口絵
デザイン　百足屋ユウコ（ムシカゴグラフィクス）

ISBN978-4-19-900755-2